국어 교과서 작품 읽기
고등 소설

국어 교과서 작품 읽기: 고등 소설 • 상

전면 개정판 1쇄 발행 • 2017년 12월 27일
전면 개정판 22쇄 발행 • 2023년 12월 19일

엮은이 • 박종오 오세호
펴낸이 • 염종선
책임편집 • 정소영
조판 • 박지현
펴낸곳 • (주)창비
등록 • 1986년 8월 5일 제85호
주소 • 10881 경기도 파주시 회동길 184
전화 • 031-955-3333
팩시밀리 • 영업 031-955-3399 편집 031-955-3400
홈페이지 • www.changbi.com
전자우편 • ya@changbi.com

ⓒ (주)창비 2017
ISBN 978-89-364-5869-0 44810
ISBN 978-89-364-5971-0 (전4권)

국어 교과서 작품 읽기

고등
소설 상

박종오·오세호 엮음

창비

지금 여러분의 책꽂이에는 교과서나 참고서 말고 어떤 책이 꽂혀 있나요? 서점에 갔다가 직접 구입한 책도 있고 누군가에게서 선물받은 책도 있을 것입니다. 시험공부나 어떤 목적을 위해 의무감으로 읽기 시작한 책도 간혹 우리에게 뜻밖의 즐거움을 선사하지요. 그러니 좋아서 펼친 책, 읽고 싶어서 읽는 책은 더욱 특별합니다. 작가의 개성이나 새로운 작품에 대한 관심으로 시집이나 소설책, 에세이를 펼쳐 들면 문학과 나의 오롯한 만남이 시작됩니다. 그 만남 속에서 우리는 작가들이 시대에 던진 물음과 비판, 삶에 대한 애정과 고뇌, 자아에 대한 성찰과 깨달음 등 폭넓은 세계를 마주합니다. 그리고 '지금 여기' 내 삶의 모습을 발견하고 보람과 위로, 통찰을 얻습니다. 이렇듯 문학이 펼쳐 보이는 풍경은 너르고 다채롭습니다.

　'국어 교과서 작품 읽기' 시리즈는 2010년 처음 선보인 이래 수많은 학생, 학부모, 선생님들에게서 큰 사랑을 받아 왔습니다. 그리고 2013년 개정판을 거쳐 이번에 '2015 개정 교육 과정'에 따른 전면 개정판을 새로 내놓게 되었습니다. 이번 개정 교육 과정에서는 이전에 I, II로 나뉘어 있던 고등 국어 교과서가 한 권으로 압축되면서 작품 이해와 감상의 밀도가 더욱 높아졌습니다. 문학 작품의 내용을 현실에 비추어 스스로 해석하고 자신의 삶에 반영하는 주체적인 수용 능력이 더욱 강조된다고 볼 수 있습니다. 이처럼 청소년이 문학과 자발적이고 자유롭게 만나는 경험이 중요해진 때에 이 시리즈는 좋은 동행이자 벗이 되어 줄 것입니다. '국어 교과서 작품 읽기' 시리즈는 2018학년도부터 사용되는 새로 바뀐 고등학교 검정 교과서 『국어』11종을 분석하여 주요 작품을 엄선했습니다. 시, 소설, 수필로 나누어 각 장르의 특성에 따라 목차를 구성했습니다. 나아가 창의 융합형 활동을 강조하는 개정 교육 과정에 발맞추어 현대 작품과 고전 작품을 함께 배치하여 시대와 역사적 갈래를 넘나들며 유연하게 감상할 수 있도록 하였습니다. 책의 크기와 편집에 있어서도 가독성을 높이고자 노력했습니다.

　문학 작품은 작가의 손을 떠나는 순간, 시간과 공간을 달리하는 독자들의 삶 속으로 들어가 스스로 생명력을 얻게 됩니다. 시의 화자, 소설의 주인공, 수필 속의 진솔한 인물은 오늘 우리에게 간절한 말을 건네고 있는지도 모릅니다. 그 말을 귀 기울여 듣고 이해하고 자기 삶으로 가져와 빛나게 만드는 것은 독자의 몫입니다. 책을 펼쳐 드는 순간, 우리는 잠들어 있던 작품의 메시지와 아직 알려지지 않은 감동을 두드려 깨우는 제2의 창작자가 되는 셈입니다. 여러분 모두가 문학 작품에서 자기만의 질문을 발견하고, 작품의 새로운 가능성을 열어젖히는 창작자가 되기를 바라는 마음입니다.

퍼즐 맞추기 해 보셨나요? 첫 조각을 들고 갸우뚱하다가도 몇몇 단서를 잘 활용하면 전체 그림을 차근차근 완성해 갈 수 있습니다. 소설 읽기는 작가 혹은 서술자가 펼쳐 놓은 퍼즐 조각을 맞추는 일과 같습니다. 하지만 소설 속 세상은 우리들의 삶과 닮아 있기에 완전한 종결이나 완성은 불가능합니다. 외려 쉽게 재단하던 타인의 삶을 다시 돌아보게 하지요. 소설 속 퍼즐 조각을 들고 고개를 갸웃거리는 과정을 거치며 우리는 인간을 이해하는 능력을 기르고 세상에 대한 안목을 넓혀 갑니다.

전면 개정판 '국어 교과서 작품 읽기: 고등 소설 상·하'에서는 새로운 교육 과정에 따라 개정된 고등 국어 교과서의 소설 가운데 15편을 골라 엮었습니다. 11종의 교과서에 중복해서 실린 작품, 문학사적인 평가와 예술적인 완성도가 높은 작품을 엄선했습니다. 창의 융합형 사고를 위해 교과서에 희곡이나 시나리오로 개작되어 실린 경우에는 소설 원문을 소개하여 다채로운 비교 독서가 가능하도록 했습니다. 상권에서는 김애란의 『두근두근 내 인생』, 공선옥의 「한데서 울다」 등 최신 작품을 대폭 강화하고, 하권에서는 고전 작품 「허생전」, 「춘향전」을 수록함으로써 현대에서 고전으로 거슬러 올라가는 소설 읽기의 흐름을 완성했습니다. 최신 작품부터 고전까지 역순으로 배치하였기에 상권에서는 신선한 동시대 문학의 향기를, 하권에서는 우리가 직접 살아 보지 못한 시대의 내음을 느낄 수 있습니다.

구성에 있어서는 각 작품 앞에 '들어가며'를 실어 교양 수준의 배경 지식을 제공하며, 소설을 편안하게 감상할 수 있도록 배려하였습니다. 소설의 본문에서는 독자 스스로 문맥을 파악하고 이해할 수 있도록 최소한의 어휘 풀이를 달았습니다. 부득이하게 일부를 발췌해 실은 중·장편소설은 생략된 줄거리를 소개함으로써 전반적인 이해를 도왔습니다. 본문 뒤에 나오는 '활동'에서는 인물, 사건, 배경 등 기초적인 사실을 확인하고 작품이 자신에게 어떻게 다가오는지 생각해 보도록 다양한 문제를 제시하였습니다. 또한 '엮어 읽기'를 둠으로써 작품을 여러 각도에서 해석하고 주제 의식이나 사회적 맥락을 짚어 볼 수 있도록 하였습니다.

교실에서 학생들이 정답 찾기에만 골몰하는 모습을 보면 교사로서 마음이 무척 안타깝습니다. 스스로 질문을 던지고 대답을 찾아가는 과정을 생략한 채 자습서의 해석만이 유일한 정답이며 다른 방식은 고민해 볼 필요가 없다고 생각하는 태도. 이는 경쟁 위주의 평가 방식과 척박한 교육 현실 때문이기도 하지만, 어쩌면 타인과 세상에 무관심한 삶의 자세와 맞닿아 있는지도 모릅니다. 그래서 이 책은 문학 작품을 진정으로 이해하고 '진짜 공부' 역량을 기르는 데 목적을 두었습니다. 상권과 하권에 실린 15편 중 어떤 작품부터 읽어도 상관없으니 마음 가는 대로 찬찬히 다가가 보면 좋겠습니다. 타인의 삶에 귀 기울이고 문학을 통한 간접 경험을 자기 것으로 내면화하려면, '순서대로, 정답대로'가 아니어도 좋다는 마음의 여유가 필요할 테니까요. 자, 그럼 이제 진짜 공부를 시작해 볼까요?

2017년 12월
박종오 오세호 서덕희 임요한

일러두기

1. '2015 개정 교육 과정'에 따른 고등학교 검정 교과서 『국어』 11종에 수록된 소설 중에서 가려 뽑은 총 15편을 상, 하로 나누어 실었습니다.

2. 작품이 수록된 단행본을 원본으로 삼아, 교과서에 실릴 때 수정되거나 삭제된 대목을 원문대로 살려 놓았습니다.

3. 표기는 원문에 충실히 따르는 것을 원칙으로 하되 맞춤법과 띄어쓰기는 최대한 현행 표기법을 따랐습니다.

4. 본문 아래쪽에 낱말 풀이를 달았습니다.

5. 활동의 예시 답안은 창비 홈페이지(www.changbi.com)의 '어린이 청소년 자료실'에 있습니다.

고등 소설 • 상

차례

ooooooooooooooooo

두근두근 내 인생

×××××××××××××××

김애란

金愛爛(1980~) 소설가. 충남 서산에서 자랐다. 한국예술종합학교 연극원 극작과를 졸업했다. 2002년
단편 「노크하지 않는 집」으로 제1회 대산대학문학상을 수상하고 같은 작품을 2003년 『창작과비평』 봄
호에 발표하며 작품활동을 시작했다. 소설집 『달려라, 아비』 『침이 고인다』 『비행운』 『바깥은 여름』, 장
편소설 『두근두근 내 인생』을 썼다.

"이것은 가장 어린 부모와 가장 늙은 자식의 이야기다."

『두근두근 내 인생』의 도입부에 등장하는 이 문장은 작품의 내용을 압축적으로 보여 줍니다. 소설의 화자인 한아름은 노화가 급히 진행되는 조로증을 앓고 있습니다. 열일곱 살인 제 나이보다 훨씬 늙은 몸을 가진 채, 고통과 죽음을 곁에 두고 살아갑니다. 그러나 이 '늙은 자식'은 유쾌하고도 의젓한 태도로, 열일곱 살에 자기를 낳아 기른 '어린 부모'의 사연을 기록하기로 마음먹습니다. 멋진 글을 써서 다가오는 열여덟 번째 생일에 부모님께 선물하는 게 아름이의 소원입니다. 이렇듯 아름이의 글로써 부모님의 사랑을 돌이켜 보는 독특한 구성 덕분에, 이 소설은 철없는 부모 미라와 대수가 삶에 맞닥뜨리며 성숙해 가는 이야기와 난치병을 앓고 있는 아름이가 세상을 만나는 또 다른 이야기를 함께 품게 됩니다. 아름이가 어떤 글을 완성했을지 궁금하지 않나요? 2011년 출간된 이 책을 읽고, 맨 뒤에 실린 아름이의 글까지 남김없이 맛본다면 작품의 진가를 느낄 수 있을 겁니다.

작가 김애란은 스물두 살에 「노크하지 않는 집」이라는 단편소설로 대산대학문학상을 수상하며 문단의 샛별처럼 등장했습니다. 『두근두근 내 인생』은 작가가 쓴 첫 번째 장편소설로, 능청스러운 농담과 눈물 속에 인생에 대한 통찰을 담아내어 독자들의 큰 사랑을 받았고 동명의 영화로 만들어지기도 했습니다.

'두근두근'이라는 말에는 기대와 설렘, 불안과 긴장이 뒤섞여 있습니다. 그야말로 청춘의 단어이지요. 그런데 작가는 이 '두근두근'이라는 말을 빨리 늙는 병에 걸린 아름이에게 안겨 줍니다. 어쩌면 작가는 소설을 읽는 우리들이 늙음이란 무엇인지, 젊음이란 무엇인지 한 번쯤 생각해 보기를 바랐는지도 몰라요. 과연 아름이의 두근거리는 가슴은 어떤 미래를 만나게 될까요? 여러분 앞에는 어떤 두근거리는 순간들이 기다리고 있을까요?

앞부분의 줄거리

선천성 조로증을 앓는 소년 '아름'은 열일곱 살이지만 여든 살의
몸을 지녔다. 책 읽기와 글쓰기를 좋아하는 아름의 곁에는 젊은 부
모 '미라'와 '대수', 그리고 유일한 친구인 이웃 할아버지가 있다.
병원비를 마련할 길이 없는 가난한 집안 형편을 눈치챈 아름은 자
기 사연을 소개하는 텔레비전 방송에 출연하기로 마음먹는다.

1부

7

　우리가 병원에서 하는 일은 항상 비슷했다. 정해진 순서에 따
라 정해진 검사를 하고, 정해진 실망을 하는 것. '더 나빠졌군요.'
라든가 '계속 지켜봅시다.'라든가 '장담할 순 없지만…….'이라
는 얘기를 듣는 것. 호기심과 혐오, 연민과 탄식이 깔린 긴 복도
를 지나가는 것. 아픈 사람이 더 아픈 사람을 보고 내비치는 안도
의 눈빛을 감내하는 것. 건강한 사람이 건강한 사람과 나누는 사
소한 대화, 그리고 웃음에 귀 기울이는 것. 내 몸이 내게 거는 말

에 일일이 답해 주는 것. 내 몸이 나의 주인처럼 구는 것에 굴복하는 것. 뜻을 알 수 없는 이름이 줄줄이 적힌 처방전을 연애편지 읽듯 뚫어져라 응시하는 것……. 그런 게 우리가 병원에서 하는 일이었다. 우리는 그 일을 그만둘 수 없었다.

검사 항목은 여러 가지였다. 방사선 검사, 임상 평가, 심장 초음파, 골밀도 측정, 시력, 악력, 소변, 심전도 검사……. 그 밖에도 많았다. 나는 주로 소아청소년과 의사 선생님과 상담했다. 하지만 정형외과와 흉부외과, 신경외과 및 구강외과 등에서도 진료를 받아야 했다. 경우에 따라 한꺼번에 하기도, 두세 곳만 들러 집중적으로 검사받기도 했다. 나는 빨리 늙는 병에 걸렸지만, 세상 어디에도 늙음 자체를 치료할 수 있는 곳은 없다는 걸 알았다. 노화도 병이라면, 그건 사람이 절대 고칠 수 없는 것 중 하나였다. 그건 마치 죽음을 치료한단 말과 같은 거니까……. 우리가 할 수 있는 일은 노화 뒤로 줄줄이 따라붙는 증상들을 밝혀내고, 장기가 상해 가는 속도를 지연시키는 것뿐이었다. 고작 열일곱 살밖에 안 먹었지만, 내가 이만큼 살면서 깨달은 게 하나 있다면, 세상에 육체적인 고통만큼 철저하게 독자적인 것도 없다는 거였다. 그것은 누군가 이해할 수 있는 것도, 누구와 나눠 가질 수 있는 것도 아니었다. 그래서 나는 지금도 '몸보다 마음이 더 아프다'는 말을 잘 믿지 않는 편이다. 적어도 마음이 아프려면, 살아 있어야 하니까.

나는 내게 몸이 있단 사실을 깨닫는 데 생애 대부분을 보냈다.

헛바늘이 돋은 순간만큼 혀에 대해 자주 생각하는 때도 없는 것처럼, 각 기관들을 아주 세부적으로, 그리고 구체적으로 의식하며 살아야 했다. 남들이 뼈를 뼈라 부를 때, 나는 그걸 그냥 뼈라 부를 수 없었다. 남들이 폐를 폐라 말할 때, 나는 그걸 단순히 폐라 여길 수 없었다. 의대생들이 밤을 새우며 달달 외는 수백 개의 이름처럼, 내가 가진 단어에는 그것이 몸에 붙기까지 견뎌 온 시간들이 주렁주렁 매달려 있었다. 내게 피부가 있다는 걸, 심장과 간, 근육이 있다는 걸 매번 상기해야 하는 건 고단한 일이었다. 육체와 정신이 아무리 친밀한 관계라 해도, 가끔은 반드시 떨어져 있을 시간이 필요하기 때문이다. 건강한 연인들처럼, 혹은 사이좋은 부부들이 그러는 것처럼 말이다. 나는 건강에 무지한 건강, 청춘에 무지한 청춘이 부러웠다.

나을 수 있다는 희망을 접고 병원에 다닌 지는 오래되었다. 그렇다고 삶이 끝장난 것 같은 얼굴을 하고 다닌 것도 아니다. 우리는 아프지 않기 위해서가 아니라 덜 아프기 위해, 우리가 할 수 있는 일을 했다. 그러니까 진료실 한 귀퉁이서 오늘도 어머니와 내가 무릎을 모은 채 겸손하게 앉아 있는 데는 다 그만한 이유가 있는 것이다.

"황반 변성이 있네요?"
우리는 그게 무슨 얘긴가 싶어 눈빛을 교환했다. 의사들이 생전 처음 들어 보는 단어를 말할 때면 왠지 모르게 긴장이 됐다.
"여기, 오른쪽에."

담당 의사는 컴퓨터 모니터와 진료 카드를 번갈아 보며 말을 이었다.

"그동안 머리가 많이 아팠을 텐데, 못 느꼈니?"

나는 누렇게 뜬 손톱을 매만지며 소심하게 답했다.

"어? 잘 몰랐는데요. 글자가 가끔 번져 보이긴 했는데, 제가 요즘 컴퓨터를 많이 해서 그런 줄 알았어요."

어머니가 초조한 듯 불쑥 끼어들었다.

"그게 뭔가요, 선생님?"

"어르신들한테 많이 생기는 건데, 망막에 노화 퇴적물이 생겨 시세포가 파괴되는 겁니다."

"녹내장 같은 건가요?"

"음, 비슷하지만 녹내장은 안압 때문에 생기는 거고요……. 이건 퇴적물이 원인이 되는 경우가 많습니다. 습성일 경우 레이저로 어느 정도 막을 수 있는데, 건성은 치료가 어려운 편이고요."

"아름이는 어느 쪽인데요?"

의사 선생님이 한 박자, 표 안 나게 숨을 가눴다.

"건성입니다."

"……."

나는 여느 때처럼 의사가 하는 말을 통해 의사가 하지 않은 말을 찾아내려 노력했다. 하지만 이번에는 혼자 헤아리는 대신 의사 선생님의 의견을 직접 듣고 싶었다.

"그럼 제 눈은 어떻게 되는 건가요?"

의사 선생님은 보호자의 의견을 묻듯 어머니를 바라봤다. 나역시 어머니를 바라봤다. 어머니는 망설이다 마지못해 고개를 끄덕였다.

"오른쪽 눈 시력이 급격하게 떨어질 겁니다. 안개가 낀 것처럼 사물이 흐릿하게 보일 거예요. 그 때문에 쉽게 어지럽거나 구토 증상이 나타날 수도 있습니다. 왼쪽 눈도 위험할 수 있으니 항산화 비타민 복용하시고, 외출 시 자외선에 주의하세요. 지금 할 수 있는 건 그 정도가 최선일 것 같네요."

어머니는 말이 없었다. 속에선 묻지 못한 한마디가 뱅뱅 돌고 있는지도 몰랐다. 두렵기는 나도 마찬가지였다. 간이 상하고 위가 아픈 건 어떻게든 참아 낼 수 있을 것 같았다. 하지만 눈이 멀게 될지도 모른다고 생각하니 덜컥 겁이 났다. 하느님이 내게 진짜 외로움을 주시려나 보다 싶어 숨이 막혔다. 마치 누군가가 평생을 감옥에서 보낸 내게, 수고했으니 이젠 독방으로 가라고 독려하는 것 같았다.

"선생님, 저 왼쪽 눈은 아직 괜찮은 건가요?"

"글쎄, 좀 더 지켜보자꾸나."

나는 그게 괜찮다는 건지, 괜찮아질 거라는 뜻인지, 그렇지 않을 수도 있다는 말인지 분간할 수 없어 한참 동안 두 눈을 끔벅였다.

흉부외과에서 접한 얘기도 좋은 것은 없었다. 정형외과에서도, 구강외과에서도 마찬가지였다. 그날 우리가 새로 알게 된 것이라곤 나쁜 소식은 아무리 반복돼도 적응되지 않는다는 사실뿐이었다. 그전부터 나와 오랜 인연이 있는 소아청소년과 선생님은 내 신체 나이가 팔십 세로 측정됐으니 더 이상 통원 치료는 무리라고 했다. 한 번도 면도한 걸 본 적 없는, 산적 같은 인상의 흉부외과 의사는 지금 애 심장이 어떤지 아느냐, 당장 입원시켜야 한다고 불같이 화를 냈다. 사람이 다리가 없어도, 눈이 없어도 살지만 심장이 없으면 살지 못한다고. 애는 지금 가슴에 시한폭탄을 달고 있다고, 언제 터질지 모르니 빨리 입원하라고 터프하고 무시무시한 말을 늘어놓았다. 근육질에 그을린 피부를 갖고 있어 의사치고는 뜻밖이라고 생각했는데, 진단 역시 과연 박력이 있었다. 내과에서는 약 때문에 식도와 위가 많이 헐었다는 얘기를 들었다. 정형외과에서는 내 키가 130센티미터에서 2센티가량 더 줄었고, 골밀도가 낮아졌다고 했다. 어머니는 여기저기서 치이고 야단을 맞느라 하루 종일 정신이 없어 보였다. 하지만 어디서도 자신 있게 '당장 입원시키겠습니다.'라는 말은 하지 못하셨다. 이미 감당할 수 없을 정도로 빚을 진 데다, 벌 수 있는 돈에 한계가 있어서였다.

병원 밖으로 나온 뒤, 슬쩍 어머니의 소매를 잡아당겼다.
"엄마."
"응?"
"사람들이 우릴 봐요."
어머니는 아무렇지 않게 대꾸했다.
"내가 너무 예쁜가 보지."
기미 낀 얼굴에 거만한 미소를 띠고서였다. 눈가에는 두껍게 칠한 파운데이션이 주름을 따라 논바닥처럼 갈라져 있었다. 어머니는 오래 일해 남자처럼 뼈마디가 굵어진 손으로 내 작은 손을 꼭 감싸 쥐었다. 그러고는 '이거 왜 이래? 나 열일곱에 애 낳은 여자야!'라는 태도로 꼿꼿이 걸어 나갔다. 남의 이목 따위 진작부터 신경 쓰지 않았다는 듯. 잘못한 게 없으니 도망치지 않겠다는 식으로. 어머니는 나와 함께일 때 어디서든 서둘러 걷는 법이 없었다. 사람들의 시선에서 빨리 벗어나고 싶은 마음도 없지 않았을 텐데, 지하철이든, 재래시장에서든 당신 보폭을 지키며 자연스레 걸었다. 오히려 재촉을 하는 것은 내 쪽이었다. 어머니의 곤란을 조금이나마 덜어 드리고 싶어, 걸핏하면 치맛자락을 잡아끌곤 했다. 오늘도 나는 배가 고파 죽을 것 같으니 빨리 좀 가자고 어머니를 채근했다. 하지만 그게 좀 부자연스러웠는지, 어머니는 가던 길을 멈추고 상체를 숙여 내 얼굴을 똑바로 바라봤다.

"아름아."

"네?"

"너 언제부터 아팠지?"

"세 살요……. 엄마가 그렇다고 했잖아요."

"그럼 얼마 동안 아팠던 거지?"

"음, 십사 년요."

"그래, 십사 년."

"……."

"근데 그동안 씩씩하게 정말 잘 견뎌 왔지? 지금도 포기 않고 이렇게 검사받고 있지? 다른 사람들은 편도선 하나만 부어도 얼마나 지랄 발광을 하는데. 매일매일, 십사 년. 우린 대단한 일을 한 거야. 그러니까……."

"네."

어머니가 목소리를 낮추며 부드럽게 말했다.

"천천히 걸어도 돼."

아름은 방송 출연을 계기로 '이서하'라는 여자아이로부터 이메일
을 받는다. 아름은 서하와 편지를 주고받으며 처음으로 설렘을 느
껴 보고 청춘의 두근거림을 경험한다. 그러나 어느 날 갑자기 서하
의 이메일이 끊기고, 아름은 불안해한다.

4부

1

그 애에게 메일을 보냈다. 메일에 쓴 문장은 하나였다.

'누구세요?'

답장은 없었다. 설명도, 사과도, 부정도 없었다. 한동안 나는 인
터넷을 뒤지며 자신을 '이서하'라 말한 사람을 찾아내려 애썼다.
'알아낸 뒤? 그다음은?' 하고 물으면 할 말이 없지만, 우선은 그
걸 찾는 게 중요하다 믿었다. 하지만 지난번과 마찬가지로 내가
밝혀낼 수 있는 건 아무것도 없었다. 그 애는 현실에서뿐 아니라
온라인 세계에서도 쉽게 자기 모습을 드러내지 않았다. 며칠 뒤

나는 모든 것에 심드렁해지고 말았다. 그리고 어느 순간부터 노트북에 손을 대지 않았다. 단어장을 만지거나 음악을 듣는 일도 하지 않았다. 대신 내 관심은 다른 곳에 쏠렸다.

　한 날, 어머니가 물었다.
　"아름아, 뭐 하니?"
　나는 신이 나서 종알댔다.
　"엄마! 얘 이름이 리빅인데요, 이 버튼을 누르면 앞으로 나가고, 여기 이걸 누르면 위로 올라갈 수 있어요. 근데 은근 재밌어요. 내가 왜 여태 이거 할 생각을 못 했나 몰라."
　어머니가 내 쪽으로 상체를 기울였다.
　"슈퍼마리오 같네?"
　"응, 비슷해요."
　"처음치고 잘하는데?"
　"아, 이거요? 간단해요. 피하고, 달리고, 매달리기만 하면 돼요."
　"그렇게?"
　"네, 이 게임은 특히 물리 엔진이 중요한데, 어딘가에 잘 매달려야 살 수 있어요."

　어느 날은 간호사 누나가 물었다.
　"한아름 군, 이거 먹고 하세요."
　근처에서 바스락 약봉지 소리가 났다. 나는 간호사 누나와 눈도 마주치지 않고 게임기만 쳐다보며 답했다.
　"거기 두고 가세요."

또 다른 날엔 아버지가 말했다.

"아름아."

"……."

"인마, 아빠가 불렀음 대꾸해야지."

"……."

"야! 한아름!"

"아, 잠깐, 말 시키지 마요. 지금 되게 중요한 순간이란 말이에
요."

그 아이가 누군지 알게 된 건 승찬 아저씨를 통해서였다. 내가
PSP 게임에 빠지기 보름 전, 그러니까 그 애에게서 갑자기 소식
이 끊겨 잠 못 이룰 때의 일이었다. 나는 기대 반 걱정 반의 눈으
로 아저씨를 바라봤다. 내가 갖지 못한 어떤 걸, 아저씨는 갖고
계실지도 모른단 느낌이 들어서였다. 하지만 아저씨의 안색을
보는 순간, 아저씨가 별로 좋은 소식을 가져오지 않았다는 걸 눈
치챌 수 있었다. 하지만 그 와중에도 그 '나쁜 소식'을 어서 듣고
싶은 마음이 들었다. 승찬 아저씨는 내게 해 줄 말이 있다고 했
다. 전화로 하려다 직접 말해 주는 게 좋을 것 같아 들른 거라고.
나는 불안함을 숨기고 태연하게 물었다.

"뭐래요?"

아저씨는 잠시 머뭇거렸다.

"싫다죠? ……에이, 그럴 줄 알았어. 그러게 제가 처음부터 연
락하지 말라고 했잖아요."

이윽고 승찬 아저씨가 어렵사리 입을 뗐다.

"아름아, 아저씨가 그 아이를 만나 봤는데, 지금 많이 아파."

"……."

나는 멍하니 있다 한마디 했다.

"얼마나요?"

"지금 중환자실에 있어. 그렇게 된 지 며칠 됐대."

"……."

"어쩌면 다시 네게 연락을 못 할지도 몰라. 지금 스스로와 힘든 싸움을 하고 있대. 그 애 엄마 말로는…… 가족들이 기도하고 있다더라. 그리고 서하가 이번 일을 잘 이겨 내면, 함께 외국에 갈 계획이래."

"……."

아저씨가 자리를 뜨고 얼마 지나지 않아, 서둘러 침대에서 일어났다. 승찬 아저씨가 병원을 떠나기 전에 반드시 물어볼 게 있어서였다. '그 애 엄마'라는 말이 나온 순간 나는 아저씨가 거짓말을 하고 있다는 걸 알았다. 하지만 어머니가 병실로 들어오는 바람에 대화가 끊길 수밖에 없었다. 나는 아저씨가 왜 내게 거짓말을 하는지 이해할 수 없었다. 그 애를 정말 만나 보긴 했는지, 그렇다면 무슨 얘길 들은 건지, 짐작조차 되지 않았다. 나중에 전화로 여쭤 볼까 하는 생각이 들지 않은 건 아니지만, 아저씨가 진실을 얘기하는지 아닌지 판단하기 위해선 직접 얼굴을 봐야 할 것 같았다. 나는 우리 병실과 가장 가까운 곳에 있는 엘리베이터를 향해 잰걸음으로 걸어갔다. 일단 1층 로비까지 가보고, 거기에도 아저씨가 계시지 않으면 전화를 드려 볼 생각이었다. 다행히 저쪽, 엘리베이터 앞에 선 아저씨의 모습이 보였다. 처음에는 엘리베이터를 기다리고 있나 했는데, 가만 보니 어머니와 이야기를 하고 있었다. 그런데…… 아저씨를 보는 어머니의 표정이 너무 안 좋았다. 나는 직감적으로 승찬 아저씨가 나와 한 약속을 깨고 그 애 이야기를 털어놓고 있다는 걸 알았다. 아니, 어쩌면 어머니는 처음부터 모든 걸 알고 계셨는지도 몰랐다. 아무리 그래도 그렇지, 남자끼리 한 약속인데……. 엄청난 배신감이 들었다. 나는 근처에 있는 식판 수거함 뒤로 몸을 숨겼다. 승찬 아저씨가 또 뭐라 하나 좀 더 들어보고 싶어서였다. 아저씨의 말투는 조금 전과 사뭇 달라져 있었다.

"요즘 참 정신 나간 새끼들 많아."

나는 슬쩍 어머니의 표정을 살폈다. 어머니의 얼굴은 얼음장처럼 차갑게 굳어 있었다.

"뭐 하는 놈인데?"

"모르겠어. 지 말로는 시나리오를 쓴다고 하는데, 제대로 쓴 건 하나도 없는 것 같더라고."

"시나리오?"

"응, 무슨 영화를 준비하고 있었다나 봐. 불치병 소녀와 소년의 사랑을 다룬……."

순간 어머니의 몸이 파르르 떨리는 게 보였다.

"그래서? 어떻게 했어? 경찰에 연락했어?"

"아니."

"왜?"

"……."

"너 왜 가만있는데? 사기죄로 고발해야 하는 거 아니야? 어떻게 좀 해 봐. 응?"

어머니는 평소답지 않게 언성을 높였다. 금방이라도 울 것 같은 표정이었다.

"미라야."

승찬 아저씨가 어머니의 팔을 잡고 미안함과 답답함이 섞인 목소리로 말했다.

"네 말이 맞아. 거짓말은 나빠. 그렇다고 우리가 세상 모든 거짓말을 처벌할 수 있는 건 아니야."

'리틀 빅 플래닛' 속 세상은 아름답고 섬뜩했다. 여덟 개로 구성된 각각의 월드는 독특한 공간감을 갖고 있었다. 입체적인 듯 평면적이고 구체적인 듯 추상적인 게, 얇은 종이 위에 두꺼운 도화지를 오려 붙여 놓은 듯한 느낌이었다. 배경 음악은 단조롭고 아기자기했다. 게임 속 캐릭터는 잔혹 동화에 나오는 등장인물들처럼 우스꽝스럽고 으스스한 분위기를 풍겼다. 모두 기계처럼 움직이는 데다, 한두 가지 표정밖에 짓지 않아 더욱 기괴한 느낌을 주었다. '리빅'은 그중에서도 가장 야릇한 분위기를 지닌 캐릭터였다. 얼핏 보면 귀엽고 천진한데 어디서 그런 서늘함이 이는지 알 수 없었다. 리빅은 장애물을 피하고 과제를 수행하며 여러 나라를 돌아다닌다. 중국에서 사리오 황제를 만나고, 램프를 훔쳐 간 원숭이를 찾아 인도에 가고, 아프리카와 이집트에도 달려간다. 그것도 무기 하나 없이……. 그가 할 수 있는 건 오로지

달리고, 피하고, 뛰어오르는 것뿐이다. 나는 그 사실이 마음에 들었다.

게임 방식은 쉽고 단순했다. 무조건 앞으로 나아가기. '리틀 빅 플래닛'은 실패해도 다시 시작할 수 있었다. '리틀 빅 플래닛'의 세계에는 죽는 존재가 거의 없었다. 물론 리빅은 곧잘 불구덩이에 빠지고, 톱니바퀴에 깔리고, 용에게 쫓겼다. 하지만 어느 때고 내가 '계속하기'만 누르면 문제될 게 없었다. 나는 하루 중 대부분을 리빅과 함께 보냈다. 미션에 성공하면 스티커를 얻었다. 나는 그걸로 리빅에게 머리카락을 사 주고, 안경을 씌우고, 새 피부를 선물했다.

의사 선생님은 내게 게임을 하지 말라고 했다. 요즘 들어 내 왼쪽 시력뿐 아니라 면역력 수치도 많이 떨어졌다고, 앞으로는 치료와 휴식에만 집중하라고 했다. 당연한 일이지만, 부모님은 내게서 당장 게임기를 빼앗으려 했다. 처음에는 내가 기운을 차리는 듯해 기뻐하셨다가, 도가 지나칠 정도로 게임에 몰두하는 걸 보자 겁이 나셨던 거다. 하지만 내가 다섯 살 난 아이처럼 떼를 쓰고 밥을 안 먹자 결국 두 손을 들고 마셨다. 보다 못해 타협안을 제시한 건 아버지였다. 난생처음 나를 때리려고까지 했던 아버지는 내게 딱 하루 게임기를 갖고 놀 수 있는 시간을 주겠다고 하셨다. 하지만 그 이상은 절대 안 된다고. 선택은 네가 하라고 했다. 한 번 하고 관둘지, 아니면 그냥 관둘지. 물론 내가 그 '하루'를 온전히 게임에 쏟아 버리리라곤 예상하지 못한 눈치셨다.

모험은 8단계에서 끝났다. 나는 이미 5단계까지 도달한 상태였다. 난이도가 올라가자 한 단계를 끝내기까지 시간이 오래 걸렸다. 이 게임은 특히 사용자의 섬세한 손놀림이 중요한데, 나는 손에 힘도 별로 없는 데다 움직임이 느려 애를 먹었다. 다행히 리빅은 내 지시에 따라 잘 움직여 주었다. R1 버튼을 누르면 물건을 잡고, X 버튼을 누르면 위로 뛰었다. 천장에 매달려 열쇠를 획득하고, 긴 추의 반동을 이용해 절벽을 건너고, 황소 떼가 오면 열심히 점프했다. 함정은 어디에나 있었다. 리빅은 압정이 빼곡하게 박힌 구덩이에 빠지고, 돌에 맞고, 불에 타 죽었다. 하지만 그때마다 나는 '계속하기'를 눌러 댔다. 머리가 시키지 않았는데도 손이 먼저 그랬다. 그리고 일단 게임이 시작되면 멈출 수가 없었다.

한나절 이상 게임에 매달리다 보니 집중력이 급격히 떨어졌다. 어깨가 뻐근하고 눈알이 욱신거리는 게 한잠 자고 싶은 마음이 들었다. 하지만 이번이 마지막이라는 생각을 하니 도저히 눈을 붙일 수가 없었다. 거대한 수레바퀴가 나오는 7단계에선 몇 번을 넘어져 포기하고 싶을 지경이었다. 하지만 나는 연거푸 '계속하기'를 눌렀다. 그리고 저녁 무렵이 됐을 땐 마침내 8단계에 진입할 수 있었다. 8단계는 7단계만큼 미션 수행이 어렵지 않았다. 나는 내가 마지막으로 상대해야 할 엄청난 괴물을 상상하며 조심스레 앞으로 나갔다. 그런데 갖은 고생 끝에 내가 최종적으로 만난 적은 시시하고 보잘것없는 모습을 하고 있었다. 용도, 사자도,

거인도 아닌 평범한 털북숭이 아저씨였기 때문이다. 그는 우리 아빠만큼도 강해 보이지 않는 데다, 패션 감각도 엉망이었다.

"기다리고 있었다, 하하하! 하지만 누구도 내 요새를 부술 수 없어."

나는 그간 쌓아 온 요령과 기술을 이용해 녀석의 성을 가뿐하게 격파해 버렸다. 곧이어 화면 위로 털실 뭉치로 만든 지구가 둥실 떠오르더니 꽃과 함께 팡팡 얼음 폭죽이 터져 나왔다. 리빅의 둥근 얼굴 아래로 '클리어'란 글자가 가볍게 떠올랐다. 그리고 끝. 정말 끝이었다. 순간 나도 모르게 입에서 이상한 신음이 흘러나왔다. 나는 내 입에서 나오는 소리에 놀랐다. 그 소리는 목에서 나오는 소리가 아니었다. 내 안의 깊고 깊은 세계가 클리어된 동시에 문을 닫아 버린 느낌. 모든 것이 해결되고 분명해졌는데 아무것도 변하지 않은 기분. 신음은 그 어두운 동굴에서 길 잃은 바람처럼 터져 나왔다. 누굴 애타게 부르는 것도 아니고 무얼 원하는지도 모를 소리였다. 옆에서 줄기차게 잔소리를 하다 깜빡 잠이 들었던 아버지가 화들짝 일어났다.

"아름아, 왜 그래?"

나는 얼굴이 빨개져라 가쁜 숨을 쉬었다.

"왜 그래? 응? 무슨 일이야?"

아버지가 큰 손으로 내 볼과 머리를 매만지며 재차 물었다. 목울대가 뜨겁고, 어지러웠다.

"아니요, 아빠, 그게 아니고요."

"응, 말해, 아름아."

나는 호흡 곤란 환자처럼 꺽꺽거리다 급기야 그동안 참고 참았던 눈물을 터뜨리며 크게 울어 버리고 말았다.

"너무 좋아서요."

얼굴 위로 콧물과 눈물이 정신없이 쏟아져 내렸다. 병실 안의 사람들이 나를 의아하게 쳐다보는 것이 느껴졌지만, 울음은 쉽게 그치지 않았다.

2

첫눈이 왔다. 그리고 나는 혼자가 됐다. 어머니의 부축을 받으며 구름다리를 이동하다 볼에 차가운 게 닿는 것이 느껴졌다. 그것은 뺨에 가볍게 내려앉았다 이내 스륵 하고 녹았다. 그래서 나는 그게 눈이란 걸 알았다.

"눈 와요, 엄마?"

어머니가 휠체어를 멈춰 세웠다.

"응."

나는 습관적으로 고개를 젖혔다.

"얼마나요?"

어머니가 잠시 주위를 둘러보는 시간이 느껴졌다.

"아주 많이."

"어떤 눈인데요?"

"그냥 보통 눈이야."

"아니요, 엄마. 그렇지 않을 거예요. 눈 이름도 얼마나 많은데요. 조금만 자세히 말해 주세요, 어떤 눈인지."

어머니는 망설이다 자신이 가진 어휘력을 최대한 동원해 더듬더듬 말을 이었다.

"글쎄…… 눈송이가 제법 크고…… 보송해. 그리고 무엇보다도 굉장히 조용하게 내려."

나는 그게 보이기라도 하는 양 희미하게 웃었다.

"아, 함박눈이구나. 전에 아빠가 구해다 준 초등학교 교과서에서 읽은 적 있어요. 싸락눈, 만년눈, 소나기눈, 가루눈……. 아, 그리고 세상에는 도둑눈이란 이름의 눈도 있대요."

"응, 엄마도 알아."

"그럼 현미경으로 찍은 눈 결정 모양도 봤어요?"

"그럼."

"나는 그게 참 이상했는데."

"뭐가?"

"뭐 하러 그렇게 아름답나."

"……."

"어차피 눈에 보이지도 않고 땅에 닿자마자 금방 사라질 텐데."

어머니는 아무 말도 않다 휠체어에 힘을 주었다. 바퀴 아래로 가벼운 진동이 느껴졌다.

"엄마 춥다. 갈까?"

나는 고개를 끄덕인 뒤 다시 정면을 바라봤다.

"그런데 엄마, 나 오늘 처음 알았어요."

"뭐를?"

"눈에도 냄새가 있다는 걸."

반복적인 하루가 지나갔다. 무얼 해야 할지, 무얼 하지 말아야 할지 모르는 나날이었다. 어머니는 틈날 때마다 내게 신문이나 책을 읽어 주고 싶어 했다. 하지만 나는 괜찮다고 했다. 나는 더 알고 싶은 것이 없었다. 병실에는 주기적으로 새 환자가 들어왔다. 짐을 풀고 싸는 기척, 낯선 목소리, 처음 맡는 냄새로 그 사실을 알았다. 전 같으면 이것저것 물어보고 우스갯소리를 건넸겠지만, 금방 헤어질 사람과는 마음을 나누지 않는 편이 좋았다. 그리고 나 역시도 그들이 내게 아무것도 물어보지 않길 바랐다. 병실에는 여느 때처럼 보험 회사 직원과 요구르트 아줌마, 청소 아줌마와 예배 시간을 광고하는 교인들이 들락거렸다. 보호자들은 공동 세면대에서 간단한 설거지를 하고 수건을 빨았다. 나는 수증기 냄새를 통해 그것이 뜨거운 물인지 미지근한 물인지 구별할 수 있었다. 내가 누운 침대 바로 옆에는 공용 냉장고가 있었다. 그것은 하루에도 몇 번씩 사람들에 의해 여닫혔다. 그리고 그때마다 김치 냄새를 비롯한 온갖 음식 냄새를 쏟아 냈다. 우리가 먹을 수 있고, 또 먹어야 하는 음식치곤 퍽 비위가 상하는 냄새들이었다. 하루 중 가장 조용한 때는 오후 두세 시경이었다. 그 시간엔 간병인을 비롯해 환자들이 대부분 낮잠을 자거나 산책을 나갔다. 별로 보고 싶지 않은 티브이 프로그램의 소음을 감내해야 하는 것을 비롯해 공동생활의 여러 가지 긴장에 지쳐 있던 나는, 반지하에 해가 들듯 하루 중 아주 잠깐 찾아오는 그 고요를 귀하게 여겼다. 그리고 음악을 듣듯 정적에 집중했다. 고요의 구성, 고요의 화음, 고요의 박자 같은 것을 헤아리며 숨을 골랐다. 그러곤 눈앞의 어둠을 응시하며 여러 가지 생각을 하다 까무룩 잠이 들었다.

병실 안이 사람들로 북적일 때는 라디오를 들었다. 몸을 웅크린 채 이어폰을 끼고서였다. 라디오에서는 평범한 사람들의 수다, 고민, 그리고 농담이 쉴 새 없이 방출됐다. 마당 위에 햇빛이 끓듯 바깥에서 말이 끓었다. 그것은 어느 때고 쉬지 않고 활달하게 들려왔다. 나는 라디오를 즐기지도, 그렇다고 멀리하지도 않았다. 나는 그냥 그 소리들이 내 귓속으로 흘러들게 놔두었다. 사람들은 슬픈 이야기, 재밌는 이야기, 아름다운 이야기를 적어 방송국에 보냈다. 그것은 전파를 타고 지상 곳곳에 뿌려졌다. 신청곡 중에는 내가 아는 노래도 있었다. 오래전, 그 애와 주고받은 편지에 들어 있던 음악이었다. 나는 그 애가 더 이상 그 애이지 않다는 걸 알면서도, 가슴이 떨렸다.

가끔은 가위에 눌려 잠에서 깼다. 전에도 악몽에 시달리지 않은 건 아니지만, 이제는 눈을 떠도 여전히 어둠 속이라는 사실이 달랐다. 이미 깨어난 상태여도 여전히 더 깨어나고 싶은 욕구가 든다는 것도. 하지만 내가 눈을 뜨자마자 하는 일은 머리맡에 놓인 선글라스를 찾는 거였다. 그걸 쓰든 안 쓰든 별 차이는 없지만, 다른 사람들에게 맨눈을 보이는 게 실례일 것 같단 생각이 들어서였다. 나는 어둠에서 풀려나 새 어둠에 갇혔고, 그걸 다시 다른 어둠으로 가렸다. 그러곤 깊이를 알 수 없는 바닥으로 침잠해 갔다. 예전에는 그나마 책이라는 창을 통해 세상과 연결되는 느낌이었는데, 어느 순간 누군가 덧문을 쾅! 하고 닫은 뒤 블라인

드를 내려 버린 기분이었다. 나는 내가 그 방에서 영원히 나올 수 없다는 걸 알았다. 그리고 다시 일상…… 또 일상이었다. 작년과 같고 재작년과 같은 날들이 이어졌다. 기상, 식사, 진료, 식사, 치료, 취침. 기상, 진료…….

어느 땐 같은 꿈을 반복해 꾸었다. 예전에도 곧잘 꾸곤 하던 트램펄린 꿈이었다. 한차례 소나기가 지나간 초여름 대낮이었다. 하늘은 숨 막히게 푸르고, 들판 위로 이슬을 머금은 잔디가 끝도 없이 펼쳐져 있었다. 나는 그 초록 한가운데서 가볍게 건들거렸다. 탄성 좋은 트램펄린에 올라 흔들흔들, 비상을 예고하는 리듬을 타고……. 콧속 후각 세포는 부드럽게 출렁이며 녹색 바람을 폐 속으로 밀어 넣었다. 내 허파는 세상 모든 풍경을 통째로 들이마시려는 듯 크게 부풀어 올랐다가 가라앉았다. 잠시 후 나는 결심한 듯 있는 힘껏 공중으로 튀어 올랐다. 눈을 감고 하늘에 안겨 얼마간 정지해 있었다. 점프는 몇 번이고 반복됐다. 나는 통 —하고 날아오른 뒤 개운하게 웃고, 다시 통 — 하고 뛰어오르며 만세를 불렀다. 누가 그만하라고만 하지 않는다면 언제까지라도 그러고 있을 것 같았다. 그런데 어느 순간 기구 주위로 노인들이 하나둘 모여들었다. 그들은 트램펄린 주위를 둥글게 에워싼 채 입을 벌리고 나를 올려다봤다. 그런데 하나같이 이가 없고 눈동자가 하앴다. 나는 총에 맞은 새처럼 바닥으로 떨어졌다. 순간 트램펄린 바닥의 검은 천이 푹 꺼지더니 저 땅 밑 세계로 사정없이 빨려 들어가기 시작했다. 얼마 뒤 정신을 차렸을 때, 나는 생전 처음 보는 공간에 와 있었다. 사방이 벽돌로 둘러싸인 깊은 우물

안이었다. 나는 아득한 허공을 향해 손나팔을 만들어 외쳤다. 머릿속에서는 분명 도와 달라는 말이 떠올랐는데, 입 밖으로 튀어나온 건 뜻밖에도 다른 말이었다.

"여자 친구 하나만 만들어 주세요!"

주위에선 아무 기척이 없었다. 나는 한 번 더 큰 소리로 외쳤다.

"여자 친구 하나만 만들어 주세요! 네?"

그러자 하늘에서 '텀벙' 소리와 함께 무언가가 떨어졌다. 나는 균형을 잃고 물속에서 허둥댔다. 그러곤 가까스로 중심을 잡고, 다시 소리가 나는 쪽을 향해 물었다.

"누구세요?"

주위는 너무 어두워 사방을 분간할 수 없었다. 이윽고 저쪽에서 한없이 낮고 무거운 목소리가 들려왔다.

"나는 아무것도 아니야."

"……."

"그러니까 너도 아무것도 아니지……."

3

복도에서 밥 냄새가 났다. 병원 밥 특유의 헛헛하고 무표정한 냄새였다. 몇몇 보호자와 간병인 할머니들이 기계적으로 자리에서 일어나 식판을 받으러 가는 기척이 났다. 음식에 대한 기대나 설렘이 전혀 느껴지지 않는 발걸음이었다. 어머니는 내 앞에 앉아 능숙하게 밥시중을 들었다. 하지만 나는 밥을 몇 술 받아먹다 말고 도리질을 했다.

"더 안 먹어? 너 좋아하는 거 나왔잖아."

"응, 입맛이 없어서요."

"왜, 또 속이 안 좋아?"

"아니요, 그냥 입맛이 없어서요."

어머니가 채근했다.

"아름아, 어디 아프면 아프다고 말해. 그래야 엄마가 알지. 그래야 의사 선생님한테…….."

나는 나도 모르게 소리를 질렀다.

"아니라니까 엄마. 그리고 내가 언제 안 아픈 적 있어요?"

그러곤 이불을 뒤집어쓴 채 자리에 누웠다. 잠시 후, 얕은 한숨과 함께 플라스틱 식기들이 부딪치는 소리가 들려왔다. 나는 몇 번 주저하다 다시 자리에서 일어나 식판 앞에 앉았다.

"소리쳐서 미안해요, 엄마. 근데 돈까스가 바삭바삭해야 하는데 너무 눅눅하잖아."

식사를 마친 뒤엔 약을 먹었다. 종류도 크기도 가지가지인 여러 가지 약이었다. 다른 환자들은 이미 화장실에 가거나 산책을 나간 듯했다. 나는 라디오를 들으려 엠피스리 플레이어를 찾아 머리맡을 더듬었다. 그런데 늘 같은 자리에 놔뒀던 물건이 손에 잡히지 않았다. 엄마에게 찾아 달랄까 망설이다 괜히 귀찮게 해 드리는 것 같아 사물함 쪽으로 팔을 뻗었다. 동시에 뭔가 선득한 물체가 손에 걸리는 것 같더니 바닥으로 떨어지며 박살 나는 소리가 났다. 아마 어머니가 양치할 때 쓰는 머그컵인 듯했다. 어머니가 황급히 내 쪽으로 다가오며 괜찮으냐고 물었다. 나는 대답 대신 입을 꾹 다물었다. 이상하게 미안하단 말은 하고 싶지 않았다. 괜찮다는 말도 하고 싶지 않았다. 어머니는 침대 밑에 쭈그리고 앉아 컵 파편을 치우기 시작했다. 나는 꼼짝 않고 누워 멍하니 천장을 바라봤다. 그런데 그때 어머니가 누군가를 향해 '어머, 웬일이세요?' 하고 묻는 소리가 났다. 어머니의 말투가 미적지근한 것으로 봐서 그다지 반가운 손님은 아닌 듯했다.

"어, 잠깐 볼일이 있어 왔다가, 아름이 생각이 나서."

"어?"

나는 소리가 나는 쪽을 향해 바로 고갤 틀었다.

"뭘 이런 걸······."

어머니가 비닐봉지에 든 내용물을 냉장고 안에 넣는 움직임이 느껴졌다. 이윽고 목소리의 주인공이 내 곁으로 왔다. 그에게서 신선하고 비릿한 바깥 냄새가 났다.

"이야, 너 영화배우 같구나?"

장씨 할아버지였다. 나는 한 손으로 선글라스를 치켜올리며 우쭐댔다.

"이미 공중파 한번 탔는걸요."

우리는 가만가만 여러 가지 얘기를 나눴다. 여느 때처럼 편안하고 쓸데없는 대화였다. 나는 내가 장씨 할아버지를 진심으로 반가워하고 있다는 사실에 조금 놀랐다. 좋아하긴 했어도 이 정도는 아니었는데······. 새삼 아무 얘기나 서슴없이 털어놓을 수 있는 상대를 만나니 눈물이 날 정도로 기뻤다. 하지만 그런 속마음과 달리 나는 자꾸 껄렁한 농담만 하고 있었다. 그리고 그건 할아버지도 마찬가지였다. 어쩌면 옆에 어머니가 있다는 사실을 둘 다 지나치게 의식하고 있어서였는지도 몰랐다. 이런 내 맘을 아는지 모르는지 얼마 뒤 장씨 할아버지가 어렵사리 말문을 열었다.

"아름 엄마, 내 부탁 하나 하세."

"예? 무슨?"

"아름이랑 잠깐 바깥바람 좀 쐬고 오게 해 주구려."

"할아버지……."

"잠깐이면 돼. 멀리도 안 가."

"할아버지, 무슨 말씀이신지는 잘 알겠는데요, 지금 아름이 상태가……."

"엄마."

나는 다급하게 어머니의 말허리를 잘랐다.

"그렇게 해 주세요."

"……."

"그럴래요, 나. 사실 그동안 하고 싶은 게 하나도 없었는데, 지금 막 그게 생겼어요. 엄마, 허락해 주세요."

겨울의 풍경은 군더더기가 없었다. 볼 수도 만질 수도 없었지만, 삭풍에 실려 오는 여윈 사물들의 냄새로 나는 이 겨울이 여느 겨울과 같은 겨울임을 알아챌 수 있었다. 힐벗은 나무들은 심호흡을 하며 겨울 햇빛을 깊숙이 들이마시고 있었다. 그 소리를 듣자 내 몸의 땀구멍도 일제히 열리는 듯했다. 나무들이 먹는 것을 나도 먹고 싶다는 듯. 세포들이 하나하나 기분 좋게 깨어났다. 나는 오랜만에 허공에다 '하아' 입김을 불어 보았다. 아스라이 나타났다 사라질 뿌연 입김을 떠올리니, 그걸 한번 다시 보고 싶은 마음이 들었다. 장씨 할아버지는 휠체어를 밀며 정원 주위를 맴돌다 다소 외진 곳에 자리를 잡고 앉았다. 그러고는 나를 번쩍 안아 벤치 위로 옮겼다. 할아버지의 팔에 안긴 사이, 나는 내 몸이 종이처럼 가벼워졌다는 걸 느낄 수 있었다. 동시에 '의자라고 같은 의자가 아니지.' 중얼대는 소리가 귓가에 들려왔다. '새끼줄 백 발은 쓸 데가 많아도 사람 백발은 쓸모가 없네.' 흥얼흥얼 노래하는 소리도……. 장씨 할아버지는 내 무릎에 담요를 덮어 줬다. 그러고는 자기 목도리를 풀어 내 목에다 칭칭 감았다. 한겨울의 정갈한 기운이 정수리에 내려앉았다. 어디선가 아득히 아이들 떠드는 소리, 자동차 소리, 새소리와 바람 소리가 들려왔다. 그것은 마치 다른 세계에서 들려오는 소리 같았다. 우리는 잠시 그 소리를 경청했다. 이윽고, 아무 말도 않던 장씨 할아버지가 입을 열었다.

"세상은 참…… 살아 있는 것투성이구나. 그지?"

우리는 드문드문 대화를 나눴다. 입원 하루 전 작별 인사를 나눴을 때와 마찬가지로, 주로 내가 묻고 할아버지가 대답하는 식이었다.

"할아버지?"

"응?"

"나 또 뭐 물어봐도 돼요?"

"응."

"평생 아픈 대신 장수하는 자식과 건강한데 요절하는 자식 중 하나를 고를 수 있다면, 할아버지는 무얼 고르시겠어요?"

할아버지가 기가 찬 듯 '허' 소리를 냈다. 눈에 보이진 않아도 아마 살다 살다 별 해괴한 소리를 다 듣는다는 표정을 짓고 계실 게 뻔했다.

"그러니까 뉴스에 자주 나오는 안락사 같은 거 말이에요. 환자가 괴롭더라도 그냥 두는 게 맞는지, 고통에서 풀어 주는 게 최선인지. 공부 많이 한 어른들이 나와서 토론도 하고 그러잖아요. 상황은 좀 다르지만 그게 만일 내 자식이라면 어떨까 상상한 적이 있거든요. 만일 하느님이 '너한테 자식을 주겠다. 대신 두 가지 중 하나를 정해야 한다. 첫째 아프더라도 오래 산다. 둘째 짧게나마 건강한 삶을 누린다.' 그러면 어떡하나 꽤 오랫동안 고민했었거든요. 할아버지라면 어떡하시겠어요?"

장씨 할아버지가 깊은 한숨을 쉬었다. 노여운 건지 슬픈 건지 모를 호흡이었다.

"아름아."

"네?"

"그런 걸 선택할 수 있는 부모는 없어."

"……"

"넌 입버릇처럼 항상 네가 늙었다고 말하지. 그렇지만 그걸 선택할 수 있다고 믿는 거, 그게 바로 네 나이야. 질문 자체를 잘못하는 나이. 나는 아무것도 안 고를 거야. 세상에 그럴 수 있는 부모는 없어……"

"할아버지?"

"왜 또 이놈아?"

"사람은 언제 어른이 돼요?"

"엥?"

"주민 등록증이 나올 때예요, 군대에 다녀온 뒤예요, 결혼한 다음이에요?"

"그야…… 물론 애를 낳은 다음이지."

나는 곰곰 고민하다 괜히 할아버지에게 까불고 싶은 마음이 들어 앳된 소리를 냈다.

"어? 그럼 할아버지도 아직 어린애게요?"

기대와 달리 장씨 할아버지는 아무 반응도 보이지 않았다. 나는 혹 내가 무슨 잘못을 한 게 아닐까 조마조마했다.

"있었지…… 나도."

"……."

"다 컸음 딱 네 애비만 했겠구나. 하지만 그보다는 훨씬 훌륭하게 자라 주었을 거야. 그건 내가 장담할 수 있지."

그때서야 나는 내가 조금 전 확실히 실언했다는 걸 알았다. 그래서 장씨 할아버지가 우리 아빠 욕을 하고 있다는 사실도 잊은 채, 실수를 만회하기 위해 머리를 굴렸다. 하지만 먼저 말을 이어 준 건 장씨 할아버지였다.

"에구, 나도 사람이 언제 다 크는지 모르겠구나. 더 자랄 수 없는 사람은 무얼 하는지, 그런 것도 모르겠고."

"……."

"근데 내가 마흔 넘었을 때 딱 그런 생각이 들더구나. 이제 내 몸은 나빠질 일만 남았다, 하는. 몸이 좋아 몸이 있다는 것도 모르고 산 게 지금까지의 삶이었구나, 앞으로는 뭔가 잃어버릴 일만 남았겠구나 하고 말이야."

"음."

"그래도 그땐 그냥 짐작이었지. 나이란 건 말이다, 진짜 한번 제대로 먹어 봐야 느껴 볼 수 있는 뭔가가 있는 거 같아. 내 나이쯤 살다 보면…… 음, 세월이 내 몸에서 기름기 쪽 빼 가고 겨우한 줌, 진짜 요만큼, 깨달음이라는 걸 주는데 말이다, 그게 또 대단한 게 아니에요. 가만 봄 내가 이미 한 번 들어 봤거나 익히 알던 말들이고, 죄다."

"그럼 저도 지금 아는 것을 나중에 한 번 더 알게 돼요?"

"그럼."

"근데 그게 달라요?"

"당연하지."

"왜요?"

"궁금해?"

"네."

"진짜? 알고 싶어?"

"아이참, 그렇다니까요."

"그럼 일단 그때까지 살아 봐. 그럼 되잖아."

그러고는 뭐가 즐거우신지 조그맣게 낄낄댔다.

"뭐, 딴 얘긴데, 이 할아비도 십 대 때는 말이다, 머리털이 엄청 풍성해서 탈모 걱정을 하나도 안 했어요. 그러니까 당연히 딴 사람들 머리통에 털이 얼마나 박혀 있나 전혀 관심 없었지. 막말로 세상에 대머리가 존재하는지조차 몰랐어. 보이지가 않았으니까. 게다가 우리 아버지는 지금도 머리가 풍성하다고. 어디 가면 내가 우리 아빠 아빤 줄 알아, 나 참."

"어? 나도 가끔 그런 생각 하는데! 우리 아버지가 늙으면 나처럼 되겠구나 하고. 미래의 아버지 얼굴이 궁금하면 지금 내 얼굴을 보면 되겠구나 하고요."

"다를 수도 있지."

"왜요?"

"나이는 몸으로만 먹는 게 아니니까."

나는 잠시 주저하다 말을 이었다.

"할아버지?"

"응?"

"할아버지 아버지는 좀 어떠세요?"

"……똑같지 뭐."

"할아버지?"

"뭐?"

"근데 할아버지는 할아버지 아버지 앞에서 왜 그렇게 철없이 구세요? 내가 볼 땐 할아버지 되게 똑똑한 거 같은데. 더 의젓한 아들이 되고 싶지 않으세요?"

"별로."

"왜요?"

"내가 그러는 걸 아버지가 좋아하니까."

이번에는 반대로 할아버지가 내 이름을 불렀다.

"아름아."

"네?"

"부모님은 잘 계시지?"

"네, 아까 보셨잖아요."

"그렇지."

그러고는 새삼 따뜻하게 물었다.

"너도 잘 지내지?"

"그럼요."

"그때 그 꼬마 아가씨랑은 잘됐니? 왜 너한테 편지 보냈다는
그 아이……."

순간 나는 가슴이 철렁했지만 아무렇지 않게 답했다.

"네, 좋은 친구로 지내고 있어요."

"허허, 거봐라. 지도는 여자들이 만드는 거라고 그랬지? 우리
는 그냥 따라가기만 하면 돼."

나는 할아버지를 향해 부러 짧은 미소를 지었다. 잠시 침묵이
흘렀다.

"아름아."

"네?"

"실은 어제 네 엄마를 봤어. 택배 갖다주러 갔는데…… 네 엄마
가 현관 앞에 앉아 울고 있더구나. 집에도 못 들어가고."

"……."

"그래서 나는 도로 집으로 왔어. 암 소리 안 하고. 그랬더니 새

삼 네가 보고 싶지 뭐냐? 주책맞게."

나는 꼼짝 않고 할아버지 얘길 들었다. 그러곤 이럴 땐 무슨 말을 하는 게 좋을지 몰라 그냥 내가 제일 잘하는 말을 했다.

"할아버지?"

"응?"

"나 괜찮아요."

"그지?"

"그럼요."

"그래, 그럴 줄 알았어."

얼마 뒤 장씨 할아버지에게서 이상한 소리가 났다. 나일론 소재의 섬유가 손에 쓸리는 소리와 뭔가 부스럭거리는 기척이었다. 아마 점퍼 호주머니에 손을 넣어 뭔가 찾고 계신 모양이었다. 잠시 후, 장씨 할아버지가 내 손을 잡았다. 손난로를 쥐듯, 내 오른손을 둥글게 감싸 안은 거였다. 내 손은 할아버지 손에 쏙 들어갔다. 그런데 손바닥 안에서 뭔가 물컹 하는 감촉이 전해졌다.

"내가 참 이래도 되는가 모르겠다……."

나는 손에 든 물체를 더듬거리다 귓가로 가져가 흔들어 봤다. 물렁물렁한 상자에서 찰방이는 소리가 났다.

"소주야, 아름아."

나는 손동작을 멈췄다. 장씨 할아버지에게 뭔가 재밌는 말을 건네고 싶은데, 마땅한 말이 떠오르지 않았다.

"천천히 마셔야 해, 알았지?"

알 수 없는 감정에 몸이 떨렸다. 이상하게 눈물이 나려는 것도 같았다. 장씨 할아버지는 팩 소주에 빨대를 꽂아 내게 건넸다. 어쩌면 주위를 의식하며 끊임없이 두리번거리고 계실지도 몰랐다. 나이 탓인지 추위 탓인지 옆에서 바들바들 떨고 계신 것이 느껴졌다. 나는 그걸 두 손으로 감싸 쥐고 천천히 입가로 가져갔다. 그러곤 조심스레 한 모금 들이켰다.

"쓰지?"

내가 이마를 찡그리자 할아버지가 어린아이 다루듯 다정하게 물었다.

"네."

"그래, 그러니까 조금만 마셔."

바람이 찼다. 나는 어디에서 불어와 어디로 가는지 모를 그 바람을 온몸으로 맞으며 조금씩 팩 소주를 홀짝였다. 할아버지는 아무 말도 않고 어딘가를 응시했다. 나는 앞을 못 봐 할아버지가 어디를 보고 계신지는 알 수 없었지만, 그렇게 의자에 나란히 앉아 칼바람을 맞고 있으니 어쩐지 우리가 같은 곳을 바라보고 있다는 느낌이 들었다.

4

라디오에서 동파한 수도관과 얼어 죽은 새들에 관한 뉴스가 나왔다. 도시 근교에서는 비닐하우스가 무너지고 양식장의 물고기가 얼어붙었다고 했다. 눈 덮인 도시는 고요했다. 병실에선 하루 종일 가습기가 돌아갔다. 하지만 히터 역시 쉬지 않고 가동돼 병실 공기는 숨이 막힐 정도로 갑갑했다.

나는 하루하루 말라 갔다. 해풍에 오래 마른 생선처럼 간신히 형체만 간직한 채 안쪽으로, 안쪽으로 졸아 갔다. 얼마나 더 작아져야 노래처럼 가벼워질지는 알 수 없었다. 내가 줄인 몸피가 과연 바깥의 둘레를 넓혔는지도 가늠할 수 없었다. 그래서 나는 그냥 내가 할 수 있는 일을 했다. 살아 있는 것. 하지만 어느 때는 그게 과연 맞는 일인가 혼란스럽기도 했다. 심폐 소생술 금지 각서를 제출한 건 오래전이었다. 부모님과 고민 끝에 내린 결정이었다. 어둡고 긴 날들이 이어졌다. 나는 묵묵히 병원에서의 일상을 견뎌 갔다. 기상, 식사, 진료, 식사, 치료, 취침. 기상, 진료……. 나는 나를 기다리고 있는 것이 무엇인지 알았다.

하루 중 대부분은 침대에서 보냈다. 내 몸은 급속도로 약해져 갔다. 팔다리를 가누는 것도, 눈꺼풀을 움직이는 것도 힘에 부쳤다. 이따금 내 모습이 궁금했지만, 누구에게 설명해 달라곤 하지 않았다. 눈을 감으면, 내 속에서 아무렇게나 버려진 단어들이 어지러이 뒹굴었다. 누군가 오랫동안 방치해 둔 정원처럼 흉흉하고 어수선한 풍경이었다. 나는 나뒹구는 낱말 카드 중 하나를 주워 주의 깊게 들여다보았다. 그러곤 내가 끝끝내 알지 못하고 가게 될 말들에 대해 생각했다. 안다면 그건 어떤 모양을 하고 있을까, 새삼 사무치게 궁금해지는 단어들이었다. 어려서부터 나는 늘 내가 가진 사전을 고쳐 쓰고 싶었다. 그때그때 나이와 경험에 맞게. 할 수 있다면 여러 권의 사전을 가지고도 싶었다. 하지만 이젠 알고 있는 단어를 추스르기도 버거웠다. 어느 때는 아주 쉬운 단어도 잘 떠오르지 않아 그걸 설명하기 위해 먼 데서부터 휘휘 돌아와야 했다. 엄마, 그거 있잖아요, 하얗고 네모난 거……. 나는 말들이 나를 떠나가고 있다는 걸 알았다.

어머니는 종종 병실을 비웠다. 집에 빨랫감을 가져가거나 밑반찬을 챙겨 오기 위해서였다. 보호자가 없을 땐 옆의 간병인 할머니나 간호사 누나가 나를 돌봐 줬다. 하지만 나는 다른 사람들에게 신세를 지고 싶지 않아 어머니가 외출할 때마다 일부러라도 낮잠을 잤다. 오늘도 그런 날 중의 하나였다. 나는 점심 식사를 마친 뒤 약에 취해 까무룩 잠에 빠져 있었다. 한 시간을 잤는지, 두 시간을 잤는지 알 수 없었다. 어느 순간 나는 '흡' 소리를 내면서 자리에서 일어났다. 이번에도 나쁜 꿈을 꾼 거였다. 호흡이 가빠지며 식은땀이 났다. 입이 바싹 마르는 게 누군가 온몸을 쥐어짠 것 같은 기분이 들었다. 나는 창턱에 놓아둔 빨대 달린 물통을 찾아 손을 뻗었다. 그런데 문득, 주위에서 평소와 다른 낯선 공기가 감지됐다. 담배 냄새와 땀 냄새, 그리고 엷은 스킨 향기가 섞인 묘한 기운이었다. 나는 누군가 내게 아주 가까이 다가와 있다는 걸 알았다. 심지어 그 사람은 내가 그걸 몰랐으면 하고 바란다는 것까지도. 대체 언제부터 그러고 있었는지 알 수 없었다. 낯설고 섬뜩한 기분이 들었다. 나는 애써 불안한 기색을 감추며 상대를 향해 물었다.

"엄마?"

주위에선 아무 소리도 들리지 않았다. 평소라면 다른 환자나 간병인이라도 대신 대꾸해 주었을 텐데, 병실 안엔 그와 나밖에 없는 듯했다. 나는 한 번 더 다급하게 물었다.

"엄마야?"

숨죽인 채 상대의 반응에 집중했다. 그는 여전히 묵묵부답이었다. 하지만 그도 긴장했는지 어느 순간 꿀꺽 ── 하고 침 넘기는 소리를 냈다. 나는 누군가 분명 곁에 있음을 확신하고 용기 내어 물었다.

"누구세요?"

"……."

이번에도 그는 아무 대꾸도 하지 않았다. 대신 어렴풋이 거친 숨소리가 들려왔다. 나는 그 소리를 꼼짝 않고 들었다. 그러자 조금 무섭다는 생각이 들었다. '간호사 누나를 부를까? 아니 좀 더 지켜볼까?' 갈등하는 사이, 갑자기 그가 긴 침묵을 깨고 입을 열었다.

"미안하다……."

순간 나는 내 귀를 의심했다.

'뭐라구? ……뭐가?'

한 번도 들어 본 적 없는 음성이었다. 그것은 한없이 깊고 낮은 울림을 갖고 있었다. 순간 그럴 리 없다 싶으면서도 그럴지도 모른다는 예감이 강하게 뇌리를 스쳐 갔다. 그리고 그 생각을 하자 가슴 한쪽이 심하게 아려 왔다. 나는 소리가 나는 쪽을 향해 큰 소리로 물었다.

"서하니?"

"……."

"서하야?"

"……."

갑자기 가슴이 심하게 방망이질 치기 시작했다. 놀라움인지 노여움인지, 반가움인지 서러움인지 모를 떨림이었다. 나는 내가 그 감정이 무엇인지 알아내기도 전에 그 애가 떠날까 봐 겁이 났다. 어쩌면 이게 그 애와 마주할 수 있는 마지막 기회일지도 모른다는 생각이 들어서였다. 나는 어떤 말로든 그 애를 붙잡고 싶었다. 그런 뒤 시간이 되면 그 애 말도 한번 들어 보고 싶었다. 하지만 막상 입을 열려고 하자 무슨 얘기부터 꺼내야 할지 몰랐다. 그동안 그렇게 오래 생각했는데. 묻고 또 묻고, 나 혼자 한 대답들도 꽤 많은데. 묻고 또 물어 봤자 끝끝내 알 수 없던 얘기들도 정말 많은데. 도무지 어떤 것부터 꺼내야 할지 몰랐다. 하지만 이 순간 무언가 꼭 전해야만 한다면, 그 애가, 혹은 그 사람이 사라지기 전에 하고 싶은 말은 있었다. 나는 내 앞의 누군가를 향해, 어두운 무대에 선 연극배우처럼 혼잣말을 했다.

"맞구나. 그럴 줄 알았어."

"……."

"전부터 꼭 하고 싶은 말이 있었는데, 이렇게 만나게 돼 다행이야."

"……."

"네가 무얼 생각하고 있는지 모르겠어. 어쩌다 여기까지 찾아오게 됐는지도 모르겠고. 너는 아마 지금 내가 무척 화가 나 있을 거라 생각하겠지? 그래, 맞아. 원망했던 것도, 미워하고 저주했던 것도 사실이야. 그리고 앞으로도 계속 그럴지 몰라."

"……"

"그래도 한 번쯤은 네게 이 얘기를 전하고 싶었어. 우린 한 번도 만난 적이 없지? 직접 목소리를 들은 적도 없고, 얼굴을 마주한 적도 없고. 어쩌면 앞으로도 영영 만날 수 없을 테지? 하지만 너와 나눈 편지 속에서, 네가 하는 말과 내가 했던 얘기 속에서, 나는 너를 봤어."

"……"

"그리고 내가 너를 볼 수 있게, 그 자리에 있어 주었던 것, 고마워."

"……"

저쪽에서 한 번 더 침 넘기는 소리가 났다. 조금만 더 이야기를 나누다 봄, 그 애가 먼저 용기를 낼 수도 있겠단 생각이 들었다. 나는 뭔가 더 전할 말을 찾기 위해 마음속을 더듬었다. 하지만 내가 막 다음 말을 하려는 순간, 누군가가 우리 사이의 침묵을 찢고 들어왔다.

"누구세요?"

볼일을 마치고 온 어머니였다. 나는 어머니의 목소리를 듣자마자 실망과 안도를 동시에 느꼈다. 그 애와 좀 더 깊은 얘길 나눌 수 있는 기회가 사라졌다는 아쉬움과, 적어도 내가 헛것을 상대한 것은 아니었구나 하는 확신이 들어서였다. 나는 지금 이 상황을 어머니께 뭐라 설명하나 잠시 갈등했다. 그런데 그때까지 한마디도 않던 그 사람이 느닷없이 입을 열었다.

"죄송합니다. 제가 병실을 잘못 찾았나 봅니다."

차분하고 예의 바른 말투였다. 당황하는 기색도 별로 느껴지지 않았다. 그런 뒤 그는 누가 뭐라 할 새도 없이 감쪽같이 사라져 버렸다. 순식간에 벌어진 일이었다. 나는 허망한 마음으로 병실 입구 쪽을 바라보았다. 어쩌면 정말 나랑 상관없는 사람인데, 내 말을 끊는 게 미안해 거기 계속 서 있었는지도 몰랐다. 나는 쇼핑백을 정리하고 있는 어머니를 향해 물었다.

"엄마."

"응?"

"누구예요?"

"뭐?"

"방금 나간 사람…… 누구였어요?"

"응, 신경 쓰지 마. 잘못 들어온 거래."

"어떻게 생겼는데요?"

어머니가 문득 하던 일을 멈추고 내 쪽을 돌아봤다. 목소리의 크기와 방향이 내게 그렇다고 일러 줬다.

"왜, 아는 사람이야?"

나는 허공을 보며 한참 동안 눈을 깜빡이다 조용하게 답했다.

"모르겠어요."

그리고 그날 밤, 나는 오랜만에 꿈을 하나 꾸었다. 여느 때와 달리 색이 많아 선명하고 눈맛이 시원해지는 꿈이었다. 그것도 가슴이 벅찰 정도로 탐스러운 주황이 안개꽃처럼 흐드러지게 피어 있는. 나는 어느 들판에 서 있었다. 예전에 한번 와 본 것도 같고 아닌 것도 같은 동네였다. 하늘은 높고 청명했다. 누가 보면 촌스럽다 말할 파랑. 그렇지만 지평선 위로 우뚝 솟은 감나무와는 더할 나위 없이 잘 어울리는 파랑이었다. 나는 고개를 한껏 젖혀 감나무를 올려다보았다. 여윈 가지에, 붙어 있는 이파리라곤 한 장도 없는데, 열매 하나는 끝내주게 많이 달린 고목이었다. 몸통은 날렵했고 하늘 위로 실핏줄처럼 뻗은 가지의 곡선이 유려했다. 나는 까치발을 한 채 감나무 가지에 손을 뻗었다. 하지만 아무리 애를 써도 열매가 손에 닿지 않았다. 제자리서 몇 번 껑충 뛰어올라 봐도 마찬가지였다. 그런데 어느 순간 발아래가 가벼워지는 느낌이 났다. 누군가 나를 들어 올리기라도 하듯 내 몸이 저절로 붕 떠오른 거였다. 나는 먹음직스러운 빛깔의 홍시 하나를 따, 그 자리에서 덥석 베어 물었다. 입 속에서 툭 ─ 황혼이 터지는 느낌이 났다. 나는 혀끝으로 그 주황의 맛을 오래 음미했다. 동시에 입맛을 다시며 나도 모르게 웅얼거렸다.

"이상하다……. 꿈이 이렇게 생생하다니."

그리고 다시 깨어났을 때, 나는 중환자실에 있었다.

5

면회는 하루 두 번, 가족에 한해 삼십 분만 허용됐다. 나는 종일 침대에 누워 그때가 오기만을 기다렸다. 하루 중 그 시간이 유일하게 내가 나라는 걸 알려 줬고, 그것 외엔 달리 할 일이 없어서였다. 주위에선 이따금 경보음이 울렸다. 그러면 곧 여러 사람들이 긴박하게 움직였고, 급기야 알고 싶지 않은 일들이 일어났다. 그것도 바로 옆에서, 혹은 뒤에서. 나는 내가 볼 수 없는 것들에게서 두려움을 느꼈다.

얼마만큼의 시간이 흘렀는진 알 수 없었다. 열흘, 혹은 보름쯤 됐을까. 나는 몇 번 혼수상태에 빠져 부모님을 놀라게 했다. 어느 때는 의식을 반쯤 잃은 상태에서 난데없이 '아빠? 편지 왔어요?', '편지 왔어요?' 하고 묻는 바람에 부모님을 당황시켰다. 나중에 간호사 누나를 통해 전해 들은 바로는 그랬다. 부모님은 그 아이에 대해 알고 계셨지만, 내가 그 아이의 정체를 알고 있다는 사실까지는 모르고 계셨다. 그래서 한때 내가 게임기에 빠져 있었을 때도, 부모님은 그게 다 서하의 병세 때문일 거라고만 생각하셨다. 그 애가 중환자실에 있다는 소식을 듣고, 상심한 나머지 도피처를 찾은 모양이라고. 나는 두 분이 그렇게 오해하시도록 놔뒀다. 그래서 내가 응급 상황에서 '편지' 따위의 허튼소리를 했다는 걸 알았을 때, 나는 몹시 부끄러움을 느꼈다. 하지만 이제 그런 것은 아무 의미가 없었다. 나는 내게 시간이 많지 않다는 걸 느꼈다.

한 날, 짧은 면회 시간을 이용해 아버지께 말했다.
"아빠, 부탁이 있어요."
"응, 얘기해."
아버지의 몸에서 엷은 소독약 냄새가 났다.
"다시 오실 때, 제 노트북에서 파일 하나만 프린트해서 갖다주실 수 있어요?"

"무슨 파일?"

"제 메일에 들어가면 '내게 쓴 편지함'이란 게 있을 거예요. 그 중 맨 위에 있는 걸 뽑아다 주시면 돼요. 전에 비밀번호 알려 드린 거 기억하고 계시죠? 대신 절대로 먼저 읽어 보지 않겠다고 약속하세요."

"뭔데 그러니?"

"나중에 꼭 말씀드릴게요. 저한테 무척 중요한 일이에요."

"그래, 약속할게."

아버지는 진지하게 대꾸했다. 하지만 어쩐지 그것으로는 성이 차지 않았다. 그전에도 한 번 승찬 아저씨에게 배신을 당해 본 경험이 있어서였다. 문득 만일 내가 아버지라면, 그럼 나는 어떻게 할까? 하는 의문이 들었다. 그러자 곧장 '읽어 본다' 쪽으로 마음이 쏠렸다.

"아빠."

"……."

"정말 안 읽어 보실 거죠?"

"그렇다니까."

"그럼 지금부터 제가 하는 말을 따라 하세요."

"응."

"만일 내가 그 파일을 먼저 읽으면 아름이가 일찍 죽는다."

"뭐?"

"빨리 따라 하세요. 만일 내가 그 파일을……."

"싫어 이 녀석아. 이 자식이 못 하는 말이 없네. 농담으로라도 그런 말 하지 마."

어둠 속 아버지의 목소리는 믿음직하고 또 다정했다.

"그럼 어떡해요? 아빨 못 믿겠는데."

나는 기력이 없어 희미하게 웃었다. 입 안에서 쓴 내가 나는 것
이 느껴졌다.

"그래도 그렇지, 나는 어떤 내기에도 너를 걸지 않아."

"그럼 뭘 걸어요?"

"뭘 꼭 걸어야 해?"

"그럼요. 이왕이면 아버지가 가장 두려워하는 것 중 하나로요."

잠시 후 뭔가 궁리하던 아버지가 입을 열었다.

"그럼 이렇게 하자."

"어떻게요?"

"자, 아빠가 맹세할게. 잘 들어. 내가 만일 아름이가 가져오라
는 파일을 미리 읽으면 죽을 때까지 월세에 산다."

"……"

"왜, 맘에 안 드니?"

그날 저녁, 아버지는 약속대로 내가 부탁한 원고를 들고 왔다.
그러고는 내가 하도 당부해 출력하자마자 봉투에 담은 뒤 테이
프로 밀봉까지 해 왔다며 단단히 생색을 냈다.

"만져 봐."

아버지가 내 손을 잡아 봉투 위에 올려놨다. 손바닥 아래로 오
랜만에 종이 질감이 느껴졌다. 내가 좋아하는 감촉이었다.

"고마워요, 아빠."

"아, 그리고 이거."

아버지가 점퍼 안에서 무언가 부스럭 꺼내는 기척이 났다.

"출력하려다 짧아서 그냥 적어 왔어."

"뭐예요, 아빠?"

"편지."

"편지요?"

나는 내게 딱히 그런 걸 보낼 사람이 없다는 걸 알고 고개를 갸웃했다.

"누군데요?"

아버지가 주저하다 대꾸했다.

"이서하라는데?"

순간 나는 피식 웃으며 '세상에 그런 사람은 없어요……' 하고 답할 뻔했다.

"읽어 줄까?"

그럴 리 없다 싶었지만, 호기심이 들어 '네.'라고 대답했다. 이윽고 아버지가 목소리를 가다듬는 소리가 났다.

"아름이에게. 안녕, 나 서하야. 잘 지냈니……."

나는 눈을 계속 깜빡이며 지금 내게 일어난 일을 이해하려 애썼다. 아버지의 목소리는 계속 이어졌다.

"답장이 늦어 미안해. 그동안 많이 아팠어. 네가 내 소식을 듣고 힘들어한다는 얘길 들었어. 하지만 그러지 않았으면 해. 나는 중환자실에서 나와 잘 지내고 있어. 그러니까 너도 좋아질 수 있을 거야. 건강은 정말 중요한 것 같아. 수술 뒤에 그걸 깨달았어. 그러니까 우리 건강하자. 그래야 이렇게 편지도 하고 훌륭한 사람이 되어 다시 만나지. 그럼 잘 지내. 안녕."

아버지가 가만 내 눈치를 살폈다. 그러고는 어울리지도 않는 너스레를 떨었다.

"이 아이였구나. 전에 네 엄마가 말해서 나도 궁금했어."

"……."

"다시 읽어 줄까?"

나는 그제야 쓸쓸하게, 그렇지만 그 슬픔이 무척 기껍다는 듯 환하게 웃었다.

"네."

며칠 뒤, 그 애에게 답장을 썼다. 대필자는 물론 아버지였다.

"준비되셨어요?"

"응."

"그럼 말할게요. 혹시 너무 빠르면 얘기하세요."

"그래."

나는 천천히 입을 뗐다. 한 번에, 쉬지 않고 말하기 위해, 중환자실에서 오랫동안 혼자 매만진 말들이었다. 하도 다듬고 또 다듬어 통째로 외워 버린 말들.

"서하에게."

"서하……에게……."

사각사각 종이 위로 연필 지나가는 소리가 들려왔다.

"잘 지냈니."

"……지냈니."

"수술이 잘됐다니 기뻐."

"······계속해."

아버지는 우리에게 주어진 삼십 분 동안 내가 하는 말을 처음부터 끝까지 천천히 진지하게 받아 적었다.

'······어릴 때 나는 까꿍 놀이라는 걸 좋아했대. 아버지가 문 뒤에서 '까꿍!' 하고 나타나면 까르르 웃고, 감쪽같이 사라진 뒤 다시 '까꿍!' 하고 나타나면 더 크게 또 웃었다나 봐. 그런데 어느 책에서 보니까, 그건 아이가 눈에 보이지 않는 사물도 사라지지 않는다는 기억을 저장하는 거라더라. 그런 걸 배워야 알 수 있다니. 그렇게 작은 바보들이 어떻게 나중에 기술자도 되고 학자도 되는지 모르겠어. 나는 처음부터 내가 나인 줄 알았는데, 내가 나이기까지 대체 얼마나 많은 손을 타야 했던 걸까. 내가 잠든 새 부모님이 하신 일들을 생각하면 가끔 놀라워.

······오늘은 네게 꼭 할 말이 있어 편지를 써. 어쩌면 앞으로 네게 메일을 못 보내게 될지도 몰라. 며칠 전 나도 중환자실에 들어오게 됐거든. 그렇지만 다시 나갈 때를 대비해 이곳에서 나, 항상, 네게 쓸 편지를 궁리해 두고 있을게. 그리고 이곳을 벗어나면 제일 먼저 너에게 소식을 전할게. 그러니 당분간 내가 네 눈에 보이지 않는다 해도, '까꿍' 하고 짓궂게 사라진다 해도, 어릴 때 우리가 애써 배운 것들을 잊지 말아 줄래? 그사이 나는 네게 들려줄 얘기들을 계속 모아 두고 있을게. 그리고 언제고 너의 행운을 빌게. 그럼 또 봐. 안녕.'

아버지는 내 말을 받아 적는 사이, 거의 한마디도 안 하셨다. 하지만 나는 어느 순간 아버지가 울고 있다는 걸 알았다.

같은 날, 아마 새벽 무렵이었던 것 같다. 부모님은 면회 시간이 아닌데도 의료진의 연락을 받고 나를 급히 찾아왔다. 몇 번 반복돼 온 일이지만 이번에는 정말 마지막일지도 모른다는 생각이 들었다. 그리고 어쩌면 부모님도 같은 생각을 하고 계실지 몰랐다. 얼마 동안 의료진에 둘러싸여 혼자 있었을 때는 무섭고 외로웠다. 그리고 부모님이 간절하게 그리웠다. 사람이 사람을 그 정도로 보고 싶어 할 수 있다는 게 믿기지 않을 정도로 거대한 그리움이었다. 그래서 병실에 도착한 부모님의 목소리를 들었을 때, 나도 모르게 어마어마한 안도감을 느꼈다. 나는 한 손으로 베개 밑을 가리켰다. 그러곤 부르튼 입술을 조그맣게 움직였다. 어머니와 아버지께 드리는 선물이라고. 실은 예전부터 쓴 게 하나 더 있었는데 바보같이 지워 버렸다고. 그땐 엄마 아빠가 미워서 그랬는데, 지금은 그렇지 않다고. 부족하지만 이게 당신들을 기쁘게 해 줬으면 좋겠다고, 더 쓰고 싶은 얘기가 있었는데 그러지 못했다고, 더듬더듬, 천천히 말을 이었다. 그러곤 괜찮다면 그 원고를 지금 내가 보는 앞에서 읽어 달라고 했다.

"아빠?"

"그래, 아름아."

"저, 눈이 멀고 나서야 평소에 내가 아빠 얼굴 보는 걸 얼마나 좋아했는지 알았어요."

아버지가 손으로 내 머리를 만졌다. 나는 아버지의 커다란 손바닥 안에 내 이마가 폭 안기는 느낌이 좋다고 생각했다.

"아빠?"

나는 호흡이 달려 한동안 다음 말을 잇지 못했다. 아버지가 내 손을 잡았다.

"그래, 아름아."

"나 좀 무서워요."

"……."

아버지는 상체를 숙여 나를 안았다.

"지금 그러시면 안 돼요."

아버지는 간호사의 만류 따위 아랑곳 않고 나를 힘껏 안았다. 그러곤 깃털처럼 가벼운 자식 앞에서 잠시 휘청댔다. 마치 세상 모든 것 중 병든 아이만큼 무거운 존재는 없다는 듯. 힘에 부쳐 바들바들 손을 떨었다. 잠시 후 내 가슴께로 펄떡이는 아버지의 심장 박동이 전해졌다.

'쿵…… 쾅…… 쿵…… 쾅…….'

약하고 희미하지만 분명 거기 있는 소리였다. 우리는 말없이 서로의 파동 안에 머물렀다. 그 자장 끝 맨 나중에 그려지는 동심원이 토성 주위의 고리처럼 우리를 오목하게 감쌌다. 아주 오래전, 어머니의 뱃속에서 만난 그런 박자를, 누군가와 온전하게 합쳐지는 느낌을 다시는 경험할 수 없을 줄 알았는데, 그것과 비슷한 느낌을 줄 수 있는 방법 하나를 비로소 알아낸 기분이었다. 그건 누군가를 힘껏 안아 서로의 박동을 느낄 만큼 심장을 가까이 포개는 거였다. 순간 눈물이 날 것 같았지만 나는 아버지를 안은 팔에 힘을 주었다. 그러곤 다시 자리에 누워 어머니를 찾았다.

"엄마?"

"응?"

"뭐 하나 물어봐도 돼요?"

"응, 다 물어봐."

"혹시 나 무섭지 않았어요?"

어머니의 목소리가 가늘게 떨렸다.

"그게 무슨 말이야, 이 녀석아."

"가끔 궁금했어요. 엄마랑 아빠랑…… 내가 병들어서 무서운 게 아니라, 그런 나를 사랑하지 못할까 봐 두려우시진 않았을까."

어머니는 아무 말도 하지 않으셨다. 어쩌면 간신히 울음을 참고 계신지도 몰랐다.

"엄마?"

어머니가 갈라지는 목소리를 냈다.

"응."

"배 한번 만져 봐도 돼요?"

어머니는 당황했다.

"왜?"

"그냥요."

"알고…… 있었니?"

어머니의 목소리가 파르르 떨려 왔다.

"응, 한참 전에. 엄마 먹는 그 약, 엽산 맞죠? 걱정돼서 찾아봤 었어요."

"……일부러 숨긴 거는 아니야."

"응, 알아요. 그러니까 엄마, 언젠가 이 아이가 태어나면 제 머리에 형 손바닥이 한 번 올라온 적이 있었다고 말해 주세요."

왜 지금이냐고, 조금만 참다 갖지 그러셨느냐고, 그런 말은 하지 않았다. 오래전, 아무도 모르게 원망하고 서운해했던 기억도 굳이 헤집어 내지 않았다. 이제 그런 것은 하나도 중요하지 않았다. 정말이지 하나도 중요할 리 없었다. 어머니는 대답 대신 내 손을 꼭 잡았다. 나는 잠에 취한 사람처럼 느리고 아둔하게 말했다.

"아빠."

"응?"

"그리고 엄마."

"그래."

그러곤 남아 있는 힘을 가까스로 짜내 말했다.

"보고 싶을 거예요."

에필로그

부모님의 모습이 보인다. 두 분은 내 머리맡에 앉아 이마를 맞댄 채 당신들의 이야기를 읽고 있다. 나는 어머니와 아버지의 반응을 하나도 놓치고 싶지 않아, 두 분 숨소리와 기척에 집중한다. 그리고 이럴 때 두 사람의 표정을 볼 수 있다면 좋을 텐데…… 하고 생각한다. 그렇게 생각하는 나를 내가 또 바라본다. 나는 내가 적은 첫 문장과 다음 문장을 떠올린다. 그러곤 지금 어머니와 아버지가 읽고 있는 부분이 어디쯤인지 가늠하고 따라가려 애쓴다. 가물가물 눈이 풀리고, 숨이 가쁘다. 아무래도 나는 두 분이 뭐라 하나 꼭 듣고 갈 모양이다. 바람이 부는 것은 나무들이 제일 잘 안다. 이 문단은 이미 건너가셨겠지. 바람이 부는 날에 짝짓기를 해야 한다는 건 아버지가 제일 잘 안다. 이 단락쯤 도착하셨겠구나. '나랑 해, 나랑 해'는 어떠실까. '나도 잘해, 나도 잘해'는 또 어떡하고. 행여 부끄러워하지는 않으실까. 여러 가지 걱정이 되면서도 가슴이 뛰는 것은 어쩔 수 없다. 나는 귀를 쫑긋 세운 채 두 분 숨소리를 경청한다. 이윽고 간헐적인 훌쩍임 사이로, 어디선가 '쿡' 하는 소리가 들려온다. 나는 그걸 놓치지 않고, 반색하며, 다급하게, 병상에서 벌떡 일어나기라도 할 기세로 묻는다.

"아빠."

"응?"

"어디예요?"

"뭐?"

"조금 전……."

아버지가 뭐라 대답하지만 이상하게 잘 들려오지 않는다. 모든 것이 아스라이 어렴풋해진다. 두 눈 위로 밀린 잠이 눈사태처럼 쏟아진다. 그리고 어디선가 찢어질 듯 매미 우는 소리가 들린다. 나는 바람보다 키 큰 그물채를 잡고, 뱅글뱅글 어둠 속을 날아다니는 문장들을 붙잡으려 애를 쓴다. 하지만 그것들은 몸이 날쌔 쉽게 걸려들지 않는다. 이윽고 그 말들은 스스로 노래하기 시작한다. 아버지, 내가 아버지를 낳아 드릴게요. 어머니, 내가 어머니를 배어 드릴게요. 나 때문에 잃어버린 청춘을 돌려 드릴게요. 아버지, 내가. 어머니, 내가. 그런 뒤 물뱀처럼 허리를 꺾어 어디

론가 재빠르게 달아난다. 앞으로 나는 어떻게 될까. 그리고 어디로 갈까. 그런 것은 모르겠다. 다만 조금 전 내가 던진 한마디, 어디예요? 그 한마디가 어쩌면 내가 지상에 남기고 가는 마지막 말일지도 모른다고 생각한다. 그러니까, 그것. 아빠. 응? 어디예요. 뭐? 조금 전…… 어디에서 웃었어요?

활동

1 병원 밖으로 나온 아름이가 빨리 좀 가자고 어머니를 채근하는 이유는 무엇인지, 아름이의 어머니가 아름이와 함께일 때 어디서든 항상 천천히 걷는 이유는 무엇인지 생각해 봅시다.

• 아름이가 어머니를 채근하는 이유 :

• 아름이의 어머니가 항상 천천히 걷는 이유 :

2 아름이의 부모는 아름이가 장씨 할아버지와 친하게 지내는 것을 탐탁지 않게 여기지만, 아름이는 장씨 할아버지와 만나 이야기 나누는 것을 좋아합니다. 아름이가 장씨 할아버지를 좋아하는 이유를 말해 봅시다.

3 아름이가 갑자기 게임에 몰두하게 된 이유는 무엇인지 생각해 봅시다.

4 아버지가 대필한, 서하에게 보내는 마지막 답장을 통해 아름이는 무엇을 말하고 싶었던 것일까요?

5 다음은 아름이가 서하에게 보낸 편지의 일부입니다. 각자 자기 삶의 소중한 순간을 떠올리며 사랑하는 사람에게 편지를 써 봅시다.

> 서하에게
> 사실 좀 당황했어. 만일 다른 사람이 그랬다면 분명 거절했겠지만 네가 궁금해하는 거니까 대답해 줄게. 그리고 나 화 안 났어.
> 음, 일단 생각나는 대로 말해 볼게. 우리 집엔 황토 쌀독이 하나 있어. 이른 아침, 어머니는 밥을 하려고 거기서 쌀을 푸곤 했는데, 그때 나는 어렴풋이 부엌에서 새어 나오는 독 뚜껑 닫히는 소리가 좋았어. 그 소리를 들으면 살고 싶어졌지. 상투적인 멜로 영화 예고편, 그런 것을 봐도 살고 싶어지고. 아! 재미있는 오락 프로그램에서 내가 좋아하는 연예인이 재치 있는 애드리브를 던질 때, 그때 나는 살고 싶어져. 동네 구멍가게의 무뚝뚝한 주인아저씨, 그 아저씨가 드라마를 보다 우는 것을 보고 살고 싶다 생각한 적도 있어. 그리고 또 뭐가 있을까. 여러 가지 색깔이 뒤섞인 저녁 구름. 그걸 보면 살고 싶어져. 처음 보는 예쁜 단어. 그걸 봐도 나는 살고 싶어지지.

ooooooooooooooooo

코끼리

××××××××××××××××

김재영

金在瑩 (1966~) 경기 여주에서 태어나 중앙대학교 대학원 문예창작과를 졸업했다. 2000년 『내일을 여는 작가』 신인상을 받으며 작품 활동을 시작했으며 자본주의 사회에서 소외된 주변인들의 삶을 섬세하고 연민 어린 시선으로 그려 왔다. 소설집으로 『코끼리』 『폭식』이 있다.

3D 업종이라는 말을 들어 보았나요? 3D 업종이란 어렵고(difficult), 더러우며(dirty), 위험한(dangerous) 일자리로서 기피되는 업종을 말합니다. 1980년대 후반 우리나라는 경제가 안정되고 소득 수준이 높아지면서 좋은 일자리가 많이 늘어났습니다. 하지만 상대적으로 근무 조건이 열악한 업종에는 인력 부족 현상이 나타나게 되었지요. 이에 따라 우리나라도 노동력을 수입해 오기 시작합니다. 예전에 독일에 광부와 간호사를 보내고 중동의 건설 현장에 기술자를 보내는 등 인력 수출 국가였던 한국이 노동력 수입 국가로 전환되는 시기를 맞은 겁니다. 특히 1990년대 초부터는 '외국인 산업 연수생' 제도가 본격적으로 시행되어, 주로 조선족과 중국인, 몽골인들이 산업 연수생으로 한국에 옵니다. 한편에선 '불법 체류자'라 불리는 미등록 이주 노동자가 증가하고 노동 인권 문제와 차별 문제도 나타나기 시작했습니다.

2004년에 발표된 김재영의 「코끼리」는 이와 같은 이주 노동자 문제를 다루고 있습니다. 작가 김재영은 저마다 꿈을 이루기 위해 고향을 떠나 낯선 나라 한국에 온 이주 노동자들의 고달픈 현실을 문학이라는 통로를 통해 보여 줍니다. 출구도 보이지 않는 어두운 터널을 지나고 있는 듯한 이들의 삶이 세심하게 펼쳐지지요.

「코끼리」에 등장하는 인물들은 좁고 더러운 공간에서, 자신들이 꿈꾸던 세상과는 너무도 거리가 먼 비참한 생활을 견디며 살고 있습니다. 작가는 열세 살 소년 아카스의 시선으로 저마다 불행하고 불운한 사연을 안고 있는 이주 노동자들의 삶을 그립니다. 그리고 이주 노동자가 연민과 동정의 대상이 아니라 한국 사회를 구성하는 일원으로서 마땅히 누려야 할 권리가 있는 주체라는 메시지도 전하고 있습니다. 이 작품을 통해 우리 사회의 폐쇄성과 다문화 문제를 다시 한번 생각해 보는 계기가 되길 바랍니다.

시월이 되자 아버지는 한길로 향한 창문에 퍼체우라[•]를 쳤다.
틀이 일그러진 바라지창[•] 틈새로 스며드는 밤안개에 아버지가
심하게 기침을 한 다음 날이었다. 지난여름, 장판 밑에서 시작된
곰팡이는 방바닥에 놓인 세간과 벽에 걸린 옷가지로 번져 나가
더니 기어코 아버지의 폐와 내 종아리까지 점령했다. 아버지는
기침을 해 댔고 나는 종일 종아리를 긁어 댔다. 우리는 슬레이트
지붕 위로 무섭게 쏟아지는 빗소리를 들으며 창문 반대편에 걸
린 달력 사진을 바라보는 걸로 지루한 여름을 견뎠다. 투명하고
생생한 햇빛, 푸른 티크나무 숲, 눈 덮인 안나푸르나, 잔잔하게
물결치는 페와호, 그리고 사탕수수를 빨아 먹으며 웃고 있는 아
이들…….

　나와 아버지는 십여 년 전까지 돼지 축사로 쓰였다는, 낡은 베
니어판[•] 문 다섯 개가 나란히 붙어 있는 건물에서 살고 있다. 쪽
마루도 없는 데다 처마마저 참새 꼬리처럼 짧아 아침이면 이슬
에 젖은 신발을 신고 학교에 가야 한다. 며칠 전 주인아주머니는
누런 갱지에 '빈방 있음'이라고 써 3호실 문짝에 붙여 놓았다. 그

• 퍼체우라 네팔 남자들이 몸에 걸치는 직사각형의 천.
• 바라지창 방에 햇빛을 들게 하려고 벽의 위쪽에 낸 작은 창.
• 베니어판 얇게 켠 널빤지.

방 앞을 지나던 나는 열린 문틈으로 안을 들여다보았다. 벽에는 얼룩과 곰팡이와 낙서가 가득했고, 들뜬 황갈색 비닐 장판 위로는 뽀얀 먼지가 살얼음처럼 깔려 있었다. 비스듬하게 세워진 낡은 캐비닛 뒤쪽 벽에는 쥐가 들락거릴 정도의 작고 새까만 구멍이 뚫려 있는데, 구멍 주위로 자잘한 시멘트 가루와 흙덩이가 흩어져 있어 마치 상처 부위에 엉겨 붙은 피딱지처럼 보였다. 총알에 맞아 쿨럭쿨럭 피를 쏟아 내는 심장을 본 것 같은 섬뜩함이 가슴을 오그라뜨렸다.

그 방에 살던 파키스탄 청년 알리는 도둑질을 하고 마을을 떠났다. 강풍이 불던 날 밤의 어둠과 소란을 틈타 한방을 쓰던 비재 아저씨의 돈을 훔쳐 달아난 것이다. 비재 아저씨는 송금 비용을 아끼려고 벽에 구멍을 파서 돈을 숨겨 놓았다고 한다. 그날 밤 알리가 돈을 꺼낼 때 나던 조심스런 부스럭거림을 아저씨는 왜 듣지 못했을까. 하긴, 이틀 연속 철야 근무에 특근까지 했으니 그럴 만도 하다. 게다가 그날따라 2호실 방글라데시 아주머니의 갓난 아기는 밤새 잠을 자지 않고 보챘고, 저녁 내내 텔레비전 앞에서 시끄럽게 떠들던 1호실 미얀마 아저씨들은 나중엔 취한 목소리로 노래를 불러 대기까지 했다. 밤에 일하는 5호실의 러시아 아가씨 마리나는 아예 집에 들어오지도 않았다. 4호실에서 사는 아버지와 나만이 일찌감치 불을 끄고 어둠 속에 누워 있었다. 하지만 우리들 역시 머릿속으로는 매우 혼란스러운 생각, 집 나간 어머니 생각에 빠져 있어서 누군가 돈을 훔치느라 바스락대는 소리를 들을 수 없었다.

사실 알리는 비재 아저씨 아들의 생명을 훔쳐 도망간 거나 다름없다. 아저씨는 막내아들의 심장 수술 비용을 마련하려고 여기 왔으니까. 이 마을에선 불행이 너무나 흔해 발에 차일 지경이다. 그래서 웬만한 일에는 누구도 신경 쓰지 않는다. 하지만 비재 아저씨가 그날 새벽에 내지른, 절망과 분노에 찬 비명 소리는 한동안 잊히지 않을 것 같다. 요즈음 아저씨는 마당에 있는 늙은 감나무 밑에 앉아 먼 산을 바라보곤 한다. 어쩌다 산 정상에 구름이 걸리면 저기 물소가 지나간다,라는 엉뚱한 혼잣말을 하면서. 아무래도 아저씨는 꽤 오래 눈물과 한숨으로 시간을 보내야 할 것 같다. 감나무 꼭대기에 매달린 까치밥이 붉은 속을 뚝뚝 떨어뜨려야 겨울을 날 수 있는 것처럼.

너무 다양한 삶을 보아 버린 열세 살 내 머릿속은 히말라야처럼 굴곡이 패어 있다. 세계 지도 속의 히말라야는 사실 손가락 한 마디 크기다. 하지만 히말라야는 지도로 그릴 수 없는 땅이라고 아버지는 말했다. 깊게 주름진 계곡과 높은 설산은 세상 전체를 한 바퀴 도는 것보다 더 길 거라면서. 학교 과학실에서 본 뇌 모형을 떠올리면 쉽게 이해가 갔다. 사람도 어려서 다양한 경험을 하면 뇌가 심하게 주름진다니까 내 나이도 빠르게 늘어나고 있을 거다.

3호실이 빠지는 대로 비재 아저씨는 우리 방으로 오기로 했다. 방세를 아낄 수 있어서다. 아버지는 더는 집 나간 어머니를 기다리지 않기로 결심한 걸까. 하긴 어머니는 조선족이니까 어디서든 살아갈 수 있다. 적어도 자신에게 수치를 주거나 학대하려 드는 사람들에게 한국말로 대꾸할 수는 있을 테지. 그만 때리세요, 왜 욕해요, 돈 주세요 따위 말고도 여러 가지 어려운 말들을. 선처, 멸시, 응급실, 피해 보상, 심지어 밑구멍으로 호박씨 깐다느니, 개 발에 땀 난다는 말까지.

잠에서 깨어나니 로티* 굽는 냄새가 방 안 가득하다. 방문 쪽으로 돌아앉아 밀가루 반죽을 방망이로 밀어 대는 아버지의 등과 어깨는 물결처럼 출렁인다. 내 발치께 버너 위에 올려진 주전자에선 버터차 치아가 쉐쉐 가쁜 숨소리를 낸다.

그러고 보니 오늘이 아버지의 마흔 번째 생일이다. 좀 전까지 몰랐는데 달력에 동그라미가 쳐진 걸 보니 분명히 그렇다. 해마다 가을이면 아버지는 티알 축제*를 마치고 생일날 아침에 고향을 떠나온 이야기를 입버릇처럼 되풀이했다. "네팔의 여름 햇빛은 정수리로 내려오고 가을 햇빛은 가슴에 와닿지. 내가 그곳을 떠난 건 성긴 햇살이 비스듬히 내려와 심장에 꽂히는 가을이었단다. 심장이 사납게 뛰는 스물여섯……." 어쩌자고 동그라미를 그토록 크게 그려 넣었는지 모르겠다. 어차피 선물도 못 할 텐데. 아버지는 어린아이인 나한테까지 용돈을 줄 여유가 없다.

검은 색연필로 여러 번 덧그린 커다란 원은 마치 '외'처럼 보인다. '외'는 미얀마 말로 '소용돌이'란 뜻이다. 1호실 미얀마 아저씨들은, 한국에 온 이주 노동자들은 모두 '외'에 빠진 거라고 말한다. 나는 아버지의 소용돌이 삶 속에서 태어났으니 새끼 외다. 하지만 한국에서, 조선족 어머니 자궁에서 태어났으니 반쪽 외다. 물론 그렇다고 해서 내가 학교나 마을에서 외 취급을 받지 않

• 로티 밀가루 빵.
• 티알 축제 한국의 추석 같은 다사잉 명절 15일 뒤에 오는 네팔의 축제.

을 거란 착각을 할 정도의 머저리는 아니다. 자리에 누운 채 왼뺨의 광대뼈 부위를 만져본다. 조금 부었는지 손바닥에 그득하게 잡힌다. "너 소영이 짝이지? 이 더러운 자식!" 어제 오후 집으로 돌아오는데 6학년 소영이 오빠가 다짜고짜 내 멱살을 잡았다. 그러고는 똥 닦는 냄새 나는 손으로 왜 소영이를 만졌느냐고 다그쳤다. 난 그런 적 없다고 했다. 연필이 굴러가서 잡으려다가 실수로 손등을 건드린 거라고 구차한 기분이 들 정도로 차근차근 설명했다. 소영이 오빠는 거짓말 마 새꺄,라며 주먹을 날렸다. 나도 녀석의 옆구리를 한 대 갈겨 주었다. 쓰러진 녀석의 코에서 피가 나와 옷이 피투성이가 되었다.

"손으로 먹어라. 그래야 서둘러 먹지 않고 과식하지 않는단다."

아버지 말을 못 들은 체하고 나는 젓가락으로 로티를 찢는다. 과식할 음식이나 있냐고 반박하려다 참는다. 늬들은 손으로 밥 먹고 손으로 밑 닦는다면서? 우엑, 더러워. 놀려 대는 반 아이들 목소리가 들리는 듯하다. 그건 사실이 아니다. 밥은 밑 닦는 왼손이 아닌 오른손으로 먹는다. 그 때문에 아버지는 언제나 오른손을 깨끗하게, 귀하게 다룬다. 다만 아버지 손가락에는 등고선처럼 생긴 지문이 없다. 닳아 버린 지 오래여서 지장을 찍으면 짓이겨진 꽃물 자국 같은 게 묻어난다. 사람들은 지문이 없으니 영혼도 없다고 생각하나 보다. 그렇지 않다면 노끈에 꿰인 가자미처럼 취급당할 리가 없다. 야 임마, 혹은 씨발놈아,라는 이름의 외국인 노동자 한 꿰미.* 말링고꽃을 좋아하고 민요 「러섬피리리」

---

* 꿰미 끈 따위로 꿰어서 다루는 물건을 세는 단위.

를 구성지게 부르는, 안나푸르나의 추억을 가진 '어루준'이란 이름의 사람은 처음부터 있지도 않다.

"멍이 들었구나. 어쩌다 그런 거냐?"

오른손으로 로티를 찢어 입에 넣으면서 묻는 아버지한테 나는 사실대로 말했다.

"사실이란 중요하지 않아. 아무도 우리 말을 믿어 주지 않으니까."

부정확한 발음으로 한국말을 떠듬거리는 아버지는 어릿광대를 연상시킨다. 말이 어눌하면 누구나 멍청하게 보이는 법이다.

"차라리 맞았다면 나았을 텐데……. 조심해라. 그 애가 가만있진 않을 거야."

"저도 자신 있어요."

"바보 같은 소리 마. 다음에라도 녀석이 때리거든 피하지 말고 맞아 줘."

아버지는 갑자기 네팔 말로 말한다. 내 눈을 똑바로 바라보더니 이번엔 턱에 힘을 주며 말도 안 되는 네팔 속담을 들이댄다.

"누군가 돌을 던지거든 꽃을 던져 주라고 했다."

"싫어요, 난. 차라리 사람들을 갈겨 버리고 말지. 이담에 팔뚝에 힘이 붙으면 절대 아버지처럼 공장 일이나 하진 않을 거야. 우리를 업신여기고 괴롭히는 나쁜 놈들을 때려눕히고 발로 차고……."

"야크처럼 앞뒤 재지 않고 돌진하겠다는 거냐?"

"야크가 어떻게 뛰는지 알 게 뭐예요. 히말라야 얘기라면 이제 지긋지긋해요."

반사적으로 튀어나온 말에 나도 놀라고 만다. 하지만 참았던 말들은 멈추지 않고 계속 쏟아져 나온다.

"난 여기, 식사동 가구 공단밖에 몰라요. 흐리멍덩한 하늘이랑 깨진 벽돌 더미, 그리고 냄새 나는 바람, 나한텐 이게 전부죠. 게다가 집 나간 바람둥이 엄마까지……."

"입 닥치지 못해!"

뺨이 얼얼하다. 아버지는 거친 숨을 내쉬며 주먹을 쥔 채 부르르 떤다. 볼을 싸쥐고 방에서 뛰쳐나오니 마당에 있던 누군가 나마스테(안녕하세요), 하고 인사를 건넨다. 나는 대꾸하지 않고 이슬에 젖은 신발을 꿰어 마당을 가로지른다. 수돗가에 떨어져 있던 감 하나가 발밑에서 터져 으깨진다.

배 속에서 울리는 끄르륵 소리를 들으며 나는 공장이 늘어선 골목으로 들어선다. 메마르고 갈라진 시멘트 길, 칙칙한 작업복 차림의 사람들, 공장 지붕 위로 떨어지는 희뿌연 햇빛, 그리고 이따금 사나운 짐승처럼 달려가는 짐 실은 트럭들 사이에서 현기증을 느낀다. 오늘처럼 학교에서 급식을 하지 않는 토요일엔 늘 이렇다. 아침에 먹은 치아 한 잔으로는 오후까지 견디기가 쉽지 않다. 공장에서 나오는 시끄러운 소음, 페인트 냄새, 가구 공장의 옻 냄새가 빈속을 메스껍게 한다. 코를 움켜쥔 채 인력 구함, 사채 쓸 분, 빅토리아 관광 나이트 따위의 광고지가 덕지덕지 붙은 더러운 공장 벽과 전봇대를 지난다. 염색 공장에서 나오는 새빨간 물이 도랑을 붉게 물들이며 흘러간다. 김이 모락모락 나는 게 갓 잡은 돼지 피처럼 보인다. 헛구역질이 난다. 입 안에서 씁쓰름한 위액이 느껴진다. 내가 죽게 된다면 아마 코부터 썩을 거다.

태어나서 지금껏 냄새 속에 살았으니까. 독한 화학 약품 냄새들은 실핏줄을 타고 머릿속까지 들어가 언젠가 나를 멍청하게 만들 테지. 어차피 상관없다. 머리를 굴리면 굴릴수록 세상 살기 힘들다니까. 언젠가 아버지는 말했다. "머리를 굴려 이 지옥에 떨어졌어. 다른 청년들처럼 산에서 염소를 기르거나 들에서 농사일을 했더라면, 강물에 몸을 씻고 집으로 돌아와 구수한 달˙, 바트˙ 냄새를 맡으며 신께 감사할 줄 알았다면……." 미래슈퍼 앞에 다다르자 출입문에 붙어 있는 오렌지빛 음료수 '쿠우' 광고가 눈에 들어온다. 입 안에 침이 돌면서 울렁거림이 가라앉는다. 바지 주머니를 흔들자 짤랑거리는 소리가 난다. 손을 넣어 꺼내 보니 종잇조각 몇 개와 구슬, 병뚜껑, 녹슨 못, 그리고 먼지가 나온다.

멀리 알루미늄 공장 쪽에서 누군가 걸어오고 있다. 자세히 보니 쿤 형이다. 사 년 전에 한국에 들어온 그는 나보다 열두 살이 위인 스물다섯이다. 그가 처음 마을에 왔을 때가 생각난다. 까만 배낭을 메고 방을 얻으러 다니던 쿤은 아버지를 만나자, 아니 아버지 입에서 계곡 물에 자갈 굴러가는 듯한 네팔 말이 흘러나오자 갑자기 눈물을 줄줄 흘렸다. 아버지는 그가 몹시 힘들게 지냈다는 걸 금방 알아차렸다. 그의 얼굴 표정에서 산업 연수생 시절에 겪었던 어려움이 그대로 드러났다. 지하 방에서 휴일도 없이 하루 열여섯 시간씩 일하다가 한밤중에 창문으로 도망쳤다는 그의 몸은 시퍼런 멍과 상처로 얼룩져 있었고 화덕처럼 뜨거웠다.

˙달 콩 종류로 만든 수프
˙바트 밥.

아버지는 네팔의 민간요법인 쌀소주를 만들어 주었다. 달구어진 팬에 기름을 치고 생쌀을 넣어 튀긴 다음 소주를 붓고 한동안 뚜껑을 닫아 놓았다가 따끈해진 액체를 소주잔에 따랐다. 연거푸 석 잔을 마시게 했더니 열에 들떠 있던 쿤은 금방 잠들었다. 다음 날 아침에 쿤의 몸은 많이 회복되었다. 크게 쌍꺼풀진 눈에는 전날의 공포와 우울 대신, 숨어 있던 촌스러움이 드러났다. 돈을 벌어 귀국하겠다는, 한 달에 오십만 원을 벌어 반쯤 저축하겠다는, 딱 삼 년만 참으면 된다는 순진한 믿음 같은.

쿤은 지금 리바이스 청바지에 나이키 점퍼를 입고 있다. 동대문 시장에서 산 짝퉁이지만 제법 그럴듯해 보인다. 그는 이목구비가 뚜렷하고 피부가 흰 아르레족*이라 머리를 노랗게 염색하니 얼핏 미국 사람처럼 보인다. 하긴 일부러 그렇게 보이려고 염색을 했을 테지만. 언젠가 명동에 다녀온 그가 입술을 비틀며 말했다. "한국 사람들은 단일 민족이라 외국인한테 거부감을 갖는다고? 그래서 이주 노동자들한테 불친절한 거라고? 웃기는 소리 마. 미국 사람 앞에서는 안 그래. 친절하다 못해 비굴할 정도지. 너도 얼굴만 좀 하얗다면 미국 사람처럼 보일 텐데……."

그 뒤로 나는 저녁마다 물에 탈색제 한 알을 풀어 세수했고 저녁이면 내가 얼마나 하얘졌나 보려고 거울 앞으로 달려갔다. 푸른 새벽 공기 속에서 하얗게 각질이 일어난 내 얼굴을 볼 때면 가슴이 설레었다. 내가 바라는 건 미국 사람처럼 되는 게 아니었다. 그냥 한국 사람만큼만 하얗게, 아니 노랗게 되기를 바랐다.

---

* 아르레족 네팔의 여러 부족 중 하나로 아리안계에 속함.

여름 숲의 뱀처럼, 가을 낙엽 밑의 나방처럼 나에게도 보호색이 필요했다. 남의 눈에 띄지 않고 조용히 살아갈 수 있도록. 비비총을 새로 산 남자애들의 첫 번째 표적이 되지 않고, 적이 필요한 아이들의 왕따가 되지 않고, 달리기를 할 때 뒤에서 밀치고 싶은 까만 방해물로 비치지 않도록. 나는 하루도 거르지 않고 탈색제를 썼다. 그러던 어느 날, 세수를 하고 있는데 누군가 내 세숫대야의 물을 거칠게 쏟아 버렸다. 고개를 들어 보니 아버지였다. 아버지는 탈색제가 든 비닐봉지를 수돗가에 내동댕이쳤다. 나는 뒷덜미를 잡힌 채 방으로 질질 끌려 들어가 멍이 시퍼렇게 들도록 종아리를 맞았다. 그날 밤, 오랜만에 술 냄새를 풍기며 자정이 다 되어 들어온 아버지는 주머니에서 '누크' 베이비 로션을 꺼냈다. 그러고는 붉은 실핏줄이 보일 만큼 껍질이 벗겨진 내 얼굴에 로션을 잔뜩 발라 주었다. 투박하고 거친 손바닥으로 뺨을 아프도록 쓰다듬으면서. 그러고 나서 아버지는 이불을 머리끝까지 뒤집어쓰더니 잠들기 직전까지 흐느꼈다. 가끔 뜻을 알 수 없는 네팔 말을, 몹시 지친 목소리로 중얼거리며.

쿤이 작업복 점퍼 안쪽 주머니에 손을 넣고 걸어온다. 가슴께가 불룩 튀어나온 걸 보니 뭔가 맛있는 거라도 숨기고 있는 게 분명하다. 그에게 달려가 숨긴 걸 달라고 졸라 댄다. 쿤은 얼굴을 찡그린다. 쿤의 옆구리에 손가락을 넣고 꼬물거린다. 간지럼을 잘 타는 쿤은 흐으, 흐으, 김빠진 웃음을 내뱉더니 할 수 없이 그 비밀을 펼쳐 보인다. 흰 붕대에 감긴 손이 허공으로 불쑥 솟아오른다.

"왜 이래?"

"어제 일하다가 그만……. 다행히 손가락 세 개는 남았어."

쿤은 아무렇지도 않다는 듯이 말하려고 애쓴다. 하지만 결국 알아들을 수 없는 말을 내뱉는다. 박치니가(씨발)! 그는 발끝으로 돌멩이를 세게 걷어찬다. 찰랑, 흩날리는 노란 머리카락 사이로 새로 돋는 까만 머리카락이 보인다. 그는 이제 더는 염색을 하지 않을 거다. 여기 와서 프레스에 손가락을 잘리는 미국 사람은 없을 테니.

"형, 그 손가락 나 주라."

쿤은 멍한 얼굴로 나를 쳐다본다.

"왜?"

"그냥……. 응? 나 주라."

휴지로 돌돌 만 뭉치를 내 손바닥 위에 올려놓는다. 길 양편에 늘어선 전깃줄이 바람에 징징 울어 댄다. 바랜 햇빛과 회색 먼지 속을 걷는 쿤의 뒷모습이 늙고 지쳐 보인다.

2호실 아기가 칭얼대는 소리만 들릴 뿐 축사 건물 전체가 조용하다. 나는 마당 한쪽에 있는 감나무 밑으로 다가간다. 커다란 돌멩이를 들추니 까맣고 축축한 흙이 드러난다. 삭정이를 주워 와 땅을 파헤친다. 굵다란 지렁이 한 마리가 햇빛에 놀라 꿈틀대더니 이내 흙 속으로 파고든다. 좀 더 깊이 파헤쳐 보지만 개미 새끼 몇 마리뿐 아무것도 눈에 띄지 않는다. 벌써 다 썩어 버렸나? 돈을 훔쳐 달아난 알리의 손가락을 초여름에 다섯 개나 묻었는데 하나도 없다. 작년에 묻은 베트남 아저씨 손가락은 말할 것도 없고. 좀 더 깊이 땅을 파려고 팔에 힘을 준다. 흙덩이가 부서지면서 얼굴에 튄다. 그러고 보면 알리도 대단하다. 돈을 훔칠 때 어떻게 한쪽 손만으로 캐비닛을 밀치고, 벽을 파헤칠 수 있었을까. 삭정이가 툭, 부러진다. 순간 하얀 뼈다귀들이 무더기로 쏟아져 나온다. 그러면 그렇지. 나는 주머니에서 손가락을 꺼낸다. 휴지에 말렸던 검붉은 손가락을 뼈다귀들 틈에 놓는다. 물든 감잎 하나가 손가락 위로 살며시 내려앉는다. 나는 구덩이에 흙을 푹, 밀어넣는다. 수돗가 쪽으로 침을 퉤 뱉고 나서 두 손을 모은다. '파괴의 신 시바님, 이 정도면 충분해요. 더는 제물을 바라지 마세요. 특히 아버지하고 제 손가락만큼은 절대.'

맹꽁이 자물통에 열쇠를 끼워 비틀고 문을 여니 방 안이 엉망이다. 냄비에는 어제 먹다 남긴 라면 부스러기가 퉁퉁 불어 애벌레처럼 떠 있고 발길에 차여 넘어진 찻잔에선 치아가 흘러나와 콧물처럼 말라 간다. 둘둘 말아 창문 아래 밀어 놓은 이불 위에는 벗어 놓은 옷가지가 흩어져 있다. 가방을 구석에 내동댕이치고 옷더미 위로 풀썩 드러눕는다.

"안녕?" 창문에 매달린 코끼리는 여전히 말이 없다. 무심한 눈길로 먼 곳을 쳐다볼 뿐. 일곱 개의 코를 가진, 퍼체우라에 은사로 화려하게 수놓인 그 코끼리는 원래 신들의 왕 인드라를 태우는 구름이었다고 한다. "그래서요?" 창문에 퍼체우라를 달다가 그 이야기를 들은 나는 흥분해서 아버지를 재촉했다. "어느 날 창조주 브라마가 '세계의 알'을 깨뜨리면서 코끼리의 격이 낮아져 그만 우주를 떠받치는 기둥이 되었단다." 나는 눈을 질끈 감았다. 아버지는 슬쩍 내 안색을 살폈다. "어차피 그건 힌두교 신화일 뿐이야. 신이 깨뜨린 알이란 없어." 순간 못대가리에서 미끄러져 엇나간 망치가 아버지 손톱을 찧었다. 손톱 끝에 침을 바르고 통증을 참던 아버지는 떨어진 못을 찾으려고 두 손을 뻗어 바닥을 더듬었다. 문득 아버지가 코끼리처럼 여겨졌다. 구름보다 높은 히말라야에서 태어나 이곳, 후미진 공장 지대에서 살아가고 있으니…….

어디선가 노랫소리가 들려온다. 가늘게 떨리는 그 목소리 주인은 2호실 토야 엄마다. 모레니에 젤로 세이데세, 모레니에 젤로 세이데세, 날 그곳으로 데려다주세요, 날 그곳으로 데려다주세요……. 지난봄에 단속반을 피해 뒷산으로 도망치다가 발목을 삐어 결국 잡히고 만 토야 아빠는 스리랑카로 추방된 뒤 돌아오지 못하고 있다. 혼자 남은 토야 엄마는 집에서 기계 부품에 나사를 꿰어 버는 푼돈으로 연명하는 눈치다. 훌둘리아 푸자 토레 게노 펠레라코 헬라거리, 탈 모르넷 아게 슈두 바레크 피레아쇼크, 기도꽃을 꺾어 왜 그냥 버렸을까, 사랑하는 사람 죽기 전에 다시 돌아오세요……. 갑자기 어머니 생각이 난다. 신 김치와 미역국 냄새, 연한 레몬 로션 냄새, 그리고 뭐라고 이름 붙일 수 없지만 스르르 잠이 오게 하는 신비한 살내까지. 지난봄에 어머니가 남기고 간 냄새는 한동안 방 안 어딘가에 남아 미풍이 불 때마다 언뜻언뜻 맡아졌다. 하지만 이제 방 안에선 그 냄새가 나지 않는다. 퀴퀴한 홀아비 냄새와 지독한 곰팡내가 진동할 뿐이다.

환기를 시키려고 퍼체우라를 젖힌다. 노란 햇빛이 반대편 벽에 있는 히말라야 달력 사진에 내려앉아 너울댄다. 투명하고 생생한 햇빛, 푸른 티크나무 숲, 눈 덮인 안나푸르나, 잔잔하게 물결치는 페와호, 그리고 사탕수수를 빨아 먹으며 환하게 웃는 아이들……. 아버지는 해마다 똑같은 달력을 사 온다. 아버지가 그 사진을 보면서 기쁨을 얻듯이 나도 그렇게 되기를 바라는 걸까? 하지만 내 눈엔 오후 빛을 받은 히말라야가 금으로 씌운 어금니처럼 보일 뿐이다. 녹아내리기 직전의 노란 바닐라 아이스크림이거나. 달력에서는 여전히 검고 굵은 동그라미가 소용돌이치고 있다. 마음이 편치 않다. 요즘엔 이상하게도 입에서 아무 말이나 튀어나온다. 학교에서 내내 긴장하다가 집에 돌아오면 모든 게 귀찮고, 무엇보다 화가 난다. 오늘은 소영이 오빠가 친구들을 데리고 쉬는 시간마다 우리 교실로 내려왔다. 나는 화장실에 숨어 있다가 수업이 시작된 뒤에야 교실로 들어갈 수 있었다. 겁이 나서가 아니었다. 일대일이라면 자신 있었다. 하지만 한꺼번에 덤벼들어 쥐 잡듯 나를 짓밟는다면, 앞으로 나를 볼 때마다 누구든 그 장면을 떠올릴 것이다. 그것만은 정말 견디기 힘들 것 같았다.

아기 손바닥만큼 작아진 빛은 퍼체우라가 흔들릴 때마다 놀란 듯 부르르 떤다. 갑자기 잠이 몰려온다. 아버지처럼 고향 가는 꿈이라도 꿀 수 있다면 좋겠다. 밤마다 아버지는 낡은 춤바를 입고 고향 마을로 찾아가는 꿈을 꾼다. 노란 유채꽃 언덕 너머 보이는 눈부신 설산과 낯익은 황토 집, 정다운 마을 사람들이 있는 곳으로. 꿈에서 아버지는 가녀린 퉁게꽃과 붉은 비저꽃이 흐드러진 고향 집 마당으로 들어서서는 가족과 친지에 둘러싸여 달과 바트, 더르가리,˚ 물소고기에 토마토 양념을 발라 구운 첼라를 실컷 먹는다고 했다. 하지만 다음 날 공항에서 비행기에 오르려고 하

˚ 더르가리 야채 반찬.

면 누군가 아버지 앞을 가로막으며 거칠게 끌어낸다고 했다. "난 한국으로 돌아가야 돼. 거기 내 가족이 있어. 제발, 보내 줘. 일자리도, 이웃도, 내 청춘도 다 거기 두고 왔단 말이야. 제발……!" 잠꼬대 끝에 몸을 벌떡 일으키는 아버지는 매번 황급히 사방을 둘러본다. 그러고는 땀으로 흥건해진 속옷을 벗으며 어둠 속에서 긴 안도의 숨을 내쉰다.

그렇지만 나보다는 낫겠지. 난…… 태어난 곳은 있지만 고향이 없다. 한국에 네팔 대사관이 없어 아버지는 혼인 신고를 못 했다. 그래서 내겐 호적도 없고 국적도 없다. 학교에서조차 청강생일 뿐이다. 살아 있지만 태어난 적이 없다고 되어 있는 아이…….

깜빡 잠들었던 걸까. 눈을 뜨니 방 안이 어둑어둑하다. 눈을 비비고 밖으로 나간다. 오늘도 비재 아저씨는 감나무 밑에 앉아 먼 산을 바라보고 있다. 술이라면 한 잔도 못 마시는 아저씨 얼굴이 이상스레 붉다. 마당 한가운데 있는 수돗가는 사람들로 번잡하다. 쪼그리고 앉아 감자를 깎는 미얀마 아저씨 투라의 발등 위로 누군가 쌀뜨물을 하얗게 흘려보내고, 요란하게 뚝딱거리는 도마 위에선 양파와 피망과 호박이 다져진다. 꼬챙이로 꿴 양고기가 팬 위에서 지지직 소리를 내며 노린내를 풍긴다. 발목에서 찰랑대던 어둠이 머리끝까지 차오르자, 감나무 가지에 걸린 백열등도 노랗게 빛을 발한다. 러시아 아가씨 마리나는 양동이에 덥힌 물을 세숫대야에 부어 금발의 긴 머리를 헹구고, 어린 토야는 저녁 짓는 엄마 등에 업혀 오랜만에 방긋방긋 웃는다. 온갖 나라 말과 온갖 음식 냄새가 뒤섞인 마당은 벌, 나비가 윙윙대는 야생화 꽃밭처럼 향기롭고 소란하다.

아버지는 보이지 않는다. 생일날까지도 야근을 하나 보다. 음식을 준비해야겠다. 고향을 느낄 만한 걸로. 그러면 아버지 맘도 누그러지겠지. 선반을 뒤져 양파와 감자, 저나콩 한 줌을 찾아낸다. 우선 저나콩을 물에 담가 불리고 감자와 양파 껍질을 벗겨 잘게 자른다. 네팔 버터 기우에 잘게 자른 재료를 넣고 살짝 볶은 다음 잠시 생각하다가 거럼메살라* 가루가 든 봉지를 꺼낸다. 봉지가 홀쭉하게 구겨져 있다. 거꾸로 들어 흔들어 보니 바닥에만 남았던 가루가 조금 날린다. 지라와 랑, 쑥멜, 고추, 더니아 따위가 들어간 그 양념이 없으면 더르가리 맛을 제대로 낼 수 없다. 숟가락을 냄비에 푹 꽂고 가스 불을 꺼 버린다.

미래슈퍼에는 평소처럼 텔레비전이 크게 틀어져 있다. 며칠째 텔레비전은 외국인 노동자에 관한 뉴스를 되풀이해 들려줬다. 내 고향 특산물 따위를 소개한 뒤 불법 체류 외국인을 강제 추방하겠다는 정부의 방침을 내보냈고, 시트콤을 통해 폭소를 퍼붓고 나서 방글라데시 출신 노동자가 열차에 몸을 던진 소식을 전했으며, 드라마와 토크 쇼까지 끝난 자정 무렵에는 출국하는 외국인 노동자들로 붐비는 공항을 보여 주었다. 너무 많이 듣다 보니 남의 일처럼 따분하게 느껴진다.

슈퍼마켓 한편에 놓인 간이 탁자 주위에는 남자들이 둘러앉아 술을 마시고 있다. 바람이 이마를 건드리고 지나갈 때마다 소란스런 말소리가 들려온다. 한국어에다 러시아어와 영어, 네팔어

---

* 거럼메살라 여러 가지 양념을 말려 가루로 낸 것.

까지 뒤섞인 그 기묘한 말은 내 고막을 건드리는 순간 한국어로 바뀌어 머릿속으로 미끄러져 들어온다. 그중에는 쿤도 앉아 있다. 쿤이 나를 알아보고 손짓한다. 가까이 다가가자 오징어 다리를 잘라 내 손에 쥐여 준다.

"러시안룰렛이야. 이번엔 팟의 손이, 다음엔 수언의 팔이 날아가는 거지." 몸집이 크고 얼굴이 시체처럼 하얀 우즈베키스탄 사람 세르게니는 손가락으로 권총 모양을 하고 맞은편에 앉은 이란 청년 샨을 겨누면서 짓궂게 말한다. "맞아. 하지만 누구든 당일 점심까진 웃고 떠들지. 심지어 졸기까지 하고. 쿤 너도 일하다가 졸았지?" 위 단추 두세 개를 풀어 가슴 털을 드러낸 샨은 소주를 입 속에 털어 넣으며 맞장구친다. "나 졸지 않았어. 그냥 좀…… 딴생각은 했지만." 쿤은 눈을 크게 뜨고 고개를 흔든다. "마찬가지야. 기껏해야 마리나 생각이겠지. 아무튼 그러다 갑자기 자기차례 맞는 거야. 덜컹." 세르게니는 손으로 권총 쏘는 시늉을 한다. 샨이 가슴을 감싸며 옆으로 푹 쓰러진다. 쿤은 남의 얘기 듣듯 낄낄거리며 웃는다. 그는 자기 앞에 놓인 소주병을 들어 필용이 아저씨 잔에 따른다. 머리카락이 빠져 정수리가 훤한 필용이 아저씨는 손사래 치며 취한 목소리로 말한다. "염병, 그만들 해라. 니들 쏼라대는 소리 땜에 내가 꼭 넘에 나라에 와 있는 거 같잖여. 니들, 이 나라가 워떻게 오늘날 여기꺼정 왔는 줄 아냐? 옛날에 내가 공장에서 일할 땐 손가락은 유도 아녔어. 팔뚝이 날아가고 모가지가 뎅겅뎅겅했으니까." 아저씨는 곧게 편 손을 목에 갖다 대고는 세게 내려치는 시늉을 한다. "첨엔 시골에서 올라온 촌뜨기들이라 멋모르고 일했지. 하긴, 먹고살기 힘들 때였으니

까. 인제 한국 놈들은 이런 데서 일 안 혀. 막말로 씨발, 험한 일이
니까 니들 시키지 존 일 시킬려고 데려왔간?" 옛날이 떠올라서
인지 아니면 술기운이 돌아서인지 아저씨 얼굴이 벌겋게 달아올
랐다. "아무리 그래도 안전장치는 해 줘야죠." 세르게니가 오징
어를 물어뜯으며 말한다. "늬들도 자르면 피 나오고 누르면 똥
나오는 사람이다, 이거냐? 웃기는 소리들 마. 한국 놈들한테도
안 해 준 걸 늬들한테라고 해 주겠냐? 아니꼬우면 돌아가. 젠장,
어차피 늬들도 고국으로 돌아가서 공장 차리고 사장 되려고 여
기 왔잖냐. 노동자들을 어떻게 다뤄야 되는지 눈 똑바로 뜨고 배
워 가. 다 산 교육이여." 비아냥대는 필용이 아저씨 말에 쿤이 시
무룩한 표정을 짓자 이번에는 세르게니가 볼멘소리로 대꾸한다.
"아무튼 돈도 좋지만 우린, 사람 대우, 그거 받고 싶어요. 돈 벌어
고향 간다고 해도 삼 년 겪은 일, 삼십 년 동안 악몽으로 남아 우
릴 괴롭힐 거예요." "맞아. 난 지금도 가끔 어릴 때 앞니 갈던 때
꿈을 꿔." 손가락으로 앞니를 가리키며 샨은 멋쩍게 웃는다.

　오징어를 입에 물고 나는 유리창에 붙어 있는 글자들을 유심히
본다. Alladin 10달러. FirstClass 10달러. 그 옆에는 전화카드 사
용 시간도 적혀 있다. 타일랜드 80, 스리랑카 47, 파키스탄 46, 사
우디아라비아 50, 이란 70, 필리핀 80, 러시아 125. 물건을 고르
는 것처럼 진열대를 죽 돌아본다. 온갖 종류의 과자와 빵, 강렬
한 색채의 음료수가 눈 속으로 빨려 들어온다. 배 속이 쓰리고 아
프다.

　"바윗고개 언덕을 홀로 너엄자니, 옛 님이 그리워 눈물 납니다.
십여 년간 머슴살이 하도 서러워, 진달래꽃 안고서 눈물 납니

다……." 필용이 아저씨가 무릎장단에 맞춰 노래 부른다. 고개를 숙이고 있던 쿤이 갑자기 입을 연다. "여기 올 때 진 빚도 다 못 갚았는데 이 꼴이 됐어. 고국에 돌아가 봤자 손가락질밖에 기다리는 거 없으니……." 쿤의 눈길이 닿는 창밖으로 마을버스 한 대가 지나간다. 버스가 일으키는 바람에 전신주 옆에서 웃자란 고들빼기가 조용히 흔들린다. "마을을 빠져나오기 전에 만난 친척 아저씨 말이 생각나. 벼가 누렇게 익어 가는 논길을 절름대며 걸어온 아저씨는 땀을 닦으며 말했지. 가지 마라. 내 절름대는 다리를 보고도 고향을 떠나겠다는 거냐? 아녜요, 아저씨. 전 구르카 용병으로 전쟁터에 가는 게 아녜요. 전 한국으로 일하러 가요. 거긴 안전한 곳이냐? 아무렴요. 몇 년 일하고 돌아오면 시내에다 큰 가게 차릴 수 있어요. 그러고 나서 대나무 다리를 건너 마을을 빠져나왔지. 가시나무 뜯는 산양 무리 옆을 지나, 마르샹디 강변을 따라 빠른 걸음으로 걸었어. 매 한 마리가 골짜기로부터 불어오는 바람을 타고 천천히 머리 위를 날더니 고향 마을 쪽으로 날아가더군. 갑자기 다시 집으로 돌아갈까, 하는 생각이 들었지. 하지만 이미 돌이킬 수 없었어. 마침 내가 타야 할 타타버스가 먼지를 일으키며 달려오더군. 거역할 수 없는 운명, 카르마처럼……." 쿤의 물기 어린 눈을 보더니 샨도 덩달아 어린애처럼 울먹인다. "난 여기서 못된 짓을 너무 많이 했어. 그래서 집으로 못 돌아가. 나, 공장에서 주는 돼지고기 아주 많이 먹었어. 게다가 돼지 피로 만든 순대까지. 여기서는 문제없지만 고향에선 달라. 신 앞에 절을 하면서 죗값을 치러야 하는데…… 솔직히 무서워. 아무도 보지 않는 이곳에서라면 상관없지만……."

나는 칫솔, 치약, 고무줄, 면장갑 따위 잡화 진열대 앞을 지나 카운터 쪽으로 다가간다. 진열된 담배들 중에 하나 남은 네팔산 '수리예'를 면장갑 더미 뒤로 슬쩍 밀어 넣는다. 그러고 나서 큰 소리로 묻는다.

"수리예는 없나요?"

언제나 뚱뚱한 배에 앞치마를 두르고 있는 주인아주머니가 쪽 방에서 하품을 하며 나온다. 가짜 결혼을 해 주고 외국인한테 매 달 삼십만 원씩 받는 아주머니는 배가 전보다 더 나왔다.

"네팔 담배 말이냐?"

아주머니는 손등으로 입가를 닦으며 졸음기 섞인 목소리로 되 묻는다. 나는 자신 있게 네,라고 대답하고 나서 아주머니가 담배 를 찾는 동안 거럼메살라 양념 봉지를 허리띠 안쪽에 쑤셔 넣는 다. 그러고도 시간이 남아 쿠우 한 병을 잠바 안쪽 겨드랑이 사이 에 끼운다. 숨이 멎는 것 같았지만 조금 지나니까 견딜 만하다.

"다른 담배는 안 돼?"

"요즘 아버지의 향수병이 심해서요. 꼭 네팔 담배를 피우고 싶 대요. 그 냄새를 맡으면 고향의 가족들 곁에 있는 것 같다면서."

시키지도 않은 말을 늘어놓으며 거짓말을 보탠다. 그때 마침 가게 문이 열리더니 진성도장에 다니는 나딤 몰라가 안으로 들 어온다. 키가 작고 눈썹 뼈가 심하게 튀어나온 그 인도 아저씨는 노랭이*라고 불린다. 작년에 같은 공장에서 일하던 쿠빌이 심한 화상을 입고 죽었을 때, 조의금은커녕 얼굴 한 번 내밀지 않았다

---

* 노랭이 '노랑이'의 잘못. 속이 좁고 씀씀이가 인색한 사람을 낮잡아 이르는 말.

고 해서 붙여진 별명이다. 심지어 주변 사람들이 장례비를 모아 벽제 화장터로 간 일요일까지 그는 특근을 했다고 한다. 그날, 아버지와 몇몇 주위 사람들은 뼛가루가 담긴 상자를 안고 어두워지는 공장 골목을 이리저리 걸어 다녔다. 고개를 숙이고 걷던 사람들은 사고가 난 공장 앞에 멈춰 섰다. 입구를 막아 놓았던 서너 개의 합판을 누군가 발로 차 안쪽으로 넘어졌다. 갑자기 하늘에서 폭우가 쏟아졌다. 사람들이 노래를 부르기 시작했다. 불분명한 발음으로, 웅얼거리듯이, 그러다가 짐승들이 울부짖듯이. 하지만 쏟아지는 비 때문에 노랫소리는 멀리 퍼져 나가지 못했고, 빗물처럼 시궁창으로 빨려 들어갔다.

노랭이는 양손 가득 선물 보따리를 들고 있다. 그는 내일이면 고국으로 돌아간다며 입가에 흰 거품을 물고 신나게 떠들어 댄다. 이 마을에 살면서 돈을 모아 귀국하는 사람을 보는 건 처음이다. 노랭이는 콜라 한 병과 소주 두 병을 들고 사람들이 둘러앉은 탁자로 다가가 선심 쓰듯 소리 나게 내려놓는다. "사람 안 같은 놈 꺼, 안 먹어." 누군가 소리치자 다들 자리에서 벌떡 일어나 밖으로 나가기 시작한다. 심지어 술이라면 환장하는 필용이 아저씨조차 휘청대며 뒤따라간다. 그들 뒤에 대고 노랭이가 소리친다. "사람 안 같은 건 니들이야, 새끼야. 언제까지고 돼지우리에서 살 거잖아. 난 고향 돌아가면 새 집 짓고 새 이불에서 잠잘 수 있어. 큰 가게도 차릴 거고. 알겠냐, 이 돼지새끼들아. 쿠달바차(개새끼)! 슈와레나차(돼지새끼)!"

세르게니가 몸을 획 돌리더니 주먹을 날린다. 노랭이는 탁자 위로 쓰러지고 병들이 바닥으로 내동댕이쳐진다. 깨진 병 조각과

술, 콜라 거품이 뒤섞여 가게 바닥이 어수선하다. 주인아주머니가 빗자루를 들고 나와 술꾼들 장딴지를 때리며 내쫓는다. "에구 지겨워. 이 노린내 나는 동네를 어서 떠야지." 아주머니는 바닥을 쓸면서 투덜거린다. 노랭이는 천천히 몸을 일으켜 입가의 피를 닦고 머리 모양을 매만진다. 그러고는 아무 일 없었다는 듯이 가슴을 앞으로 내밀어 보이더니 쇼핑 가방을 챙겨 쥔다. 가게를 나서려다 말고 그는 초콜릿을 집어 나에게 건넨다. 나는 고개를 젓는다. 그러자 내 턱 밑으로 가까이 들이밀며 한 번 더 권한다. 침이 꼴깍 넘어간다. 나는 입술을 꼭 다물고 더 세게 머리를 흔든다. 순간 노랭이 눈가가 붉어지더니 눈물이 맺힌다. 고름처럼 진한 눈물이다. 어쩔 수 없이 한쪽 손을 내미는 순간, 겨드랑이에 있던 쿠우 병이 바닥으로 떨어진다. 등짝이 서늘하고 식은땀이 난다. 재빨리 가게 밖으로 튀어 나가 도망치는데 등 뒤에서 암고양이처럼 앙칼진 목소리가 쏟아진다. "야, 이 쥐새꺄, 어딜 도망가. 당장 네 애비를 이미그레이션˚에 고발할 테니 그런 줄 알아!"

진성도장, 화진스펀지, 원일공업, 신광유리, 동북컨베이어공업을 단숨에 지나친다. 가구 단지 입구에서야 겨우 걸음을 멈춘다. 숨이 턱밑까지 차올라 허리를 구부린 채 헉헉댄다. 목이 마르고 가슴이 활활 불타오른다. 흰 거품을 일으키며 쏟아지던 쿠우가 눈에 선하다. 핥아서라도 먹고 싶다.

공장 지붕 위로 뜬 희미한 달을 뒤로하고 나는 정처 없이 걷는

˚ 이미그레이션 출입국 관리소.

다. 가랑잎 하나가 사선을 그으며 팔랑팔랑 떨어져 내린다. 날씨가 흐려지려나 보다. 아버지는 나한테 나뭇잎 떨어지는 것을 보고 미리 날씨를 아는 법을 가르쳐 주었다. 네팔에서 천문학을 공부하다 온 아버지는 별이나 달을 보고 현재의 위치를 가늠할 줄 안다. 구름의 모양이나 색깔, 두께를 보고 날씨를 예측할 수도 있다. 그러나 아버지는 이곳에서 별을 연구하는 대신 전구를, 하루에 수백 개씩의 전구를 만들었다. 아침부터 저녁까지 긴 대롱을 입에 대고 후후, 숨을 불어넣었다. 매일매일 새로운 전구들이 세상의 어둠을 밝히기 위해 아버지 입술에서 태어났다. 그럴 때 아버지는 마치 마술사처럼 보였다. 신기할 정도로 똑같은 크기, 찌그러지지 않고 완전한 동그라미……. 그중에는 크리스마스 나무를 장식하는 꼬마전구도, 간판 테두리에 촘촘하게 박는 풋살구만 한 전구도 있었다. 지금보다 더 어렸을 때 나는 아버지가 하는 일을 몹시 자랑스러워했다. 어쩌다 동전이라도 손에 들어오면 풍선껌을 사서 아버지처럼 후후 방울을 불어 댔다. 그러나 지금은 아니다. 아버지의 폐에서 나와 입술 끝에서 내뱉는 바람으로 만들어 낸 전구들은 금세 아버지 곁을 떠나 휘황한 백화점 건물에서, 거리의 간판에서, 혹은 야시장에서 환호성을 질러 대듯 반짝였다. 그런 밤에도 아버지는 나달나달해진 폐를 쓰다듬으며 흐린 형광등 아래로 기어 들어왔다. 아버지한테서는 짐승 냄새가 났다. 땀과 화학 약품과 욕설에 전, 종일 쉬지 않고 일한 몸뚱이가 풍기는 고약한 단내.

어머니는 언제나 한국말로 아버지에게 따졌다. 마치 송곳에라도 찔린 사람처럼 가늘고 날이 선 목소리로. 아버지는 가슴을 움켜쥐었다. 아버지는 말을 더듬거렸고 숨이 차 헐떡였다. 그러면 다시 어머니가 가래가 튀어나올 정도로 목청을 높였다. 어머니는 돈도 제대로 못 버는 아버지와 의료 보험조차 없는 처지를 견디기 힘들어했다. 언제나 한국 남자와 혼인해서 잘살고 있다는 친구 얘기를 끄집어내면서 신세 한탄을 했다. 내가 감기에라도 걸리면 어머니는 내 등짝을 후려쳤다. "그러게 밤에 잘 때 이불을 걷어차지 말랬잖아. 병원 한 번 갔다 오려면 몇만 원이 깨진다구. 벌써 석 달째 월급이 밀렸어. 이젠 정말 지긋지긋해!"하면서 차가운 물수건을 내 이마에 철퍼덕 얹었다. 그런 어머니가 십 년 전엔 열이 펄펄 나는 아버지 이마를 부드러운 손길로 짚어 줬다니. 한때 연보랏빛 말링고꽃처럼 예뻤었다니. 아버지 말이 도저히 믿어지지 않는다.

기침이 멈추지 않아 아버지는 할 수 없이 직장을 옮겼다. 아버지의 새 직장은 상자를 만드는 곳이다. 아버지는 아침부터 저녁까지 무거운 종이를 어깨에 지고 나른다. 기계에서 칼 선대로 찍혀 나온 종이는 컨베이어 벨트 위에서 주스 상자가 되고 종합 선물 세트 상자가 되고 고급 와이셔츠 상자가 되었다. 그것들을 백화점에 보내면 속에 내용물이 담겨 진열된다고 한다. 나는 한 번도 백화점에 가 보지 못했다. 작년 겨울에 아버지와 어머니 생일 전날 백화점에 찾아간 적이 있는데 입구에 서 있는 양복쟁이 아저씨가 앞을 가로막았다. 아버지는 지갑에서 돈을 꺼내 보여 주며 나 돈 있어요, 여기 봐요, 나도 물건 살 거예요,라고 말했지만 양복쟁이는 막무가내였다. 그날 우리는 결국 어머니가 바라던 고급 블라우스를 사지 못했다. 어머니가 기어코 아버지 곁을 떠난 건 그 때문일까.

긴 생머리를 고무줄로 대충 묶은 채 옆방 토야 엄마랑 종일 나사를 끼우던 어머니는 그즈음부터 원당 시내에 있는 식당으로 일하러 나갔다. 얼마쯤 지나자 어머니는 구슬 박힌 핀이며 실크 스카프 따위가 담긴 예쁜 상자를 집으로 가져왔다. 손가락을 세워 입술에 갖다 대며 어머니는 내게 눈을 찡긋, 했다. 누구한테서든 그런 선물을 받을 수 있다면, 그래서 어머니가 더 행복해진다면 좋겠거니 생각한 나는 그 일을 아버지한테 말하지 않았다. 하지만 선물 상자가 쌓일수록 어머니는 점점 더 신경질을 부려 댔고 분첩으로 사정없이 얼굴을 두드려 댔다.

집을 나가던 날 아침에 어머니는 모시조개를 넣은 미역국을 끓였다. 국 한 그릇을 다 비우고 좀 더 달라고 하자 어머니는 저녁에 실컷 먹으라며 어서 학교에 가라고 등을 떠밀었다. "오늘 어디 가?" 왜 그렇게 물었는지 모르겠다. 그냥 그런 생각이 들었다. 오후에 집에 와 보니 어머니가 없었다. 대신 미역국이 한 솥 끓여져 있었다. 나는 일찌감치 저녁을 먹고 잠자리에 들었다. 어머니를 기다리지 않았는데, 왜 그랬는지 모르겠다. 그냥…… 기다려도 소용없을 것 같았다. 그렇지만 깊이 잠들지는 못했다. 야근하는 아버지 공장에서 나오는 덜컥대는 기계 소리가 바람벽을 뚫고 밤새 들려와 내내 벼랑에서 떨어지는 꿈을 꾸어야 했다.

가구 단지로 접어드니 사방이 휘황하다. 온갖 종류의 전구와 네온사인이 켜져 있다. 보루네오, 리바트, 대진침대, 이태리가구 앞을 지난다. 전시장마다 내걸린, '수입 명품 특별전', '고급 엔틱 가구 할인'이라고 쓰인 플래카드가 습기 품은 바람에 들썩댄다. 통유리 안쪽에는 크고 화려한 침대며, 콘솔, 소파 따위가 멋지게 진열되어 있다. 고급스런 옷을 입은 아주머니들이 그 사이로 걸어 다니고, 양복 차림의 젊은 남자들은 가구를 보여 주거나 종이에 뭔가 쓴다. 문득 가구 공장에서 일하는 비재 아저씨와 3호실의 낡아 빠진 캐비닛, 총탄에 맞은 것처럼 구멍 뚫린 벽, 그리고 땅에 매여 우주를 떠받치고 있는 코끼리의 짓눌린 등이 떠오른다. 가당치도 않다. 저 사람들하고 신세를 비교하다니. 나는 고개를 설레설레 흔들면서 유리문 안쪽 세계에서 눈을 돌린다. 허리춤에 손을 대 보니 거럼메살라 봉지가 만져진다. 마음이 뿌듯하다. 양말이라도 하나 예쁘게 포장해 아버지께 드린다면 더 좋겠지만 그러려면 문방구에 들어가 또 훔쳐야 한다. 그렇게까지 하고 싶지는 않다.

큰길에서 벗어나 골목으로 들어선다. 미래슈퍼 앞을 지나지 않고도 집으로 돌아갈 수 있는 이 길은 전에 친구와 와 본 적이 있어 낯익다. 어둠이 짙다. 더듬듯이 한 발 한 발 내딛는데도 웅덩이에 발이 빠져 넘어질 뻔했다. 그래도 어지러운 네온 불빛보다는 고른 어둠이 낫다. 가망 없는 인정을 기대하는 것보다 도둑질을 할 수 있는 강한 심장을 갖는 게 더 나은 것처럼. 아버지는 미친 듯이 빛을 뿜는 네온사인은 단 하나의 그림자도 만들지 못한다고 늘 못마땅해했다. 아버지는 언제나 푸른 달빛을 그리워했다. 밤이면 만병초 그림자를 땅 위에 가지런히 뉘어 놓고 세상을 휴식하게 한다는 히말라야의 달빛……. 오늘 밤엔 왠지 나도 그런 달빛이 보고 싶다.

골목 모퉁이 은밀한 곳에 다다르자 빅토리아 관광 나이트클럽 포스터가 붙어 있다. 어슴푸레한 가로등 불빛 아래 벗은 마리나 모습이 도드라진다. 젖가슴을 반 이상 드러낸 까만 브래지어와 반짝이 팬티를 입은 마리나는 엉덩이 뒤쪽으로 공작 꼬리처럼 생긴 화려한 인조 깃털을 매달고 있다. 대리석처럼 하얗고 긴 팔다리는 압사라 춤을 추듯 기묘하게 꼬여 있다. 금발 머리를 틀어 올리고 입술을 빨갛게 칠해 쉽게 알아볼 수 없게 분장했지만 그녀의 보랏빛 눈동자만은 숨길 수가 없다. "꼬마야, 이름이 뭐니?" 그녀는 축사 건물로 이사 온 며칠 뒤에 수돗가에서 내게 말을 걸어왔다. "아카스예요. 네팔 말로 하늘이란 뜻이래요." "그래? 내 이름은 마리나. 러시아어로 바다란 뜻이야. 파란 하늘, 파란 바다……." 입술을 달싹이며 그 말을 되풀이하던 마리나는 하바롭스크에 살고 있는 어머니와 여동생 카타리나, 그리고 죽은 아버지 이야기를 들려줬다. 어릴 적에 온 가족이 집 둘레에 사과나무와 체리나무, 슬리바나무를 심던 이야기, 주말이면 근교까지 자전거를 타고 가 숲에서 송이버섯을 따던 이야기, 유치원에서 아이들에게 춤과 노래를 가르치던 때 이야기도 들려주었다. 꿈꾸듯 빛나던 그녀의 보랏빛 눈동자는 그러나 아버지가 체첸 전쟁에서 죽고 혼자 생계를 책임지던 어머니마저 병들어 한국행 배를 탔다는 말을 하면서부터 깊은 바닷물처럼 일렁였다.

나는 마리나 배꼽 주변에 누군가 묻혀 놓은 검은 얼룩을 손으로 닦아 준다. 얼룩은 잘 지워지지 않고 대신 종이가 찢어진다. 마리나는 상처가 난 채 억지로 웃는 것 같은 이상한 모습이 되어 버렸다. 갑자기 바람이 거세게 분다. 담장을 넘은 정원수들이 딸

꾹질을 하며 나뭇잎을 떨어뜨린다.

조금 더 걸어가니 빨간 벽돌로 지은 이층집이 보인다. 치아처럼 부드러운 빛이 커튼을 뚫고 흘러나온다. 난생처음 반 친구한테 초대받아 갔던 바로 그 집이다. 어느 날 그 애는 자기 집에 같이 가겠느냐는 뜻밖의 말을 했다. 그 말을 하고 나서 그 애는 누가 볼까 봐 겁내는 듯한 표정으로 사방을 둘러보았다. 그러고는 못 알아들은 것 같은 멍한 얼굴을 하고 있는 내게 바짝 다가와 귀에 대고 낮게 속삭였다. 아니, 작지만 몹시 퉁명스런 말을 내동댕이쳤다. 우리 엄마가 너더러 한번 들르래. 그 애는 열 발자국쯤 앞서서 걸으며 가끔 내가 잘 따라오고 있는지 확인했다. "헬로, 나이스 투 미튜." 친구 어머니는 빨갛게 칠해진 얇은 입술을 실지렁이처럼 꿈틀댔다. 잇몸을 드러내며 크게 웃는 입과 차고 날카로운 눈이 묘하게 합해진 얼굴이었다. 우물쭈물하다가 안녕하세요,라고 인사를 했다. 그러자 아줌마 표정이 일그러졌다. "너 영어를 잘 못하니? 외국 애라고 해서 영어를 잘하는 줄 알았는데." 아주머니는 이제부터 영어로만 말하라고 했다. 그러지 않으면 떡볶이와 스파게티를 주지 않겠다면서. 떡볶이와 스파게티……. 고통스러울 정도로 속이 쓰리고 아프다. 그 애나 아줌마나 다 맘에 들진 않지만, 그래도 초인종을 누르고 싶다. 지난번처럼 영어 몇 마디를 가르쳐 주면 뭐든 얻어먹을 수 있지 않을까.

키 큰 풀들이 흔들리고 있는 공터를 지난다. 말라 가는 풀 냄새와 분뇨 냄새가 풍겨 온다. 공터 여기저기에 함부로 버려져 있는 냉장고와 부서진 의자, 자질구레한 플라스틱 잡동사니들 위로 호박 덩굴이 무성하다. 허름한 집 몇 채가 늘어선 골목을 지나니 누군가 노래를 부르며 골목으로 걸어오는 게 보인다. 어두워서 잘 보이지는 않지만 작은 키에다 양손에 쇼핑백을 든 걸 보니 노랭이가 분명하다. 갑자기 가슴이 뛰기 시작한다. 공터 옆으로 난 산길로 더 많이 돌아서 가야겠다. 산길로 접어드는데 발밑에 뭔가 걸린다. 무성하게 자란 호박 덩굴이다. 늦가을까지 남아 노끈처럼 질겨진 덩굴은 내 발목을 휘감고는 놓아 주지 않는다. 엉덩이를 바닥에 대고 주저앉아 덩굴을 푼다. 노랫소리는 점차 가까이 다가오더니 공터 쪽으로 다시 멀어진다. 그때, 버려진 냉장고 뒤에서 검은 물체가 솟아오른다. 검은 물체는 빵처럼 점점 부풀어 오른다. 노랭이는 더 빠른 박자로 노래한다. 검은 물체가 소리 없이 노랭이 뒤를 따른다. 퍽, 하는 소리와 함께 노랫소리가 뚝 끊긴다. 검은 물체는 쓰러진 노랭이 앞가슴에서 심장을 뜯어내듯 지갑을 뺏는다. 희미한 달빛 아래 입을 벌리고 웃는 얼굴이 얼핏 보인다. 비재 아저씨다. 나는 눈을 질끈 감는다. 눈꺼풀 안쪽으로 은색 코끼리 한 마리가 나타난다. 구덩이에 발이 빠진 코끼리는 큰 귀를 펄럭이며 빠져나오려고 안간힘을 쓰고 있다. 하지만 발버둥 칠수록 뒷다리는 점점 더 깊이 빨려 들어간다. 구덩이는 삽시간에 시커먼 늪으로 변하더니 뭐든 집어삼킬 태세로 거세게 휘돌아 간다. 아, '외'다. 현기증이 일도록 빠르게 소용돌이치는 '외…….' 코끼리는 맥없이 빨려 들어간다. 미처 비명을 지르지 못하고 눈을 부릅뜬 채. 눈앞이 온통 까맣다.

1 다음 공간을 소설 내용을 중심으로 정리하고 의미를 대조해 봅시다.

아카스와 아버지의 방
• _____ 로 쓰던 곳
• 창 틈새로 스며드는 _____
• 장판 밑의 _____
• 처마가 짧아 신발이 젖는 곳

네팔의 자연 환경
• 생생한 _____
• 잔잔한 물결이 치는 페와호
• 눈 덮인 _____
• 낯익은 황토 집

⬇   ⬇

2 다음 등장인물들의 행동에 나타나는 공통된 태도를 찾아봅시다.

> 아카스 얼굴을 하얗게 하려고 세수할 때 탈색제를 사용함.
>
> 쿤 미국인(백인)처럼 보이려고 머리를 노랗게 염색함.

3 소설 속에서 아카스가 다음과 같이 생각한 이유를 추측해 봅시다.

> '문득 아버지가 코끼리처럼 여겨졌다. 구름보다 높은 히말라야에
> 서 태어나 이곳, 후미진 공장 지대에서 살아가고 있으니…….'

---

4 '필용이 아저씨'의 주장을 반박하는 글을 써 봅시다.

> "늬들도 자르면 피 나오고 누르면 똥 나오는 사람이다, 이거냐? 웃
> 기는 소리들 마. 한국 놈들한테도 안 해 준 걸 늬들한테라고 해 주겠
> 냐? 아니꼬우면 돌아가. 젠장, 어차피 늬들도 고국으로 돌아가서 공장
> 차리고 사장 되려고 여기 왔잖냐. 노동자들을 어떻게 다뤄야 되는지
> 눈 똑바로 뜨고 배워 가. 다 산 교육이여."

웹드라마 「오늘부터 하모니」

다문화 문제에 대한 우리의 편견을 다시 한번 생각해 보게 만드는 드라마가 있습니다. 「오늘부터 하모니」라는 5부작짜리 웹드라마로, 각 편당 10분 남짓한 짧은 분량 안에 묵직한 주제를 유쾌하게 녹여 냈습니다. 보컬 대회를 준비하는 고등학생 아린은 우즈베키스탄에서 온 전학생 하리를 동아리 멤버로 맞이하기 위해 애씁니다. 학교에서 하리가 겪는 갈등을 통해 이주민은 동정과 연민의 대상이 아니라는 것, 당당하게 노력하고 자신의 꿈을 이루고자 열심히 살아가는 우리 사회의 똑같은 구성원이라는 사실을 깨닫게 하는 작품입니다.

하종오 시집 『입국자들』

『입국자들』은 『반대편 천국』, 『국경 없는 공장』 등에서 이주민 문제를 지속적으로 다루어 온 하종오 시인의 시집입니다. 이주민과 한국인을 대비시켜 한쪽은 순응적이고 선한 존재로, 다른 한쪽은 자기 이익을 위해 남을 희생시키는 악한 존재로 그리지 않고 다양한 욕망을 지닌 개별적인 인물들로 형상화하고 있습니다. 우리 사회 속 이주민들 각자의 이름과 표정을 엿보고 싶은 사람들에게 권합니다. 시인의 섬세한 시선으로 포착된 이주민들의 생활과 감정이 고스란히 전해질 것입니다.

박범신 장편소설 『나마스테』

카밀은 히말라야 마르파 마을 출신으로, 꿈을 찾아 서울로 온 청년입니다. 그리고 미국에서 상처를 입고 다시 한국으로 돌아온 신우라는 여성을 만나지요. 『나마스테』는 이 두 사람의 사랑을 그려 낸 장편소설입니다. 편견과 멸시 속에서도 사랑을 이루어 가는 연인의 모습을 통해 소설가 박범신은 모든 인간에게 존재하는 사랑과 희망이라는 가치를 제시합니다. 또한 우리가 자기 스스로 이루고자 하는 바는 간절히 추구하면서 다른 이의 꿈은 모질게 외면하는 이중적인 모습을 보이고 있지는 않은지 되돌아보게 합니다.

ooooooooooooooooo

황만근은 이렇게 말했다

xxxxxxxxxxxxxxx

성석제

成碩濟(1960~) 소설가. 경북 상주에서 태어나 연세대 법학과를 졸업했다. 1986년『문학사상』신인상에
시로 등단한 뒤, 1994년 짧은 소설 모음집『그곳에는 어처구니들이 산다』를 내면서 소설을 쓰기 시작했
다. 날렵한 비유와 의뭉스러운 유머, 생의 이면을 들춰내는 섬세한 관찰력으로 기성의 통념과 가치를 뒤
집는 작품 세계를 펼쳐 왔다. 소설집『내 인생의 마지막 4.5초』『조동관 약전』『재미나는 인생』『홀림』
『황만근은 이렇게 말했다』『번쩍하는 황홀한 순간』『어머님이 들려주시던 노래』『지금 행복해』『믜리도
괴리도 업시』, 장편소설『왕을 찾아서』『도망자 이치도』『투명인간』등이 있다.

1997년 11월, 우리나라는 외환이 부족하여 국제통화기금(IMF)으로부터 자금을 지원받는 경제 위기를 겪게 됩니다. 외국 자본이 빠져나가면서 여러 기업들이 문을 닫았고, 많은 사람들이 일자리를 잃게 되었죠. 어려움을 겪기로는 농민들도 예외가 아니었습니다. 특히 1990년대부터 정부 주도로 농촌 구조 개선 사업이 시작됨에 따라, 농촌에서 기계화와 시설 투자는 피할 수 없는 일이 되었습니다. 농민들을 이를 위해 금융 기관에서 무리하게 대출을 받았는데, 농사로 얻은 이윤으로는 빚을 다 갚지 못하는 상황이 이어지고 있었지요. 그 와중에 우리나라가 IMF라는 큰 위기를 맞게 되었고요.

성석제의 「황만근은 이렇게 말했다」는 이러한 농촌 상황을 배경으로, 마을에서 반편이로 업신여김을 받는 인물인 황만근에 대한 이야기를 들려줍니다. 성석제는 재치와 유머를 능수능란하게 활용할 줄 아는 이야기꾼이며, 조금은 과장된 문체 속에 현실에 대한 날카로운 풍자를 담아내는 작가입니다. 이 소설도 그러한 특징이 잘 드러납니다. 구수한 사투리와 우스꽝스러운 장면들을 통해 '황만근'이라는 사람의 일대기를 우리 앞에 흥미롭게 내어놓지요. 황만근의 삶 속에는 동화같이 환상적인 일화도, 은근하면서 정감 있는 이야기도 있습니다.

그러나 어느 순간 우리는 마냥 웃을 수만은 없는 불편한 현실과 마주하게 됩니다. 황만근은 어리숙하고 늘 놀림을 당하지만 자신이 해야 한다고 여기는 일은 묵묵히 해내고 매사 공평하며 성실한 인물입니다. 그에 비해 마을 사람들은 자기 이익을 위해서 타인을 이용하고 탐욕을 드러내기도 합니다. 이 소설을 읽다 보면 이 둘을 대비하여 누구의 삶이 더 가치 있는지 생각해야 하는 순간을 만나게 됩니다. 더불어 빚에 쫓기는 농촌의 현실에 대해서도 고민하게 되지요. 황만근을 통해 과연 이 시대에 누가 진짜 바보이고 의인인지 생각해 보면 좋겠습니다.

황만근이 없어졌다. 새벽에 혼자 경운기를 타고 집을 나간 황만근은 늘 들일을 나가면 돌아오는 시각인 저물녘에 돌아오지 않았다. 술을 마시고 취하더라도 12시가 될락 말락 한 한밤이면 돌아왔는데 이번에는 아니었다. 평생 단 하루 외박한 뒤 돌아왔던 그 시각, 횃대˙의 닭이 울음을 그치는 아침이 되어도 돌아오지 않았다. 마을 회관 앞, 황만근이 직접 심어 놓은 등나무 덩굴 아래, 직접 짠 평상에 사람들이 모였다. 먼저 이장이 입을 열었다.

"만그인지 반그인지 그 바보 자석 하나 따문에 소여물도 못 하러 가고 이기 뭐라. 스무 바리나 되는 소가 한꺼분에 밥 굶는 기 중요한가, 바보 자석 하나가 어데 가서 술 처먹고 집에 안 오는 기 중요한가, 써그랄."

마을에서 연장자 축에 들고 가장 학식이 높아 해마다 한 번씩 지내는 용왕제(龍王祭)에 축(祝)˙을 초(草)하는˙ 황재석 씨가 받았다.

"그래도 질래 있던 사람이 없어지마 필시 연유가 있는 기라. 사람이 바늘이라, 모래라. 기양 없어지는 기 어디 있어. 암만 그래도 우리 동네 사람 아이라. 반그이, 아이다, 만그이가 여게서 나

• 횃대 새장이나 닭장 속에 새나 닭이 올라앉게 가로질러 놓은 나무 막대. 홰.
• 축 제사 때에 읽어 신명(神明)께 고하는 글. 축문(祝文).
• 초하다 글의 첫 안을 잡다.

서 사는 동안 한 분도 밖에서 안 들어온 적이 없는데 말이라."

"아이지요, 어르신. 가가 군대 간다 캤을 때 여운지 토깨인지[•] 하고 밤새도록 싸우니라고 하루는 안 들어왔심다."

용왕제에서 집사 역을 하는 황동수가 우스개처럼 말을 이었다. 아침밥을 먹기도 전 황만근의 아들이 찾아와 황만근이 집에 돌아오지 않았다고 하길래 얼결에 동네 사람들을 불러 모으는 역할을 하게 된 민 씨는 분위기가 이상하게 돌아간다 생각하고 참견을 했다.

"어제 궐기 대회[•] 한다 하고 간 사람이 누구누구십니까. 황만근 씨하고 같이 간 사람은요? 궐기 대회 하는 동안 본 사람은 없나요?"

자리에 모인 대여섯 명의 황 씨들은 서로의 얼굴을 마주 보더니 모두 고개를 흔들었다.

"사람이라고 및 밍이나 되나. 군 전체 사람이 모도 모있다는 기 백 밍이 될라나 말라나 한데 반그이는 돼지고기 반 근만 해서 그런지 안 보이더라칸께."

이장은 계속 빈정거리듯 말을 이었다. 민 씨는 이장이 궐기 대회 전날 황만근을 따로 불러 무슨 말을 건네던 것을 기억해 냈다.

"그제 밤에 내일 궐기 대회 한다고 사람들 모였을 때 이장님이 황만근 씨에게 뭐라고 하셨죠. 모임 끝난 뒤에."

이장은 민 씨를 흘기듯 노려보았다.

• 토깨이 '토끼'의 사투리.
• 궐기 대회 어떤 문제의 해결책을 촉구하기 위하여 뜻있는 사람들이 함께 일어나 행동하는 모임.

"왜, 농민보고 농민 궐기 대회 꼭 나오라 캤는데, 뭐가 잘못됐나."

민 씨는 자신도 모르게 따지는 어조가 되었다.

"군 전체가 모두 모여도 몇 명 안 되었다면서요. 그런 자리에 황만근 씨가 꼭 가야 합니까. 아니, 황만근 씨만 가야 할 이유라도 있습니까. 따로 황만근 씨한테 부탁을 할 정도로."

"이 사람이 뭐라 카는 기라. 이장이 동민한테 농가 부채 탕감* 촉구 전국 농민 총궐기 대회가 있다, 꼭 참석해서 우리의 입장을 밝히자 카는데 뭐가 잘못됐다 말이라."

"잘못이라는 게 아니고요, 다른 사람들은 다 돌아왔는데 왜 황만근 씨만 못 오고 있나 하는 겁니다."

"내가 아나. 읍에 가 보이 장날이더라고. 보나 마나 어데서 술 처먹고 주질러 앉았을 끼라. 백 리 길을 깅운기를 끌고 갔으이 시간도 마이 걸릴 끼고."

다른 사람들은 말이 없었고 민 씨와 이장만이 공을 주고받는 꼴이 되어 버렸다.

"글쎄, 그 자리에 꼭 황만근 씨만 경운기를 끌고 갔어야 했느냐 이 말입니다. 그것도 고장 난 경운기를."

"깅운기를 끌고 오라는 기 내 말이라? 투쟁 방침이 그렇다카이. 깅운기도 그렇지, 고장은 무신 고장, 만그이가 그걸 하루 이틀 몰았나. 남들이 못 몬다 뿌이지."

"그럼 이장님은 왜 경운기를 안 타고 가고 트럭을 타고 가셨나요. 이장님부터 솔선수범을 해야지 다른 동민들이 따라 할 텐데,

---

* 탕감 빚이나 세금 따위의 물어야 할 것을 덜어 줌.

지금 거꾸로 되었잖습니까."

"내사 민사무소*에서 인원 점검하고 다른 이장들하고 의논도 해야 되고 울매나 바쁜 사람인데 깅운기를 타고 언제 가고 말고 자빠졌나. 다른 동네 이장들도 민소 앞에서 모이 가이고 트럭 타고 갔는 거를. 진짜로 깅운기를 끌고 갔으마 군 대회에는 늦어도 한참 늦었지. 군청에 갔는데 비가 와 가이고 온 사람도 및 없더마. 소리마 및 분 지르고 왔지. 군청까지 깅운기를 타고 갈 수나 있던가. 국도에 차들이 미치패이맨구로 쌩쌩 달리는데 받히만 우얘라고. 다른 동네서는 자가용으로 간 사람도 쌨어."

"그러니까 국도를 갈 때는 여러 사람이 한꺼번에 경운기를 여러 대 끌고 가자는 거였잖습니까. 시위도 하고 의지도 보여 준다면서요. 허허, 나 참."

"아침부터 바쁜 사람 불러내 놓더이, 사람 말을 알아듣도 못하고 엉뚱한 소리만 해 싸. 누구맨구로 반동가리가 났나."

기어이 민 씨는 버럭 소리를 지르고야 말았다.

"반편*은 누가 반편입니까. 이장이니 지도자니 하는 사람들이 모여서 방침을 정했으면 그대로 해야지, 양복 입고 자가용 타고 간 사람은 오고, 방침대로 경운기 타고 간 사람은 오지도 않고, 이게 무슨 경우냐구요."

"이 자슥이 뉘 앞에서 눈까리를 똑바로 뜨고 소리를 빽빽 질러 쌓노. 도시에서 쫄딱 망해 가이고 귀농을 했시모 얌전하게 납작

● 민사무소 '면사무소'의 사투리.
● 반편 지능이 보통 사람보다 조금 모자라는 사람을 낮잡아 이르는 말. 반편이.

엎드려 있어도 동네 사람 시키 줄까 말까 한데, 뭐라꼬? 내가 만그이 이미냐, 애비냐. 나이 오십 다 된 기 어데를 가든동 오든동 지가 알아서 해야지, 목사리˚ 끌고 따라다니까?"

마침 황만근의 어머니가 나오지 않았으면 몸싸움이 났을지도 몰랐다. 민 씨가 막 핏대를 세우며 맞대꾸를 하려는데, 도저히 시골의 환갑노인으로는 보이지 않는, 곱고 여린 외모의 여인이 종종걸음으로 다가와서는 평상 앞에서 어른들의 눈치를 보며 엉거주춤 서 있는 손자를 붙들고 우는소리를 냈다.

"내가 고딩어를 안 먹는다 캤으마, 이런 일이 없을 낀데. 내가 고딩어를 안 먹는다 캤어도 이런 일이 없을 낀데. 내가 고여히 고딩어를 먹는다 캐 가이고 우리 만그이가, 우리 만그이가 고딩어를 사러 갔다가 이래 안 오는구나아."

그래서 사람들은 알게 되었다. 황만근이 경운기를 끌고 간 날 아침, 아침을 차리던 황만근에게 그의 어머니가 고등어자반이 없으면 밥을 먹지 않겠다고 한 사실을. 이장은 그것 보라는 듯이 "반동가리 반그이가 궐기 대회가 아이고 고딩어 사러 갔구마. 효자 났네, 효자 났어." 하고는 허리를 쭉 폈다. 황재석 씨도 수염을 쓰다듬며 "홀어머니 조석˚을 지극정성으로 평생 한 끼도 안 빠뜨리고 공궤하니,˚ 암만, 효자는 효자지. 천생지효자˚라." 했다. 그 황만근의 아들인 영호가 덩달아 우는소리를 하는 것이었다.

• 목사리 개나 소 따위 짐승의 목에 두르는 굴레.
• 조석(朝夕) 아침밥과 저녁밥을 아울러 이르는 말.
• 공궤(供饋)하다 음식을 주다.
• 천생지효자 타고난 효자.

"아이라요. 내가 아침에 집으로 오다가 경운기 타고 가는 아부지를 만났는데요, 목욕을 하고 오라 캤거든요. 목욕탕에 갔을 끼라요. 그런데 면에 있는 목욕탕에 연락해 봐도 그런 사람은 안 왔다 카고…… 온천에 갔는가 봐요. 온천에 가다가 우째 됐는가도 모르고……."

사람들은 또한 알게 되었다. 황만근은 전에 없이 전날 밤 그의 아들 방에서 잠을 잤다. 아들은 시험공부 하느라고 친구 집에서 밤을 새우고 아침에 들어오는 길이었다. 길에서 아버지를 만난 아들은 대번에 아버지가 자신의 방에서 잔 사실을 알아차렸다. 아버지가 자신의 점퍼를 입고 있었기 때문이다. 그래서 당장 옷을 벗어 내놓으라, 다시는 내 방에 들어오지 말라고 소리쳤고 덧붙여 제발 좀 목욕탕에 가서 씻고 오라고 했던 것이다. 황만근은 그길로 목욕탕으로 간 것인지도 몰랐다. 아니면 궐기 대회가 열리는 읍의 반대편에 있는 온천에 갔든가.

"내 평생 반그이가 한 번 씻는 걸 못 봤다. 냇가를 가도 샘에를 가도 들어갈 생각을 안 하는구마. 목욕탕에 우째 가는 줄도 모를 낀데 온천이 여게서 어데라고 지가 찾아가노."

황규수가 입을 비틀며 웃었다. 민 씨는 자신이 알고 있는 사실을 말할까 말까 하다가 끝내 입을 열지 못했다. 그 자신도 황만근에게 궐기 대회장으로 꼭 가야 한다고 충동질한 사실이 있었다. 술김인지는 몰라도, 당신의 뜻을 많은 사람이 알아야 한다, 가서 이야기를 하라고 객기*를 부렸던 것이다.

• 객기(客氣) 쓸데없이 부리는 혈기나 용기.

그러는 동안 모든 사람들이 알게 되었다. 황만근이 집으로 돌아오지 않았다. 동네 사람 누구든 하루 이틀, 또는 한두 달 집을 비울 수도 있지만 그렇다고 그 사실을 모든 사람이 알게 되는 것은 아니다. 그러나 황만근만은 하루밖에 지나지 않았음에도 모든 사람이 그의 부재를 알게 되었다. 그렇지만 누구도 적극적으로 황만근을 찾아 나서려 하지 않았다. 그는 있으나 마나 한 존재이면서 있었고 없어서는 안 되는 존재이면서 지금처럼 없기도 했다. 동네 사람들은 그를 바보라고 했다. 두어 해 전에야 신대 1리로 들어와 황만근의 탄생과 성장, 삶을 처음부터 지켜보지 못한 민 씨만은 그렇게 생각하지 않았다.

마을에서 젊은 축에 드는 마흔다섯 살의 황영석은 황만근이 벽돌을 찍고 구덩이를 파서 지은 마을 회관 변소에서 분뇨를 퍼내면서 황만근의 부재를 알게 되었다.

"만그이 자석이 있었으마 내가 돈을 백만 원 준다 캐도 이런 일을 안 할 낀데. 아이구, 이 망할 놈의 똥 냄새, 여리*가 싸 놔 그런지 독하기도 하네. 이기 곡석*한테 독이 될지 약이 될지도 모르겠구마."

황만근이 있었으면 군말 없이 했을 일이었다. 늘 그렇듯이 벙글벙글 웃으면서.

"만그이가 있었으모 저 거름이 우리 밭으로 올 낀데. 만그이가

* 여리 '여럿이'의 사투리.
* 곡석 '곡식'의 사투리.

도대체 어데 갔노."

마을 회관 곁 조그만 밭에 채소를 심어 먹는 여씨 노인도 황만근의 부재를 알게 되었다. 황만근은 마을 공동의 분뇨를, 역시 자신이 판 마을 공동의 분뇨장으로 가져가서 충분히 익힌 뒤에, 공평하게 나누어 주었다. 황영석처럼 제가 폈다고 바로 제 밭에 가져다가 뿌리지는 않았다. 특히 여씨 노인처럼 일찍 남편을 잃고 혼잣몸이 된 노인들에게는, 알고 그러는지 모르고 그러는지 더 자주 거름을 가져다주었다.

"만그이한테 물어보자."

아이들은 소꿉장난을 하다가 황만근의 부재를 알게 되었다. 공평무사한 것이 황만근의 평생의 처사였다. 그에게는 판단 능력이 없는 듯했지만 시비를 물으러 가면, 가노라면 언제나 공평무사한 자연의 이법°에 대해 깨우치게 되고 분쟁은 종식되었다.

또는 물어보나 마나 명약관화°한 일을 두고도 황만근을 들먹였다.

"만그이도 알 끼다."

또한 동네에 오래도록 내려오는 노래, 구태여 제목을 붙이자면 '황만근가'를 자신도 모르게 중얼거리게 되면서 사람들은 황만근이 없다는 사실을 알게 되었다.

황만근가, 황만근의 노래, 아니 황만근에 관한 노래는 이렇게 부른다. 먼저 "황" 하고 단호하고 크게 소리쳐서 주의를 끈 다음,

---

• 이법(理法) 원리와 법칙을 아울러 이르는 말.
• 명약관화(明若觀火) 불을 보듯 분명하고 뻔함.

한 박자를 쉰 뒤에 "마안-그은" 하고 두 박자로 느릿하게 부른다. 이어서 "백 분(번), 찝 원(십 원), 여 끈(열 근), 팔 푼, 두 바리(마리)" 하고 빠르게 센다. 마지막으로 "그래, 바안-그은" 하고 느긋하게 마친다. 이 노래에는 황만근의 일생이 들어 있고 모든 노래가 그렇다시피 노래를 부르는 마을 사람들의 대체 경험과 정서가 녹아 있다.

황은 성을 말한다. 신대 1리는 황 씨들이 오십여 호 모여 사는 집성촌이다. 이 년 전에 귀농한 민 씨 같은 타성바지*는 황씨 집안에 데릴사위로 들어온 노 씨를 포함 전체에서 두 가구밖에 되지 않는다. 신대(新垈), 새터는 이름이 암시하듯 새로 생긴 마을이다. 황만근의 부친은 전쟁 중에 죽었다. 그의 어머니는 그때 이미 그를 배고 있었는데 남편을 여의고 황만근을 낳은 까닭에 항렬을 따서 이름을 지어 줄 사람이 없어 집에서 우러러보이는 산, 만근산(萬根山)에서 이름을 받았다. 만근산은 신대 1리에서 3리까지가 띠 모양으로 둘러 있는 천곡지(千谷池)를 병풍처럼 에워싸서 물을 가두고 또한 사철 물을 대 주게 하는 역할을 하고 있다. 만근산의 천곡이라는 이름의 계곡을 막아 저수지를 만들고 계곡에서 흩어져 사는 사람들을 모아 한곳에 살게 한 곳이 바로 신대리이다. 이쯤만 해도 황만근이라는 이름이 곧 동네의 뿌리를 상징하는 이름임을 알 수 있다.

'백 번'은 무엇을 이름인가. 황만근이 땅바닥에 넘어진 횟수가 백 번임을 말한다. 황만근은 어릴 때부터 유난히 자주 넘어졌는

• 타성(他姓)바지 자기와 다른 성(姓)을 가진 사람.

데 동네 사람들 말대로 '골', 곧 자주 아는 척하는 윗마을 황학수의 말마따나 평형 감각을 관장하는 소뇌가 미발달해서 그런지도 모른다. 사람들은 동네에서 툭, 소리가 나면 홍시 떨어지는 소리, 아니면 황만근이 넘어지는 소리라고 여겼다. 누군가 황만근에게 도대체 하루에 몇 번 넘어지는지 세어 보라고 했다. 기왕 넘어지는 거 셈 공부나 하라는 충고였겠다. 저녁때 어린 황만근에게 몇 번 넘어졌는가 물으면 황만근은 손가락을 꼽고 발가락을 꼬고 무릎과 허리까지 배배 꽈 가며 용을 썼다. 그런데 황만근은 언제부터인가 그런 물음에 명쾌하게 '백 분'이라고 대답했다. 하루에 백 번, 한달에 백 번, 일 년에 백 번, 평생 백 번. 백은 황만근이 셀 수 있는 가장 큰 단위였다.

'찝 원'은 면사무소가 있는 봉대 장터의 국수 가게 주인이 보태 준 별명이다. 어느 날 열서너 살 난 더벅머리 황만근이 국수를 사러 와서는 가게 문간에서 이렇게 말했다. "꾹찌 찝 원어찌만 쪼요." 국수 장수가 무슨 말이냐고 물었다. 황만근은 신중하게 손가락을 헤아리더니 다시 '꾹찌'라고 하면서 가게 주변이 온통 환하도록 널려 마르고 있는 국수 가닥을 가리켰다. 그러고는 '찝 원'이라고 했는데 주인은 그 말을 그의 손에 들린 십 원짜리 지폐를 보고 겨우 알아들었다. 어린 시절 황만근은 혀가 짧았던 것이다.

황만근은 나면서부터 물가(전국에서 다섯 번째 깊이라는 천곡 저수지를 인근에서는 이렇게 이른다. 저수지를 자랑하고 싶을 때 담수량이나 넓이라면 모르되 깊이는 따져 무엇 하겠다는 건지, 동네에 처음 들어갔을 무렵 민 씨는 알 수가 없었다. 다섯 번

째라면, 최소한 전국 다섯 군데 저수지의 깊이를 쟀다는 말인데, 그렇다면 그 깊이는 갈수기*의 깊이인가, 장마철의 깊이인가, 평균의 깊이인가, 측정 당시의 깊이인가, 최대의 깊이인가, 가운데의 깊이인가. 생각할수록 무한한 함수가 생겨나는 이런 기준을 과연 누가 만들었는가. 민 씨는 알 수가 없었다. 또한 민 씨는 그 불투명한 기준에서 첫째도 아니고 다섯 번째에 불과한 것이 어째서 내세울 만한 게 되는지도 알 수가 없었다. 하여튼 그 저수지에 '물'이라는 본질적인 이름을 붙이고 그 저수지 주변에 띠처럼 붙어서 만들어진 동네를 대범하게 '물가'라고 부르는 사람들이 신대리에 산다.)의 제일 바깥쪽 동네, 곧 신대 1리에서도 제일 바깥의 마을 어귀에 살고 있다.

동네를 집으로 비유하면 황만근의 집은 행랑채에 해당한다. 행랑채가 그렇듯 동네의 다른 집에 비해 황만근의 집은 작고 보잘것없다. 6·25 후에 계곡 입구를 막아 저수지를 완공했으니 마을 대부분의 집은 전쟁 직후에 지은 것이다. 황만근은 그때 젖먹이였고 아버지는 죽고 없었다. 이웃들은 저마다 각자의 집을 짓느라 바빠 과부 시어머니와 과부, 그리고 젖을 빠는 유복자에게 집을 지어 줄 만한 여유가 없었다. 수숫단으로 벽을 하고 짚 멍석으로 바닥을 한 뒤에, 형편이 닿는 대로 나무와 흙으로 조금씩 지어 나간 그 집은 계속 덧칠을 한 그림처럼 엉성했다. 세월이 흘러 집 꼴은 갖춰졌을망정 지붕이나 방, 문, 마당 할 것 없이 집을 이루는 구성 요소란 구성 요소는 빠짐없이 늘 손이 가야 형체를 유지

---

* 갈수기(渴水期) 한 해 동안에 강물이 가장 적은 시기.

했다. 비가 오면 새는 곳을 막아야 했고 바람이 불면 지붕이 날아 가지 않을까 걱정해야 했다. 눈이 오면 무너질까 걱정, 불을 때면 방바닥에서 올라오는 연기에 눈물을 쏟아야 했다. 집은 온통 때 우고 바르고 받쳐 놓고 묶어 간신히 붙들어 놓은 모양이었으며 어느 것 하나라도 모르고 건드리면 일순간 폭삭 쓰러질 것 같았 다. 그래도 방이 두 개에 마루 흉내를 낸 널쪽이 앞쪽에 붙어 있 는 한일자 형인데 황만근은 집에 있을 때면 늘 그곳에 앉아 있었 다. 수십 년을 여일하게* 집보다 높은 길을 내다보며 지나가는 동 네 사람에게 큰 소리로 인사를 건넸다. 밥을 먹을 때면 마루는 상 으로 변했고 황만근은 마당으로 내려가 쭈그려 앉아 밥을 먹었 다. 여름에는 거적때기 같은 이불 홑청을 깔고, 겨울에는 바깥에 비닐을 두르고 마루 아래로 나오는 굴뚝의 온기에 의지해 잠을 잤다. 왜 방을 놔두고 엉덩이 하나 걸치기도 비좁은 마루에, 노상 거적때기 같은 홑청을 깔고 앉아 있느냐 하면, 방에는 사람이 있 기 때문이었다. 그 사람들은 동네 사람들과 마찬가지로 황만근 을 '반쪽' 또는 '싸래기'로 취급했고 자신이 있는 방으로 들어오 는 것을 싫어했다.

"들어올라만 털고 씻고 들어와!"

황만근 자신이 방에 들어가 자는 것에 낯설어했으므로 들어가 서 자는 일은 거의 없었다. 그는 이미 수십 년 동안 밖에서 자는 게 익숙해져 그런지 방에서 자면 옷을 모두 벗어젖히는 버릇이 있었다. 벗어젖힌 몸에서는 무슨 벌레가 기회다 싶어 기어 나오

* 여일하다 처음부터 끝까지 한결같다.

는지, 황만근이 자고 간 방에는 살충제를 한 통씩 뿌려도 잡히지 않는 벌레가 남는다 했다. 황만근의 집에 있는 두 개의 방을 하나씩 차지한 사람들은 그의 젊은 어머니와 고등학교에 다니는 그의 아들이었다. 어느 날 황만근에게 지나가던 우체부가 집에 누가 있느냐고 물었다. 그러자 황만근은 가슴을 펴고 '두 바리'라고 자랑스럽게 말했다. '바리'는 가축 같은 짐승이나 곤충의 머릿수를 뜻하는 '마리'의 신대리 사투리다. 우체부는 공연히 그 말을 동네방네에 퍼뜨려 황만근을 다시 한번 바보로 만들었다. 누가 그렇게 해 달라고 한 것도 아닌데. 우체부가 황만근에게 무슨 악의를 가지고 있어서 그랬던 것은 아닐 것이다. 신문 보는 사람도 없던 시절, 기껏해야 군대 간 자식에게서 오는 편지가 뉴스이던 시절, 사람들은 자기들끼리라도 드라마를 만들어 웃고 싶어 했다. 황만근은 가장 그럴듯한 소재였고 배역이었다. 사람들은 다른 사람이 한 실수나 바보짓도 늘 황만근에게 가탁해서* 그를 점점 더 바보로 만들어 갔다.

황만근을 낳은 그의 어머니는 집 안의 안방을 차지하고 있다. 어머니는 어머니인데 젊다. 그리고 아주 곱다. 두 사람이 나란히 있으면, 그런 경우가 일 년에 한 번 있을까 말까 할 정도로 보기 어렵다, 한 사람은 눈이 오나 비가 오나 방 안에 있고 한 사람은 눈이 오나 바람이 부나 밖에 있으니 말이다, 모자간이 아니라 오누이 간으로 보이기 십상이다. 물론 황만근이 오빠로 보인다. 언뜻 봐서는 황만근의 나이를 짐작하기 어렵다. 늘 입을 벌리고 벙

• 가탁(假託)하다 어떤 일을 그 일과 무관한 다른 대상과 관련짓다.

글벙글 웃는 한 가지 표정에 굵은 주름이 이마와 뺨을 종횡으로 가로지르고 있어서 마흔은 확실히 넘었지만 그에 삼십 년을 더 한다 해도 통할 수 있다. 그의 어머니는 황만근이 철이 든 후에는 한 번도 찬물에 손을 담가 보지 않고 대갓집 마나님처럼 살아서 그런지 동네의 또래 노인들보다 예닐곱 살은 적어 보인다.

왜 그렇게 나이 차이가 적은가 하면, 황만근의 어머니가 돈을 받고 팔려 와서 열댓 살인가에 황만근을 낳았기 때문이다. 지금 은 신대리도 하루 네 번씩 버스가 들어올 정도로 개명했지만, 전 쟁이 있기 전에는 시집 장가 가는 일이 아니면 외지 사람을 구경 하기도 힘들 정도로 두메였다. 신대리에 나서 살아온 여자들은 때려죽여도, 아니 맞아 죽어도 신대리 사람에게는 시집을 가지 않으려고 했다. 그래서 신대리 총각들은 이십 리쯤 떨어진 낙양 군 봉대면 면 소재지 저잣거리에 가서 '처녀 구함'이라는 팻말 을 목에 걸고 서 있다가 그에 반한 넋 나간 처녀를 잡아채어 신 대리로 돌아오든가, 중간에 사람을 놓아 험난한 시절 딸을 팔아 서라도 살아남으려는 사람들에게서 처녀를 구해 장가를 갔다. 물론 후자의 경우가 대부분이었는데, 이를 두고 중매라고 하는 사람도 있고 그렇게 해서 마을에 들어온 처녀를 '민며느리'라는 이름으로 부르는 사람도 있는데, 이름이야 어떻든 그런 경로로 신대리에 들어온 처녀들은 해가 가기 전에 아이를 낳게 마련이 었다.

신대리에는 처녀가 시집을 오기가 어렵지 오기만 하면 '물'의 깊은 곳에 있는 용왕이 밤마다 찾아와서 틀림없이 아들을 점지 해 준다는 전설이 있다. 그래서 그런지 신대리의 집집마다 아들이 없는 집이 없었고 그 아들들이 자라면 장가 때문에 아버지 같은 어려움을 겪었다. '물'에서 가장 깊은 곳은 저수지가 생기기 전부터 깊이를 알 수 없다는 소(沼)가 있었고 그 속에 용궁으로 통하는 길이 있어 무명실 세 꾸러미를 풀어도 끝이 안 난다고 했다. 물론 용왕은 점지만 해 주지 실제로 아들을 갖게 하는 건 신대리 사내다. 만약 용왕이 점지를 넘어 무슨 해괴한 다른 일을 벌였다면, 신대리 사람들이 해마다 대보름에 1미터가 넘는 얼음을 깨고 색동옷을 입힌 돼지 한 마리씩을 용왕에게 바칠 리가 없을 것이다. 하여튼 황만근의 어머니는 어리고 어린 나이에 팔려 오다시피 신대리에 들어왔고 여자로서의 징후가 나타나자마자 용왕의 점지에 따라 아이를 배었다. 그러고는 전쟁이 일어나 어쩌다 신대리가 전사*에 기록될 정도로 격전장이 되었다. 황만근의 아버지는 천곡 계곡의 양안*을 오가는 포탄과 총알의 불빛과 소리를 구경하러 나갔다가 유탄에 맞아 세상을 버리고 말았다. 그때 황만근은 어머니 배 속에서 여덟 달째 머물러 있던 중이었는데 소식을 들은 그의 어머니가 벌떡 일어서면서 그만 황만근을 아래로 빠뜨리는 바람에 머리가 앞뒤로 긴 '남북 짱구'가 되었고 열 달의 십분(十分)에서 두 달이 모자라는 '팔푼'이 되었다고도 한다. 그 후로 시어머니, 곧 황만근의 할머니가 황만근과 그의 어린 어미를 함께 키웠다. 황만근이 열다섯 살이 되던 해, 할머니마저 세상을 버리자 그때부터 황만근이 어머니를 봉양하게 되었는

* 전사(戰史) 전쟁의 역사.
* 양안(兩岸) 강이나 하천 따위의 양쪽 기슭.

데, 서른 살이 될까 말까 한 젊은 과부는 그때까지 밥을 어떻게 하는지조차 몰랐고 그 후로도 황만근이 있는 한 알 필요가 없었다. 농사를 짓든 비럭질을 하든 쌀을 들고 들어오는 것도 황만근이었고 그 쌀을 씻어 솥에 안치고 불을 피우는 것도 황만근, 상에 밥과 반찬을 차려서 먹으라고 갖다주는 것도 황만근, 물린 상을 들고 가서 설거지를 하는 것도 황만근이었다. 그의 곱고 새파란 어머니는 황만근이 밥과 집에 관련된 일을 하는 동안 시어머니가 물려준 곰방대에 담배를 채워 연기를 코로 뿜으면서 황만근이 하는 짓을 물끄러미 건너다보고 있을 뿐이었다.

그런데 이런 일이 있었다. 황만근의 나이가 차자 군대 징집영장이 나왔다. 동네는 물론 온 면에서도 알려진 바보라 황만근은 당연히 면제가 되었겠지만, 일단 신체검사와 소집 면제에 필요한 절차를 밟기 위해 군청이 있는 읍에는 가야 했다. 황만근은 쌀밥을 한 솥 해서 간장과 소금으로 간을 한 뒤에 참기름으로 맛을 내어 주먹밥을 만들었다. 주먹밥 몇 덩이는 보자기로 싸서 허리에 차고 나머지는 상 위에 얹어 놓고 어머니에게 말했다.

"배고프면 이거 먹어라. 내 얼릉 갔다 올게."

어머니는 쓰다 달다 말도 없이 황만근이 하는 양을 지켜볼 뿐이었다. 신체검사는 황만근의 생각처럼 얼른 끝나지 않았다. 그때만 해도 황만근은 입가에 침만 좀 흘렸을 뿐, 또래의 친구들처럼 스무 살 남짓한 건강하고 잘생긴 청년으로 보였다는데, 징집을 감독하러 온 사람들이 이리 뜯어보고 저리 물어보고 으르고 협박하느라 시간이 많이 걸렸던 모양이다. 황만근은 결국 샛별이 뜨는 저녁이 되어서야 신체검사장에서 풀려날 수 있었다. 밤

길을 도와 백 리 길을 걸어서 어머니가 혼자 기다리는 집으로 돌아오던 황만근은 평생을 좌우할 기이한 경험을 하게 된다. 당시에는 군청이 있는 읍에서 신대리까지 오는 버스도 없었고 있다 해도 끊어질 시각이라 산길로 오는 게 빨랐는데 네 개의 봉우리를 돌거나 넘어야 했다. 그중 네 번째 고개의 이름은 토끼고개다. 어지간히 다 왔다 싶었는데, 어째선지 걸어도 걸어도 고갯마루가 나오지 않고 한군데서 맴도는가 싶더니 문득 어둠 속에서 털이 눈부시게 하얗고 창날처럼 뻗친 수염과 홍보석처럼 붉은 눈을 가진 토끼가 달려 나왔다. 그날은 그믐 때여서 달빛조차 없었는데 눈부시게 희었다니 그 무슨 바보 같은 소리냐고 사람들은 말한다. 황만근이 그날의 일을 수백 번도 더 말했지만 처음과 다르게 말한 적은 한 번도 없었다. 그나저나 토끼가 너무 컸다. 토끼의 귀가 황만근의 머리보다 더 높이 솟아 있을 정도였다. 게다가 토끼는 입을 움직이며 사람의 말을 했다.

"너는 집에 못 간다. 너는 집에 못 간다. 너는 집에 못 간다. 너는 여기서 죽는다."

토끼의 입술이 갈라진 사이로 황만근의 엄지손가락만 한 날카로운 이가 반짝였다. 무슨 불빛이 있어서 반짝이기까지 했느냐고. 초봄이라 토끼고개에는 눈이 채 녹지 않고 있었다. 하다못해 별빛에라도.

"그기 뭔 소리라? 내가 내 집에 내 발로 가는데 니가 뭐라꼬 집에 못 간다 카나. 귀신이마 썩 물러가고 토끼마 착 엎디리라. 내가 너를 타고서라도 집에 갈란다."

거대한 토끼는 황만근이 한 번도 맡아 본 적이 없는 비린 냄새를 풍기면서 느릿하고 탁한 음성으로 다시 말했다.

"너는 여기서 죽는다. 너는 여기서 죽는다. 너는 여기서 죽는
다. 너는 집에 못 간다."

황만근은 온몸에 소름이 돋고 털이란 털은 모두 위로 곤두섰
다. 그래도 있는 힘을 다해 토끼를 밀치며 "비키라!" 하고 소리를
질렀다. 그런데 토끼를 밀친 황만근의 팔이 토끼의 털에 묻히는
가 싶더니 진공청소기에 빨려드는 파리처럼 쑤욱 안으로 빨려
들어가는 것이었다.(황만근이 한 말이 아니라 그 말을 들은 민
씨의 표현이다.) 황만근은 한 팔로 옆에 있는 나무를 붙잡으면서
빨려 들어간 팔을 도로 빼려고 안간힘을 썼다. 황만근을 빨아들
이려는 공간은 아무것도 잡히지 않을 정도로 넓었고 허전했고
또한 소름 끼치도록 차가웠다. 토끼는 토끼대로 쉽게 끌려 들어
오지 않는 황만근을 마저 끌어들이기 위해 온몸을 떨면서 뒷발
을 든 채 버티고 있었다.

그런 상태로 시간이 하염없이 흘렀다. 어느새 동쪽 하늘이 부
옇게 밝아 오기 시작했다. 그러자 토끼는 황만근을 향해 "너는
이제 살았다. 너는 이제 살았다. 너는 이제 살았으니 나를 놓아
라." 하고 말했다. 황만근은 오기가 나서 "택도 없는 소리 말거
라. 니를 탕으로 끓이서 어무이하고 나하고 마주 앉아서 먹어 치
울 끼다. 니 가죽을 빗기서 어무이 목도리를 하고 내 토시를 하고
장갑을 할 끼다. 니는 인자 죽었다, 자슥아." 하고 소리쳤다. 토끼
는 다급하게 물었다. "그럼 어떻게 하면 네 팔을 빼겠느냐." 황만
근은 팔을 안 빼는 게 아니라 못 빼고 있는데 토끼가 그렇게 물
어 오자 할 말이 없었다. 그래서 되는대로 "내 소원을 세 가지 들

어주기 전에는 니까잇 거는 못 간다." 하고 말했다.

"네 소원이 뭐냐."

"우리 어무이가 팥죽 할마이겉이 오래오래 사는 거다."

(팥죽 할마이란 팥죽을 파는 할머니, 혹은 늘 팥죽을 쑤고 있는 할머니 같은데 그 할머니가 누구인지, 어째서 오래 산다고 하는지 민 씨는 모른다.)

토끼는 마을이 있는 서쪽으로 고개를 기울였다가 몸을 소스라치게 떨고 나서 힘겨운 목소리로 말했다.

"지금 들어주었다. 그다음은?"

"여우 겉은 마누라가 생기는 거다."

"송편을 세 번 먹으면 네 집으로 올 거다. 다음은 무엇이냐?"

"떡두깨(떡두꺼비) 겉은 아들이다."

"마누라가 들어오면 용왕이 와서 그렇게 해 준다. 이제 나를 놓아라."

"내가 언제 니를 잡았나. 니가 가 뿌리만 되지, 바보 자슥아."

그러자 토끼는 속았다는 걸 알았는지 얼굴을 무섭게 부풀리더니 황만근의 얼굴에 뜨겁고 매운 김을 내뿜었다. 황만근이 눈을 뜨지 못하고 쩔쩔매다가 간신히 떠 보니 어느새 자신의 팔이 돌아와 있는 것이었다. 황만근의 주변에는 토끼털이 무수히 떨어져 바늘처럼 반짝이고 있었다. 황만근은 제대로 숨 쉴 겨를도 없이 집으로 달려갔다. 동네 곳곳의 닭들이 횃대에서 소리쳐 울고 있었다. 황만근은 밖에서 "어무이, 어무이." 하고 소리치면서 마당으로 뛰어 들어갔지만 방 안에서는 아무 기척이 없었다. 방 안에 들어가 보니 그의 어머니는 그가 나갔을 때의 모습 그대로, 얼굴이 백지장처럼 변해 앉아 있었다.

"어무이, 어무이!"

그가 어깨를 흔들자 젊은 어머니는 모로 쓰러져 버렸다. 그러면서 "카악!" 하고는 목에서 주먹밥 덩어리를 토해 냈다. 황만근이 어머니를 껴안고 통곡을 하다가 손발을 주무르고 온몸을 어루만지자 어머니는 눈을 떴다.

"니 와 인자 왔노?"

"밤새도록 토깨이 귀신하고 씨름을 하다 왔다. 니는 괘않나."

"니 기다리다가 아까 해 뜰 녘에 닭이 울길래 밥 한 덩이를 입에 넣었다가 목이 맥히서 죽을 뿐했다. 움직있다가는 더 맥힐 거 같애서 손가락 하나 까딱 모하고 이래 니가 오기 기다리고 있었니라. 이 문디 겉은 놈의 자슥아, 와 밥만 해 놓고 물은 안 떠다 났나!"

황만근은 울다가 웃다가 덩실덩실 춤을 추었다. 그러고는 어머니에게 엉덩이를 채어 물을 뜨러 동네 우물로 달려갔다. 그날 우물가에서는 황만근의 기이한 체험이 여러 사람의 입으로 하루 종일 수십 번 되풀이되었고 종내 황만근이 우물가로 초청되어 입이 아프도록 같은 이야기를 늘어놓아야 했다.

송편을 세 번 빚을 만큼의 시간, 곧 세 해가 흐른 뒤에 토끼의 말대로 어떤 처녀가 그의 집으로 들어왔을 때 동네 사람들이 황만근을 보는 눈이 달라졌다. 그 처녀는 이웃 군에서 농기계상을 하는 사람의 수양딸이었는데 어떤 연유로 자살을 하러 '물'에 들어갔다. 기왕 물에 빠지려면 인적이 없는 곳에 빠지는 게 좋았겠지만, 죽으려는 마음이 급해서 동네 어귀에 들자마자 곧바로 물에 몸을 던졌다. 그런데 동네 어귀, 길 아래 물가에 조그만 집 마루에서 지나다니는 사람에게 인사를 하기 위해 늘 바깥을 내다보는 눈이 있음을 몰랐다. 그 눈의 주인은 처녀의 허리가 물에 들어가는 중에 뒤에서 "짬깜, 짬깜!" 하고 뛰어왔다. 그러고는 혀 짧은 소리로 무슨 말인지를 했는데 처녀는 알아듣지를 못했다. 처녀를 건져 낸 황만근은 "빨개둥이맨쭈로물에서모욕하마우엄하고미기잡아여." 하는 중얼거림을 수십 번은 되풀이했다. 요지인즉 '어린아이처럼 저수지에서 먹을 감으면 목숨을 버릴지도 모르고 더불어 옷을 버릴 수 있다.'는 것이다. 황만근의 집에 끌려온 처녀는 황만근의 어머니가 내준 옷으로 갈아입고 황만근의 어머니와 함께 뜬눈으로 밤을 지냈다. 그러고는 무슨 마음을 먹었는지 황만근의 집에 그대로 머물게 되었다. 어쩌면 그 무렵이 황만근의 인생에서 가장 빛나는 때였는지도 모른다.

처녀는 농기계상의 딸답게, 아니 황만근으로 하여금 동네 최초로 경운기라는 농기계를 동네에 들여오게 함으로써 농기계상의 딸이라는 말이 돌게 되었는지도 모르지만, 황만근에게 경운기 모는 법을 가르쳤다. 그 덕분에 황만근은 더 이상 길에서 넘어지지 않아도 되었다. 황만근은 일곱 달 동안 경운기 조종법, 간단한 수리, 구조에 대해 배웠고 경운기에 대해선 동네 누구보다도 많이 아는 사람이 되었다. 하긴 그 일곱 달 동안 동네에서 경운기를 가진 사람이 황만근밖에 없었으니 당연한 결과이기도 하다. 경운기 덕분에 황만근은 사람 대접을 받기 시작했고 동네 사람이 먼저 옷깃을 잡아당기려는 사람이 되었다. 그는 누구의 부탁도 거절하지 않았고 어떤 일도 마다하지 않았다.

경운기를 몰기 전까지 황만근은 황씨 문중의 종답*세 마지기를 얻어 벼농사를 짓는 외에, 동네 머슴으로 갖가지 궂은일을 다 했다. 모내기나 추수 때처럼 품앗이를 할 때는 아이나 여자처럼 장정의 반밖에 안 되는 품으로 취급받아 제값을 받으려면 남들의 두 배 되는 시간 동안 일을 해 주어야 했다. 그런데 경운기가 들어옴으로써 어엿한 농군으로서, 아니 다른 집에 경운기가 들어오기 전까지는 한 사람 이상의 대접을 받으면서 행복하게 살았다.

'처녀가 용왕 사는 쏘(沼) 있는 천곡에 오기가 힘들어 그렇지 일단 오기만 하면 용왕은 최단 시간에 백발백중 아들을 점지한다.'는 전설대로 일곱 달도 지나지 않아 처녀는 아이를 낳았다. 당연히 떡두꺼비 같은 아들이었다. 그런데 그때부터 동네에 이상한 소문이 돌기 시작했다. 처녀가 어떤 연고로 황만근에게 시집을 왔는지 황만근은 물론 처녀나 시어머니 모두 입을 열지 않았고 버린 자식 취급하는 처녀의 친정에서 사람이 찾아올 리도 없는데, 어떻게 된 건지 동네 사람들이 처녀가 집을 나온 전말을 샅샅이 알게 되었던 데다 없는 이야기까지 덧붙여져서 황만근이 없는 데서는 얘깃거리가 그것뿐인 듯했다. 이웃 군의 번화한 읍에 있는 농기계상의 수양딸이던 처녀는 친척에게 몸을 버렸는데 그 친척은 집안의 삼대독자였으며 자폭적으로 군대에 가서 지뢰매설 공사를 하다 지뢰가 터져서 죽었다. 처녀는 나가 죽으라는 온 집안의 저주를 받고 집을 나왔다가 황만근에게 구해져서 함

• 종답(宗畓) 조상의 제사에 쓰는 경비를 충당하기 위하여 종중(宗中)에서 관리하고 소유하는 논.

께 살게 되었으며 아기는 죽은 친척의 씨라는 것이다. 그 이야기
가 처녀의 귀에 들려서였을까. 처녀는 아이를 낳은 지 삼칠일*이
되던 날, 온다 간다 말도 없이 사라져 버렸다. 혼인 신고를 하지
않았으니 처녀는 여전히 처녀였다. 총각 황만근은 아들을 강보
에 싸안고 젖동냥을 하러 신대 1리에서 3리까지 매일 돌아다녔
다. 그럴 때마다 동네 아이들은 황만근 뒤를 졸졸 따라다니며 놀
려 댔다.

"만근아, 만근아, 네 등에 지고 가는 게 뭐라?"

"아들이다."

"누구 아들이라?"

"내 아들이라."

"토끼가 줬나?"

"아이다, 내 해다(내 것이다, 또는 혀 짧은 말로 내가 해서 낳았
다로 이중적으로 해석될 수 있다)."

"및 근이라?"

"여 끈(열 근, 혹은 여섯 근)."

아이는 몸무게가 열 근이 넘어서도 아버지에게 업히거나 아버
지의 경운기에 실려 다니며 사람과 소의 젖을 얻어먹었다. 집에
있는 아이의 할머니는 아이를 어떻게 키우는지 몰랐고 알았다
하더라도 손 하나 까딱할 리 없었다. 모든 건 황만근의 책임이었
고 일이었다. 그렇게 자란 아이는 어릴 때 젖을 곯아서인지 유난
히 식탐이 많았고 고집불통이었다. 친구가 없는 아이는 동네의

• 삼칠일 아기가 태어난 지 스무하루가 되는 날. 세이레.

어떤 아이보다 많은 장난감을 가지고 놀았는데 이 모두 황만근이 손으로 깎고 다듬어 만들어 준 것이었다.

황만근의 어머니와 아들, 조손은 입맛이 까다로워 비린 반찬이 없으면 먹지를 않는가 하면 비린 반찬이 있으면 밥상머리에서 돌아앉았다. 한 끼에 두 번 상을 차리는 일이 예사였다. 어머니 한 상, 아들 한 상이었고 본인은 상이 없이 먹었다. 황만근은 하루 일이 끝나면 반드시 경운기에 고기를 매달고 집으로 돌아왔다. 일을 하는 동안 논 주변에서 잡은 붕어나 메기, 미꾸라지, 혹은 메뚜기, 방아깨비라도 짚에 꿰어 들어왔다. 동네에서 이따금 잡는 소나 돼지, 개, 닭, 오리, 토끼 같은 가축 모두 숨을 끊는 것에서부터 내장을 손질하고 뼈에서 살을 발라내는 포정(庖丁)의 업(業)에는 황만근이 반드시 필요했다. 스스로의 필요에 의해 오래도록 자주 하다 보니 어느새 전문가가 된 것이었다. 그는 그런 일을 해 주고 얻어 온 고기를 뜨고 굽고 찌고 데치고 삶고 끓이는 데도 이골이 났다. 어쩌다 그가 만든 음식에 숟가락을 대 본 사람은 이구동성으로 감탄을 하게 마련이었다. 그러고 나서는 남녀노소를 막론하고 "희한할세, 바보가." 하는 말을 덧붙이는 것을 잊지 않았다. 그는 만들어져 있는 조미료를 몰랐지만 재료가 가지고 있는 맛을 흠뻑 우려내어 조화를 시킬 줄 알았다.

황만근은 또한 책에 나오는 예(禮)는 몰라도 염습˙과 산역(山役)˙ 같이 남이 꺼리는 일에는 누구보다 앞장을 섰고 동네 사람들도

• 포정 소나 개, 돼지 따위를 잡는 일을 직업으로 하는 사람. 백정.
• 염습 시신을 씻긴 뒤 수의를 갈아입히고 염포로 묶는 일.
• 산역 시체를 묻고 뫼를 만들거나 이장하는 일.

서슴없이 그에게 그런 일을 맡겼다. 똥구덩이를 파고 우리를 짓고 벽돌을 찍는 일 또한 황만근이 동네 사람 누구보다 많이 했다. 마을 길 풀 깎기, 도랑 청소, 공동 우물 청소…… 용왕제에 쓸 돼지를 산 채로 묶어서 내다가 싫다고 요동질하는 돼지에게 때때옷을 입히는, 세계적으로 유례가 드문 일에는 그가 최고의 전문가였다. 동네의 일, 남의 일, 궂은일에는 언제나 그가 있었다. 그런 일에 대한 대가는 없거나(동네 일인 경우), 반값이거나(다른 사람의 농사일을 하는 경우), 제값이면(경운기와 함께 하는 경우) 공치사가 따랐다.

"반근아, 너는 우리 동네 아이고 어데 인정 없는 대처 읍내 같은 데 갔으마 진작에 굶어 죽어도 죽었다. 암만 바보라도 고마와할 줄 알아야 사람이다. 아나 어른이나 너한테는 다 고마운 사람인께 상 찡그리지 말고 인사 잘하고 다니라. 아이?"

황만근은 황재석 씨의 이런 긴 사설을 들을 때조차 벙글거렸다. 일이 끝나면 굽신굽신 인사를 했다. 춤을 추듯이, 흥겹게.

그의 집에는 그가 수십 년 동안 만져 온 연장이 그가 아니면 이해할 수 없는 순서로 잘 정리되어 있었다. 그 연장들 역시 그의 집이나 어머니나 아들과 마찬가지로 그가 매일 돌보는 덕분에 윤기가 흘렀다. 그는 집에 있는 모든 것을 일목요연하게 잘 알고 있어서 대부분의 고장은 스스로 고쳤다. 특히 경운기는 초기에 나온 모델로 지금은 부품도 제대로 없는 고물 중의 고물이었지만 자주 망가지는 수레만 열 번 넘게 갈았을 뿐, 엔진이 달려 있는 앞부분은 계속 고쳐 썼다. 그의 경운기는 구식인 데다 하도 고친 데가 많아서 그가 아니면 운전은커녕 시동조차 걸 수 없었다.

다만 황만근은 술을 좋아했는데 가난한 까닭에 자주 취하게 마실 수는 없었다. 어쩌다 동네에 애경사*가 있어 술을 공짜로 마실 기회가 생기면 반드시 고꾸라지도록 마셨다. 고꾸라진 그를 떠메어 집에 데려다 뉘어 줄 사람이 없었던 까닭에, 동네 사람들이 몰인정하고 야박해서가 아니라 그런 일이 한두 번도 아니고 태어나서 한 번도 제대로 씻지 않은 몸에서 풍기는 야릇하고 기이한 냄새가 남의 옷이나 몸에 배면 솥에 넣고 삶아도 쉽게 가시지 않는다는 평판이 있어서 떠메기를 싫어했다. 마당이나 길섶*을 가리지 않고 누워서 잠을 잤다. 겨울에 애경사가 생기면 길에서 얼어 죽을지도 몰라 아예 그를 부르지도 않았다. 그렇지만 그는 어떻게 알았는지는 몰라도 어김없이 그런 자리에 나타나 탄압과 만류*를 무릅쓰고 반드시 고꾸라지도록 마셨으며 역시 취해서 마당에 쓰러졌다. 그래서 황만근의 아들은 철이 들면서부터 겨울이 되면 취한 아버지를 부축하고 집에 데려오는 게 일이 되었다. 얼마나 그런 일이 잦아 단련이 되었는지 중학생이 되자 벌써 아버지를 업을 정도였고 고등학생이 되어서는 발로 차며 올 수도 있게 되었다.

　민 씨는 어느 겨울날 신대 2리의 환갑잔치에 갔다가 얻어 마신 낮술에 취해 일찍 집에 돌아왔다. 잠깐 잠이 들었다 깨니 어느새 밤의 어스름이 장년의 머리에 내린 서리처럼 서럽게 내려와 있었다. 느닷없이 찾아든 정한(情恨)에 힘이 빠진 민 씨는 눈을 감은

• 애경사(哀慶事) 슬픈 일과 경사스러운 일을 아울러 이르는 말.
• 길섶 길의 가장자리. 흔히 풀이 나 있는 곳을 가리킴.
• 만류 붙들고 못 하게 말림.

채 누워 있었다. 그때 벽 하나를 두고 길에 맞닿은 방에서 들려오는 소리가 있어서 민 씨는 무심히 귀를 기울이게 되었다.

"아부지야, 인마, 퍼뜩 일나라."

변성기에 들어선 소년의 목소리였다.

"쪼매만 더 앉아 있자. 내 니 엄마를 꿈에서 보다 말았다 안 카나."

그것은 마흔을 넘긴 사내의 어리광 같았다.

"너는 우째 맨날 술을 처먹고 내 속을 썩이나. 너 때문에 내가 학교 공부도 못 하겠고 인생도 싫고 고마 밥맛이 없다."

"아이고, 우리 아들, 아들님, 내 잘못했다. 한 분만 봐조라."

"니가 자꾸 이렇게 비겁하게 나오기 때문에 동네 아들도 너를 무시하는 거 아이가. 제발 체면 좀 지키라. 시염(수염)만 어른이가. 내가 챙피해 죽겠다."

"체면이 뭐가 문제라. 사람이 지 손으로 일하고 지 손으로 농사지어서 지 입에 밥 들어가마 그마이지. 남 쳐다볼 기 뭐 있노. 하이고, 그란데 와 자꾸 눈이 깜기까."

"니 자꾸 이카마 할매한테 일라 준다. 할매 부르까, 엉?"

"하이고, 제가 고마 크게 잘못했십니다. 아들님요, 일나께요. 제발 어무이만 부르지 마소."

그리고 벽에 쿵쿵하고 머리를 부딪는 소리가 나더니 부자가 이인삼각˙으로 비틀거리며 집으로 돌아가는 듯했다. 민 씨는 그때

˙ 이인삼각(二人三脚) 두 사람이 나란히 서서 서로 맞닿은 쪽의 발목을 묶어 세 발처럼 하여 함께 뛰는 경기.

동네에 들어온 지 얼마 되지 않았던 터라 그 부자가 삼강오륜*을 모르는 별종인가 아니면 도깨비가 장난을 한 건가 하면서도 터져 나오는 웃음을 참을 수 없었다. 그 뒤 어쩌다 민 씨가 소년과 만나게 되었을 때, 민 씨는 그날의 일을 떠올리며 소년에게 이것저것 물어보았지만 그저 수줍고 평범한 시골 중학생일 뿐이었다. 하여튼 민 씨는 그 일 이후로 그 부자를 눈여겨보게 되었다.

황만근의 주량은 실로 컸다. 그는 경운기 짐칸에 늘 한 말짜리 술통을 끈으로 묶어 싣고 다녔다. 그는 어머니와 아들의 끼니를 지극정성으로 해다 바치는 것처럼 술통에는 늘 술을 채워 두었다. 그는 밥을 먹기 전에 지름이 자신의 얼굴만 한 양은그릇에 막걸리를 한 양푼 부어 반을 마시고 밥을 먹은 뒤에 나머지를 소리도 맛있게 마지막 한 방울까지 마셨다. 들일을 나가는 날이면 점심으로 라면 하나를 가지고 갔다. 봉지를 뜯기 전에 막걸리 반 양푼, 봉지를 뜯어 물을 붓고 흔든 생라면을 삼키다시피 먹고 나서 다시 반 양푼. 저녁때는 식구들이 밥을 먹는 동안 마루에 앉아 한 양푼이었다. 그것이 그의 저녁이었다. 식구들이 밥상을 물리면 설거지를 하고 난 뒤에, 동네 남정네들이 어디서 술판을 벌이는지 마을 회관을 비롯, 동네를 돌며 커다란 코와 귀로 주의 깊게 살피다가 그런 자리를 발견하면 그의 주량은 고꾸라질 때까지 무량*이 되는 것이었다. 그러나 다음 날 새벽이면 그는 부엌에서 정성껏 차린 밥상을 어김없이 방으로 들여보내는 것이었고 자신

• 삼강오륜(三綱五倫) 유교의 도덕에서 기본이 되는 세 가지의 강령과 지켜야 할 다섯 가지의 도리. 여기서는 '기본적인 도덕'을 뜻함.
• 무량(無量) 정도를 헤아릴 수 없을 만큼 많음.

은 마루에 앉아 막걸리 반 양푼 뒤 식사, 그리고 반 양푼의 순서를 이어 가는 것이었다.

그러던 어느 날, '농가 부채 해결을 위한 전국 농민 총궐기 대회'가 열린다고 이장이 방송을 해서 저녁에 마을 회관에 사람들이 모였다. 황만근은 누구보다 먼저 나타났고 이장이 시키는 대로 마을 구판장˙에서 막걸리를 받아 왔다. 스테인리스 물 잔이 두어 개밖에 없어서 한 사람이 마시면 다음 사람이 받고 하는 식의 술자리였다. 황만근은 자신의 차례가 되면 번개처럼 잔을 들어 마시고는 눈을 끔벅거리면서 잔이 도는 것을 쳐다보고 있었다. 황만근의 관심은 오로지 잔이 언제 돌아올까 하는 것뿐인 듯했다. 그래도 잔이 도는 속도는 너무 느렸다. 민 씨에게는 좀 빠른 듯했지만.

"그래서 우리 동네서도 군청 앞에서 열리는 대회에 전원 참가를 해야겠다, 이 말이라. 집에 돌아가거들랑 경운기를 깨끗이 손질해 가지고 내일 아침에 민소 앞까정 끌고 와서 집합을 하라는 기 행동 지침이라. 그래 가이고 군청까지 가는 국도로 깅운기로 길기 행진을 하민서 우리의 결의를 행동으로 보이 주는 기라."

"경운기가 없는 사람은 어쩌나요?"

민 씨가 물었다.

"농사짓는 사람이 깅운기도 없다 하마 농사꾼이 아니지럴. 그랜께 민 씨는 농사짓는 기 아이라. 비니루하우스 안에 꽃 및 송이 심가 놓고 우쨰 농사를 짓는다 카나."

˙ 구판장 조합 따위에서 생활용품 등을 공동으로 사들여 조합원에게 싸게 파는 곳.

"어디 고장 난 경운기는 없어요? 경운기가 꼭 있어야 합니까."

무안해진 민 씨는 둘러보며 물었다. 새마을 지도자인 황철석이 대답했다.

"말이 그렇다는 기지, 민소까지는 깅운기를 끌고 가든동 버스를 타고 가든동 하고, 그담에는 깅운기를 같이 타마 되지, 까잇거. 그란데 민 씨는 진짜 농사꾼도 아이민서 왜 자꾸 농민 궐기 대회에 나갈라꼬 캐싸."

"아아, 저도 부채는 남부럽지 않게 있어요."

또래인 황학수가 말을 이어받았다.

"농사를 지도 부채, 농사를 몰라도 부채. 아이고, 그라마 우리를 다 합치 가이고 부채 말고 선풍기를 해도 되겠네."

그날 분위기는 그렇게 무겁지 않았다. 그렇다고 시시덕거리며 끝낼 정도로 가벼운 것도 아니었다. 그 자리에 있는 사람 가운데서도 농협에서 융자금 상환을 하지 않는다고 소송을 해서 법원에 불려 다니는 사람이 두셋 되었다. 스스로 진 빚도 문제였지만 서로 연대 보증을 서는 바람에 한 가구가 파산하면 보증을 선 사람 역시 연쇄적으로 파산하는 일이 드물지 않았다. 그래서 어떤 동네 전체가 야반도주°를 하는 일까지 벌어졌다는 소문도 돌고 있었다.

"이런 거 한다고 뭐 높은 데 사는 양반들한테 들리기나 하겠나. 질국 다 뺏기고 나앉는 거 아니요."

"뺏아 봤자 저들한테도 남는 기 없을 낀데. 암만 빌빌하는 닭이

• 야반도주(夜半逃走) 남의 눈을 피하여 한밤중에 도망함.

라도 닭 모가지를 비틀만 인제는 계란 한 개도 없을 낀데. 전부 다 손해라."

"전부가 아이지. 가들은 계란도 수입해다 먹으마 된께 우리사 죽어서 죽이 되든가 말든가 가들은 까딱마이지."

이장의 통고를 듣고 우울한 농담을 주고받은 뒤 한동안 말없이 술잔을 돌린 다음 자리는 끝났다. 마을 회관에서 술잔이 오간 뒤, 항용* 있는 노래방 타령도 없었다. 그럴 분위기가 아니었다. 황만근은 그 와중에서 남의 술잔을 가로채 먹다 여러 번 손등을 맞아가며 핀잔을 들었다.

마을 회관 밖, 어둠 속에서 오줌을 누던 민 씨는 우연히 이장이 황만근을 붙들고 무슨 이야기를 하는 걸 보게 되었다.

"내 이러키까지 말을 해도 소양*이 없어. 보나 마나 내일, 융자 받아서 다방이나 댕기민서 학수겉이 겉농사 짓는 놈들이나 및 올까. 만그이 자네겉이 똑부러지기 농사짓는 사람은 하나도 안 올 끼라. 자네가 앞장을 서야 되네. 자네 깅운기 겉은 헌 깅운기에다 농사짓는 놈 다 직이라고 써 붙이 달고 가야 된께……."

민 씨가 헛기침을 하자 이장의 이야기는 거기서 끝났다. 황만근이 약간 앞서고 민 씨가 뒤를 따르면서 두 사람은 한동안 걷게 되었다. 그날따라 하늘에는 별이 초롱초롱했고 아직 차가운 봄바람이 술로 달아오른 얼굴의 열기를 금방 씻어 갔다. 민 씨는 무슨 말을 꺼낼까 말까 망설였다. 이제까지 늘 여러 사람이 있는 데

• 항용 흔히 늘.
• 소양 '소용'의 사투리.

서만 만났지 한 번도 황만근과 단둘이서만 제대로 이야기를 해
본 적이 없는 탓도 있었다. 그런데 황만근이 먼저 입을 열었다.

"참 똘똘하기 잘도 돈다."

"뭐가 말씀입니까."

민 씨는 조심스럽게 되물었다.

"저 빌(별)들 말이라. 시계맨쭈로 하루도 쉬지 않고 똑딱똑딱
나왔다가 들어갔다, 나왔다가 들어갔다 하지 않는기요."

황만근에 대해서는 부지런한 술주정뱅이 이상으로는 아는 게
없었던 민 씨는 조금 어리둥절했다. 그러다가 그에게 알맞을 것
같은 물음을 찾아냈다.

"군청까지는 얼마나 걸릴까요. 경운기로 가면 말입니다."

"한나절은 걸릴 끼라."

"경운기 운전을 잘하신다면서요."

"동네에서는 내가 젤 오래 했웅께. 깅운기도 마이 늙었어. 고집
이 시 가이고 나 아이만 발동도 안 걸리. 내가 제 똥창까지 환하
게 안께 말을 듣는 기라."

"……내일 궐기 대회에 가십니까."

"내사 뭐 어머이 밥도 끓이 디리야 되고…… 모르겠소. 구장은
나 겉은 상농사꾼이 꼭 가야 된다 카는데."

"어머니 연세가 얼마나 되시죠?"

"올개가 환갑인데."

그제야 민 씨는 그를 다시 보았다. 도시의 육십 대는 되어 보이
는 주름진 얼굴, 싱글벙글하는 표정, 멋대로 뻗친 흰머리, 거칠고
큰 손, 굽은 어깨를. 민 씨는 갑자기 재미있어졌다.

"혹시 술이 모자라시면 제 집으로 가실랍니까. 집에 먹다 남은 소주가 있는데요. 안주는 없고."

황만근은 그럴 줄 알았다는 듯이 엉덩이를 가볍게 돌려 대더니 민 씨의 집으로 가는 곳으로 꺾어 들었다.

다음 날 새벽, 민 씨는 새벽녘에 잠깐 동네 어귀에서 탈탈거리는 경운기 소리를 들었다. 탁, 탁, 탁……. 시동이 잘 걸리지 않는 모양이었다. 타닥, 닥, 타닥, 탁, 탁, 탈, 탈, 탈, 탈, 탈탈탈탈……. 그 뒤에도 궐기 대회 가는 집마다 경운기를 끌고 나오려면 온 동네가 시끄럽겠다고 생각했지만 웬일인지 다른 경운기 소리는 더이상 들려오지 않았다. 경운기 소리가 아득히 멀어져 가는 소리를 들으며 민 씨는 까무룩 잠이 들었다.

전날 밤, 분명 꿈은 아니었다, 민 씨는 황만근의 말을 이렇게 들었다.

"농사꾼은 빚을 지마 안 된다 카이."

(한번 빚을 지면 그 빚을 갚으려고 무리하게 일을 벌인다. 동네 곳곳에 텅 빈 우사(牛舍), 마른 똥만 뒹구는 축사, 잡초만 무성한 비닐하우스를 보라. 농어민 복지, 소득 향상, 생활 개선? 다 좋다. 그걸 제 돈으로 해야 한다. 제 돈으로 하지 않으면 그건 노름이나 다를 바 없다. 빚은 만근산의 눈덩이, 처마의 고드름처럼 자꾸 커진다.)

"기계화 영농 카더이마 집집마다 바퀴 달린 기계가 및이나 되나. 깅운기, 트랙터, 콤바인, 이앙기, 거다 탈곡기, 건조기에…… 다 빚으로 산 기라. 농사지 봐야 그 빚 갚느라고 정신없다."

(한 집에서 일 년에 한 번 쓰는 이앙기를 들여놓으면 그게 일 년 내내 돌아가던가. 놀 때는 다른 집에 빌려주면 된다. 옛날에는 소를 그렇게 썼다. 그런데 지금은 그렇게 하지 않는다. 서로 도와 가면서 농사짓던 건 옛날 말이다. 한 집에서 기계를 놀리면서도 안 빌려주면 옆집에서는 화가 나서라도 산다. 어차피 빚으로 사 는데 사기가 어려울까. 기계에 들어가는 기름은 면세유(免稅油) 다. 면세유 가지고 기계를 다 돌리기는 힘들다. 옆집에는 경운기 가 두 댄데 면세유는 한 대분밖에 나오지 않는다. 경운기가 왜 두 대씩 필요할까. 한 사람이 한꺼번에 두 대를 모는 것도 아닌데.)

"그런 기 다 쌀값에 언차진다(얹어진다). 언차져야 하는데 사 실로는 수매하마 먹고살기 간당간당한 돈을 준다. 그 대신에 빚 을 준다, 자금을 대 준다 카는데 둘 다 안 했으마 좋겠다. 둘 다 농사꾼을 바보 멍텅구리로 만든다."

(따라서 제대로 된 농사꾼이 점점 없어진다.)

"지 입에 들어갈 양석(양식), 곡석을 짓는 사람이 그 고마운 곡 석, 양석한테 장난치겠나. 저도 남도 해로운 농약 뿌리고 비싸고 나쁜 비료 쳐서 보기만 좋은 열매를 뺏으마 그마이가?"

(모두 빚을 갚기 위해 그러는 것이다. 그러므로 빚을 제 주머니 에서 아들 용돈 주듯이 내주는 사람, 기관은 다 농사꾼을 나쁘게 만든다. 정책 자금, 선심 자금, 농어촌 구조 개선 자금, 주택 개량 자금, 무슨 무슨 자금 해서 빌려줄 때는 인심 좋게 빌려주는 척하 더니 이제 와서 그 자금이 상환 능력도 없는 사람들을 파산 지경 으로 몰아넣고 있다. 이제 와서 그 빚을 못 갚겠다고 하는데 거기 에는 충분한 이유가 있다.)

"내가 왜 빚을 안 졌니야고. 아무도 나한테 빚 준다고 안 캐. 바보라고 아무도 보증 서라는 이야기도 안 했다. 나는 내 짓고 싶은 대로 농사지민서 안 망하고 백 년을 살 끼라."

일주일 뒤에 황만근은 돌아왔다. 그의 아들이 그를 안고 돌아왔다. 한 항아리밖에 안 되는 그의 뼈를 담고 돌아왔다. 경운기도 돌아왔다. 수레는 떼어 내고 머리 부분만 트럭에 실려 돌아왔다. 황만근 아니면 그 누구도 작동시킬 수 없는 그 머리가, 바보처럼 주인을 태우지 않고 돌아왔다.

황만근, 황 선생은 어리석게 태어났는지는 모르지만 해가 가며 차츰 신지(神智)가 돌아왔다. 하늘이 착한 사람을 따뜻이 덮어 주고 땅이 은혜롭게 부리를 대어 알껍질을 까 주었다. 그리하여 후년에는 그 누구보다 지혜로웠다. 그는 누구에게도 해를 끼치지 않았듯 그 지혜로 어떤 수고로운 가르침도 함부로 남기지 않았다. 스스로 땅의 자손을 자처하여 늘 부지런하고 근면하였다. 사람들이 빚만 남는 농사에 공연히 뼈를 상한다고 하였으나 개의치 아니하였다. 사람 사이에 어려움이 있으면 언제나 함께하였고 공에는 자신보다 남을 내세워 뒷사람을 놀라게 했다. 하늘이 내린 효자로서 평생 어머니 봉양을 극진히 했다. 아들에게는 따뜻하고 이해심 많은 아버지였고 훈육을 할 때는 알아듣기 쉽게 하여 마음으로 감복시켰다.

• 신지 신령스럽고 기묘한 지혜.

선생은 천성이 술을 좋아하였는데 사람들은 선생이 가난한 것은 술 때문이라고 했다. 선생은 어느 농사꾼보다 부지런했고 농사일에도 익어 있었다. 문중 땅과 나이가 들어 농사가 힘에 부친 사람의 땅을 빌려 농사를 지었다. 농사를 짓되 땅에서 억지로 빼앗지 않고 남으면 술을 빚어 가벼운 기운은 하늘에 바치고 무거운 기운은 땅에 돌려주었다. 그러므로 선생은 술로써 망한 것이 아니라 술의 물감으로 인생을 그려 나간 것이다. 선생이 마시는 막걸리는 밥이면서 사직(社稷)˚의 신에게 바치는 헌주였다. 힘의 근원이고 낙천(樂天)의 뼈였다.

　전일에, 선생은 경운기를 끌고 면 소재지로 갔지만 경운기를 타고 온 사람이 없어 같이 갈 사람을 만나지 못했다. 선생은 다시 경운기를 끌고 백 리 길을 달려 약속 장소인 군청까지 갔다. 가는 동안 선생은 여러 번 차에 부딪힐 뻔했다. 마른 봄바람에 섞인 먼지가 눈을 괴롭혔다. 날은 흐렸고 추웠다. 이윽고 비가 내리기 시작했다. 경운기에는 비를 피할 만한 덮개가 없어서 선생은 뼛속까지 젖어 드는 추위에 몸을 떨었다. 선생이 군청 앞까지 갔을 때 이미 대회는 끝나고 아무도 없었다. 어머니에게 가져다줄 생선을 사고 몸을 녹인 선생은 날이 어두워 오는 줄도 모르고 경운기에 올라 집으로 향했다. 경운기에는 빠르게 달리는 차량의 주의를 끌 만한 표지가 없어서 선생은 몇 번이나 사고를 당할 뻔했다. 그때마다 멈추었다가 다시 출발하는 바람에 시간은 점점 늦어졌다. 어두워지면서 경운기는 길옆의 논으로 떨어졌고 수레는 부

• 사직 토지신과 곡신.

서졌다. 결국 선생은 그 밤 안으로 집에 돌아갈 수 없다는 걸 알았다. 선생은 경운기에 실려 있는 땅의 젖에 취하여 경운기 옆에 앉아 경운기를 지켰다. 그러나 경운기는 선생을 지켜 주지 않았다. 추위와 졸음으로부터 선생을 지켜 주지 못했다. 아아, 선생이 좀 더 살았더라면 난세의 혹염˚에 그늘의 덕을 널리 베푸는 큰 나무가 되었을 것이다.

어느 누구도 알아주지 아니하고 감탄하지 않는 삶이었지만 선생은 깊고 그윽한 경지를 이루었다. 보라. 남의 비웃음을 받으며 살면서도 비루하지˚ 아니하고 홀로 할 바를 이루어 초지˚를 일관하니 이 어찌 하늘이 낸 사람이라 아니할 수 있겠는가. 이 어찌 하늘이 내고 땅이 일으켜 세운 사람이 아니랴.

단기 사천삼백삼십년 오월 스무날

본디 묘지에나 쓰일 것〔墓碑銘〕이지만 천지를 대영혼의 집으로 삼은 선생인지라 아무 쓸모도 없는 이 글을, 새터말로 귀농하였다가 이룬 것 없이 다시 도시로 흘러가며, 남해인(南海人) 민순정(閔順晶)이 엎디어 쓰다.

• 혹염(酷炎) 몹시 심한 더위.
• 비루하다 행동이나 성질이 너절하고 더럽다.
• 초지(初志) 처음에 품은 뜻.

활동

1 소설을 읽고 다음 사건들을 시간 순서대로 배열해 봅시다.

> ㉠ 농민 궐기 대회에 나갔던 황만근이 돌아오지 않음.
> ㉡ 마을 사람들이 황만근의 부재로 불편을 느낌.
> ㉢ 모임 후 황만근과 민 씨가 민 씨 집에서 같이 술을 마심.
> ㉣ 이장이 황만근에게 경운기를 끌고 궐기 대회에 참석하라고 권함.
> ㉤ 황만근이 처녀의 도움으로 동네에서 처음으로 경운기를 구입함.
> ㉥ 궐기 대회에 참가하기 위해 황만근이 새벽에 집을 나감.
> ㉦ 황만근의 경운기가 돌아옴.

_____ ⇨ _____ ⇨ _____ ⇨ _____ ⇨ _____ ⇨ _____ ⇨ _____

2 민 씨가 해석한 황만근의 말을 다시 읽고 '전국 농민 총궐기 대회'로 알 수 있는 당시 농촌의 문제점을 생각해 봅시다.

> • 스스로 진 빚도 문제였지만 서로 연대 보증을 서는 바람에 한 가구가 파산하면 보증을 선 사람 역시 연쇄적으로 파산하는 일이 드물지 않았다.
> • 한번 빚을 지면 그 빚을 갚으려고 무리하게 일을 벌인다. 동네 곳곳에 텅 빈 우사, 마른 똥만 뒹구는 축사, 잡초만 무성한 비닐하우스를 보라. 농어민 복지, 소득 향상, 생활 개선? 다 좋다. 그걸 제 돈으로 해야 한다. 제 돈으로 하지 않으면 그건 노름이나 다를 바 없다. 빚은 만근산의 눈덩이, 처마의 고드름처럼 자꾸 커진다.

3 이 작품에서 고전 문학적 요소의 하나인 '환상성'이 드러나는 대목을 찾아 봅시다.

---

4 민 씨가 쓴 황만근의 묘비명 중 일부입니다. 여기서 나타나는 교훈을 정리해 봅시다.

> 그는 누구에도 해를 끼치지 않았듯 그 지혜로 어떤 수고로운 가르침도 함부로 남기지 않았다. 스스로 땅의 자손을 자처하여 늘 부지런하고 근면하였다. 사람들이 빚만 남는 농사에 공연히 뼈를 상한다고 하였으나 개의치 아니하였다. 사람 사이에 어려움이 있으면 언제나 함께하였고 공에는 자신보다 남을 내세워 뒷사람을 놀라게 했다. 하늘이 내린 효자로서 평생 어머니 봉양을 극진히 했다. 아들에게는 따뜻하고 이해심 많은 아버지였고 훈육을 할 때는 알아듣기 쉽게 하여 마음으로 감복시켰다.

강풀 만화 『바보』

인터넷에 연재되었던 웹툰으로, 연재 당시 큰 인기를 끈 작품입니다. 사람들에게 바보로 불리는 인물을 따뜻한 시선과 호소력 있는 전개로 그려 내고 있는데요, 이 만화의 주인공 승룡이는 어릴 적 사고로 뇌 손상을 입은 뒤 동네 사람들에게 늘 바보라고 놀림을 받으며 자랐습니다. 게다가 부모님이 일찍 돌아가셔서 남들보다 한참 모자란 듯 보이는 청년이지요. 그러나 승룡이는 마치 황만근처럼 사람들의 이해타산적인 행동에 아랑곳하지 않습니다. 동생이니까, 친구니까, 좋아하는 사이니까 순수하게 다가가는 깨끗한 마음의 소유자입니다. 사랑 앞에서도 이기적인 태도로 일관하는 요즘 세태를 돌아보며 타인을 위해 베풀 줄 아는 인물 승룡이에게서 교훈을 얻는 시간을 가져 보면 어떨까요.

영화 「말아톤」, 「맨발의 기봉이」

2005년 개봉한 영화 「말아톤」은 자폐증으로 다섯 살 지능 수준에 머물러 있는 스무 살 청년 초원이의 마라톤 도전기입니다. 아들이 달리기에 재능이 있다는 것을 알게 된 어머니의 눈물겨운 노력과 그 과정에서 겪게 되는 갈등을 감동적으로 그린 영화이지요. 또한 2006년 개봉한 영화 「맨발의 기봉이」 역시 마라톤을 통해 지적 장애인이 어엿한 사회 구성원으로 성장해 가는 이야기입니다. 두 작품 모두 실제 인물을 모델로 만들어졌는데요, 장애인을 바라보는 인식을 바꾸는 계기를 제공해 줍니다. 자신의 목표를 이루기 위해 올곧은 노력을 하는 인물들을 보며 솔직하고 꾸밈없는 삶의 태도에 대해 깊이 생각하게 해 주지요.

○○○○○○○○○○○○○○○○○○

한데서 울다

××××××××××××××××

공선옥

孔善玉(1963~) 소설가. 전남 곡성에서 태어나 전남대 국문과를 중퇴했다. 1991년 『창작과비평』 겨울호에 중편 「씨앗불」을 발표하며 작품 활동을 시작했다. 우리 사회 여성들의 신산한 삶과 끈질긴 모성애, 가난하고 소외된 이웃들의 고단한 생활 등을 생생히 그려 왔다. 소설집으로 『피어라 수선화』 『내 생의 알리바이』 『멋진 한세상』 『명랑한 밤길』 『나는 죽지 않겠다』, 장편소설로 『오지리에 두고 온 서른 살』 『수수밭으로 오세요』 『내가 가장 예뻤을 때』 『영란』 『꽃 같은 시절』 『그 노래는 어디서 왔을까』 등이 있다.

도시, 하면 눈앞에 어떤 모습이 그려지나요? 고층 빌딩과 혼잡한 도로, 그리고 무엇보다 높이 솟은 아파트가 생각납니다. 사람들이 도시에 많이 모여 살게 되면서, 효율적인 주거를 꾀하기 위해 고층 아파트가 수없이 지어졌습니다. 그런데 화려하고 편리한 도시의 삶 이면에는 비인간적이고 삭막한 면도 있지요. 아파트는 특히 경제적 가치가 우선시되어 '사는 곳'이라기보다 '사는 것'으로, 투자 가치 높은 자산으로만 여겨지기 십상입니다.

　「한데서 울다」의 주인공 '정희' 역시 남편과 함께 성실하게 노력하여 아파트를 장만합니다. 어렵사리 내 집 마련의 꿈을 이뤄 냈다는 기쁨과 행복에 젖어 있어야 마땅한데, 정희는 아파트가 왠지 싫습니다. '집도 아닌 집' 같다는 생각이 자꾸 듭니다. 그러나 그런 자기 마음을 섣불리 드러내지도 못하지요. 결국 남편 몰래 시골집을 알아보고, 남편에게 도시를 떠나자고 제안합니다. 당연히 아내의 행동을 이해할 수 없는 남편과는 갈등을 빚습니다.

　이 작품은 공선옥의 소설집 『멋진 한세상』에 실린 단편입니다. 공선옥은 광주 민중 항쟁의 아픔을 통찰하는 작품을 여럿 발표해 온 한편, 여성의 삶과 서민의 애환을 한데 모아 펼치는 솜씨가 탁월한 작가입니다. 이 소설 역시 자연 속에서 살아가는 근원적인 삶을 바라는 인물을 통해 사회적인 소외를 여성의 삶과 연결짓습니다. 또한 허황되게 생태주의를 부르짖기만 하는 작품이 아니라는 점이 소설의 후반부에서 잘 드러나 있지요.

　마당을 밟고 새 소리를 들으며 살고 싶다는 소망을 품은 정희가 정말로 바라는 삶은 과연 어떤 것이었을까요? 또 시골집에서의 삶은 생각과 어떻게 달랐을까요? 과연 정희는 다시 도시로 돌아가게 될까요? 도시와 시골의 생활을 상징적으로 보여 주는 소재를 찾아보고, 과연 인간다운 삶의 모습은 무엇일지 생각하며 읽어 봅시다.

길을 건넌다. 아이는 빨간불인데도 자꾸 찻길로 뛰어든다. 아이를 잡느라 속이 다 바짝바짝 탄다. 몇 번이나 마른침을 삼킨다. 웬 놈의 신호등은 불 바뀌는 주기가 이렇게도 긴지 모르겠다. 오랜만에 시내에 들어와서 맡는 공기는 머리가 어지러울 정도로 매캐하다. 시내 살 때는 정희도 그것을 알지 못했다. 원래 공기 냄새가 그런 줄 알았다. 그러다가 그녀가 시골로 이사를 하고 이따금 이곳 도시로 볼일 보러 나오고서부터 원래의 공기 맛이 이런 게 아니란 것을 알았다. 하면 우리는 원래가 그렇다는 것들을 얼마나 더 모르고 살아가는 것일까. 또한 '원래가 그런 것', 말하자면 우리 삶의 원형, 혹은 우리 삶이 문명이란 이름으로, 사랑이라는 이름으로 훼손되지 않은 상태의 것들을 얼마나 기억하며 살아가는 것일까. 혹시 우리는 우리가 아닌지도 모른다는, 지금의 내가 내가 아니라서, 원래의 나를 잊어버렸거나 잃어버려서 이다지도 힘겨워하며 살아가는지도 모른다는 생각을 하는 그 순간에도 아이는 또 집요하게 찻길로, 찻길로만 기어들려 하고 있다.
　"아이고 이놈아, 명수야!"를 신호등 바뀌기를 기다리는 그 짧은 순간에 한 댓 번은 더 부르고서야 파란불로 바뀌었다. 빨간불 켜져 있는 시간은 그리도 길더니만 정희 모자가 건널목을 다 빠져나가기도 전에 파란불은 마치 곧 꺼집니다, 곧 빨간불 들어옵니다, 하듯이 깜박대는 거였다. 아니다. 신호등의 깜박임을 곧 꺼집니다, 곧 빨간불 들어옵니다,라고 해석한 건 다분히 시골스런 그녀식의 해석인지도 모른다. 혹자는 그것을 빨리빨리,라거나, 그도 아니면 그냥 부저[•]의 울림같이 뚜우뚜우, 같은 것을 연상했을지도 모른다. 아니다. 그것도 아닌지 모른다. 아무 생각이 없었을지도. 정말이다. 빨간불이 켜져 있을 때 자동으로 서 있다가 파란불이 들어왔을 때 자동으로 찻길을 건너고 파란불이 깜박이자 아무 생각 없이 자동으로 그저 발걸음이나 좀 빨리했을지도 모르는 것을. 그것이 문제다. 무엇이거나 간에 생각의 끄트머리 하나를 붙잡게 되면 그것을 한정 없이 붙들고 있는 버릇. 그 버릇 때문에, 언제 생겼는지도 모르게 생겨난 그 버릇 때문에 생활이 즐거워진다면 버릴 필요 없는 버릇이되, 그렇지 않은 데 문제가 있는 게 아닐까.

남편이 그 여자를 태우고 출근하는 것에 대한 지나친 예민함도 끝말 이어 가기 놀이처럼 생각의 꼬리를 이어 가다 보니 생겨난 의심이 아닐까. 그렇다면 자신을 괴롭히는 그 생각도 일종의 의부증일까. 아이고, 이런 식으로 가다간 오늘 집에 다 갔다 싶어 정희는 서둘러 차를 세워 둔 주차장 쪽으로 간다. 원래가 개울이던 것을 지방 자치 단체가 시민들에게 서비스를 한답시고 시멘트로 복개하여[•] 하얀 금을 그어서 주차장으로 개조시켜 놓았다. 시내 들어오면 차도 막힐뿐더러 도시에서 차 몰기란 정희같이

• 부저 '버저'의 잘못. 초인종 등의 용도로 쓰이는, 소리가 나는 전기 신호 장치.
• 복개하다 하천에 덮개 구조물을 씌워 겉으로 보이지 않도록 하다.

시골에서만 운전하던 사람들에게는 가히 아수라장이 따로 없는 지라 정희는 도시 입구인 이곳에 차를 대어 놓고 대중교통을 이용하여 시내로 들어가곤 했다. 주차하기 편리하고 요금 싼 것은 좋으나 또 정희 같은 사람들에게는 이런 주차장이 막바로 도시 입구에 있다는 것을 믿고서 굳이 차를 가지고 나오게 하는 원인이 되기도 한다. 도로를 넓히면 교통 체증이 덜해질까? 그건 아니리라. 도로가 넓어진 만큼 차를 끌고 나오는 사람도 그만큼 많아질 테니까. 악순환인 것이다. 정말 교통 체증을 없애려 한다면 이미 넓혀진 도로도 좁히고 좁힌 그 부분에 나무를 심어 숲을 만들고 그 숲에 걸어 다니기 좋은 오솔길을 만들면 사람들은 그 길을 걷고 싶어서라도 차를 가지고 나오지 않을 것이다. 그러다가 출근이나 약속 시간에 늦으면 어떡하나, 하는 걱정이 있다면 하지 않아도 될 걱정인 것이 바로 오솔길 옆은 자전거 도로인 데다가 사람들이 걷거나 자전거를 이용하다 보니 도로에 차가 없어 오히려 도로 넓었던 시절과는 비교할 수 없을 만큼 차들은 시원하게 달릴 것이기 때문이다. 물론 달리는 차들은 대중교통 수단인 버스가 주를 이루어야만 한다.

아차, 또 생각이 길어지고 말았다. 하지만 도시에 올 때마다 도로와 자동차에 대한 생각을 하지 않을 수가 없다. 지금 그녀가 그녀의 고물 자동차를 세워 놓은 개울만 해도 그렇다. 개울 옆에는 바로 이십여 년 전 그녀가 다닌 고등학교와 대학교가 있다. 예전에 이곳이 개울이었을 때 도시의 모든 하천이 다 그렇듯 이곳도 그리 깨끗한 편은 아니었지만 어쨌든 이 개울로 인해서 이쪽 주변은 지금보다는 훨씬 조용하고 한적했다. 아직 포장이 제대로 안 된 흙길이었고 지방에서 올라온 그녀는 바로 학교에 이웃한 이 동네에 방을 얻어 자취를 했다. 아침이면 졸졸졸 흐르는 개울 물 소리를 들으며 흙길을 밟고 등교했다. 이곳이 아무리 도시라지만 정희 같은 시골뜨기들에게도 그다지 저항감이 없는 동네였다. 그러니까 개울을 사이에 두고 왼쪽이 학교고 오른쪽에 흙길과 동네가 펼쳐져 있었던 것이다. 오랜만에 와 보는 이곳은 지금 이렇게 변해 버렸다. 개울은 복개된 주차장으로, 흙길은 아스팔트 도로로, 고요하던 동네는 동네를 에워싼 아스팔트 도로에서 울려 오는 소음으로 가득 찬 '한데'로 변해 버렸다. 정희가 좀 전에 들른 부동산 소개소 사람에게 했던 얘기가 바로 '한데'였다. 정희는 또 그 말을 친정어머니한테 배웠다. 어머니가 말하는 '한데'란 추운 곳이었다. 겨울에 어린아이가 길에서 울고 있으면 어머니는 아가, 왜 한데서 이러고 있냐? 어여 집에 들어가라,라고 하셨다. 한데서 떨고 섰지 말라고. 너희 아부지하고 신방을 차린 그 집의 부엌은 순전히 한데였다고. 너희 아부지가 너희들을 한데다 세워 놓고 벌준 것 기억하느냐고. 어머니의 한데는 추운 곳이었다. 까딱하다간 얼어 죽는 곳이었다. 가난으로 집을 장만하지 못했거나 혹은 전쟁으로 집을 잃었을 때 한데에서 잠을 자야만 했던 참혹한 시절의 기억이 어머니로 하여금 '한데'의 공포를 버리지 못하게 하였으리라. 어머니는 겨울을 '시한(歲寒)'이라고 했다. 모든 입을거리, 먹을거리들을 시한에 입고 시한에 먹으려고 시한이 오기 전에 서둘러 꼭꼭 저장해 놓기 시작했다. 어머니

● 시한 '겨울'의 전라도 사투리.

의 봄 여름 가을은 오직 시한에 굶어 죽거나 얼어 죽지 않기 위한 준비 기간과 다름없었다. 여름에 땅에다 고구마 순을 꽂으면서도 이래 놓아야 또 시한에 우리 새끼들 배부르게 먹일 수 있지, 했고 나무를 해서 이고 산길을 곡예하듯 내려오면서도 올 시한에 이 나무 때서 뜨뜻하게 지내보자꾸나, 했다. 아, 사람이 배부르고 등 따시면 얼마나 좋겠느냐, 그보다 더 좋은 것이 또 어디 있겠느냐,라고 어머니는 한사코 강조하셨다. 모든 것이 그러면 되는 것이었다. 배부르고 등 따시면 만사형통이었다.

어머니는 이런 '한데'도 있다는 것을 상상이나 했을까. 복병처럼 숨어 있다가 느닷없이 튀어나온, 아니 갑자기 어느 날부터 이게 아닌데, 하고서 정희의 인식 속에 '한데'의 이미지를 바꾸어 놓은 그것.

아파트는 온통 소음의 도가니였다. 남편은, 좀 시끄러우면 어때,라고 말했다. 집 없는 것보다 낫지,라고도 했다. 처음에는 남편의 말에 수긍을 하기도 했다. 하지만 날이 갈수록 그것이 아니었다. 견딜 수 없이 화가 끓어오르기도 했다. 내가 이런 '집구석'을 마련하려고 그 고생을 했던가, 싶어서 눈물이 핑 돌기도 했다. 하루 종일 소음은 귀청을 두들겨 대다가 그래도 식구들이 돌아오면 좀 나은 듯했다. 집 안에서 나는 식구들 소리, 혹은 텔레비전 소리가 잠시 잠깐 바깥의 소음을 잊게도 했다. 하지만 근본적으로 없어진 것은 아니므로 식구들이 모두 잠든 뒤에 나는 자동차 바퀴 굴러가는 소리는 여전했다. 그런데 밤에 듣는 자동차 바퀴 굴러가는 소리는 낮에 듣는 것보다 또렷하긴 하지만 그래서 더 들을 만하기는 했다. 특히 비가 오는 밤이면 아스팔트에 밀착

한 자동차 바퀴가 빗물 밀어 내는 소리까지 선명하게 들렸다. 어찌 들으면 두레박으로 물 긷는 것처럼 찰박찰박하는 소리로 들리기도 했다. 하지만 그런 날 밤이라 할지라도 대형 트레일러나 대형 버스, 화물차, 유조차 같은 것이 내는 소리는 여전히 공포스러웠다. 이따금 다급하게 달려가는 병원 차의 뚜뚜거림, 경찰차의 삐용거림 같은 것들이 한 번씩 지나가는 밤이면 그녀는 이후에 결코 편한 잠을 잘 수가 없었다.

그때는 부끄러웠다. '그 좋은 집'이 단지 '시끄러워서 싫다'는 그 말 할 용기가 나지 않았다고 할까. 남편한테든, 이웃들한테든. 정희가 살피건대 남편과 아이들, 그리고 이웃들은 분양받아서 들어온 그 아파트에 대해서 그다지 불만들이 없어 보였다. 다들 만족스러운 미소를 실실 흘리고 다니는 분위기라고나 할까. 왜 아니겠는가. 20평 서민 아파트였는지라 입주자들 대부분은 이제 맨 처음 꿈에도 그리던 '내 집 장만'을 한 사람들이었다. 그저 내 집 생긴 것만이 좋아 소음에 신경 쓸 겨를이 없는지도 몰랐다. 그런 사람들에게 시끄러워서 나는 이 아파트 싫다는 말이 먹혀들리 만무라는 생각이 정희 스스로 든 거였다. 먹혀들지 않을 말을 할 용기가 없는 거였다. 실지로 정희가 옆집과 인사를 틀 겸해서 과일을 싸 들고 방문해서 소음에 관한 이야기를 해 보려 했는데 그쪽에서 먼저 아이구, 도로 가까워서 얼마나 편한지 모르겠단 소리를 하고 나오던 거였다. 그러니까 옆집 사람들이 이 집을 선택하게 된 동기 중에 큰길과 면해 있는 편리한 교통이라는 조건도 포함되어 있는 것이었다. 덧붙여서 우리같이 하루 벌어 하루 먹는 거나 다름없는 서민들한테는 그저 뭐니 뭐니 해도 교통 편리한 데 사는 게 제일 경제적이라고도 했다. 사는 데 첫째 조건은 '경제'였다. 돈 한 푼이라도 덜 들어가는 데서 사는 것, 그것이 넉넉히 살지 못하는 모든 서민들의 최고 주거 조건인 것은 기실 정희네도 마찬가지가 아닌가. 돈 없는 사람들한테 '쾌적한 주거 환경' 따위는 사치였다. 그저 차 타러 나가기 좋고 차 대기 좋은 곳이면 되었다. 그녀가 어쩌다 시무룩해 있으면 남편은 주차장 넓고 아이들 학교 가깝고 저 멀리 산도 보이는 이런 집 한 채 가졌으면 됐지 뭐가 더 불만이냐는 다소 짜증스런 반응을 보이곤 하였다. '그 이상의 것들'을 그에게 바라는 것은 아니었고 바랄 수도 없었다. 그 집 장만한 것도 사실 서른다섯 가장인 남편으로서는 최선을 다한 결과가 아닌가. 자동차 회사 도장반의 노동자로서 그가 겪은 휴직과 복직의 과정들을 생각하면 더욱 그렇다. 그나마 이만한 집이라도 장만하여 이사 다닐 걱정 안 하게 된 것만도 감사할 일이었다. 그래야 마땅했다. 하지만 정희는 서러웠다. 사람이 정말, 이런 데서 살아야 하다니. 누가 살라고 한 것도 아닌데, 자기 부부가 선택해서 들어온 아파튼데 정희는 마치 누군가에게 등을 떠밀려서 할 수 없이 그 집에서 살아야만 하는 것처럼, 실체도 없는 그 '누군가가' 견딜 수 없이 야속스러웠다. 그러니까 정희의 '집 보러 다니기'의 대장정은 정작 '내 집 장만'을 한 연후부터 시작되었다. 남편이 출근을 하고 큰 아이들이 학교에 가고 시어머니가 노인정에 나가고 나면 정희는 부리나케 이제 겨우 돌쟁이 막내를 놀이방에 맡긴 뒤 마치 도둑질을 하러 나가는 것처럼 소음 가득한 아파트를 빠져나왔다. 서러움이 그녀를 그렇게 하게 했다.

남편이 회사에서 결코 자발적이라고는 할 수 없는 퇴직 압력을 조금이라도 무마하려는 눈물겨운 자구책이란 자동차를 팔아 주는 일이었다. 회사는 남편 같은 노동자들에게 자동차 만드는 일만 요구하지 않고 파는 일까지 맡긴 셈이었다. 외아들인 데다 공고를 나온 남편은 주위에 아는 사람도 변변치 않아 결국 회사에서 판매용으로 할당받은 차를, 이미 차가 있음에도 불구하고 떠안게 되었다. 남편은 내 집도 장만했겠다, 아내인 정희도 전용차를 갖고 살 때가 되었다고, 짐짓 여유를 부렸다. 그렇게 해서 반강제적으로 갖게 된 소형 자동차는 정희가 집을 보러 다니는 데 유용한 발이 되어 주기는 했다. 그때 차가 없었다면 또 모를 일이었다. 버스 타고 돌아다니기 번거로워서라도 감히 시골집 보러 다닐 용기 따위는 내지 못했을 수도 있다. 남편 말마따나 그토록 고대하던 집이 마련되고 속사정이야 어찌 됐든 차도 남편 차, 제 차 해서 두 대씩이나 굴리게 된 현실이 되고 보니 자기도 모르게 있는 사람들 흉내가 내고 싶었는지도 모르는 일이었다. 아니, 그 것은 흉내가 아니라 자기도 모르게 비어져 나온 욕망의 한 표현이었는지도 모른다. 있는 사람들 사는 모양이란 것이 사실은 있는 사람, 없는 사람 포함한 모든 사람들의 마음속에 내장된 욕망이고 있는 사람들은 그 욕망을 현실적으로 발현하고 살아가고 있을 뿐이고 없는 사람들은 마음속으로 '꿈'이라는 이름으로 살아 본 적이 있을 것이고 살아갈 수도 있는 것이다. 아무래도 좋았다. 다만 가족들만 모르면 되었다. 막내 놀이방이 끝나는 오후 3시까지는 시간이 있었다. 정희는 그녀에게 허락된 오후 3시까지 미친 듯이 차를 몰고 시골을 헤매고 돌아다녔다. 그녀는 그때 그랬다. '나와 내 가족이 사는 곳을 더 이상 돈에 의해서가 아니라 마음에 의해서 선택하고 싶다.'라는 오직 그 생각만이 머릿속에 가득했다. 돈에 의해서 삶이 제한당할 수밖에 없는 사람들이 어찌 서른다섯 남편과 예순다섯 시어머니뿐이겠는가마는 일찍이 가장을 잃은 남편과 시어머니는 모든 일상을 결정하는 가장 중요한 잣대가 늘 돈이었다. 돈 이외의 다른 잣대는 전부 허영이고 사치고 '배부른 자의 허튼소리'였다. 특히 시어머니가 그랬다. 어려서 병을 앓아 청력을 잃어야 했던 시어머니는 앞을 볼 수 없는 시아버지와 결혼하여 정희 남편을 낳았다. 시아버지는 아는 집 혼례식에 부조를 하고 돌아오는 길에 술 한잔 마신 것이 화근이 되어 그만 실족사하였다고 했다. 남편이 아직 걸음마도 제대로 하지 못하던 때 그 일이 났다. 그때부터 시어머니는 평생을 길바닥 노점으로, 취로 사업°으로, 파출부로, 온갖 궂은일을 하여 아들을 키웠고 그런 어머니의 아들인 남편이 공고를 선택한 것은 당연한 결정일 수밖에 없었다. 그는 공부를 잘했고 그 시절까지 불었던 끝물 산업화 바람은 공부는 잘하지만 집안 형편이 좋지 못한 많은 가난한 집의 아들들을 졸업만 하면 바로 취업이 보장된다는 '공고생 혹은 예비 산업 역군'이 되게 하였다. 결코 나쁜 의미가 아니라 남편이나 시어머니같이 빈한한 사람들에게는 돈 되는 일을 선택하는 게 최선이었던 것이다. 그즈음 들어

° 취로 사업 영세 노동자의 생계를 돕기 위해 정부에서 실시하는 사업. 주로 제방이나 하천, 도로 따위의 사업장에서 일하게 됨.

평생 바람 부는 길바닥을 헤맨 후유증으로 풍기(風氣)가 든 시어머니는 아들이 벌어다 준 돈을 바들바들 떨리는 손으로 한 장 한 장 세어 보며 돈이 웬수다, 돈이 웬수야, 하면서도 입은 방그레 벌어지곤 하였다. 아무리 아파도, 이녁˚ 골마리˚ 속에 꼬깃꼬깃한 돈을 뭉치로 넣어 두고 있으면서도 병원 갈 생각은 하지 못하는 시어머니였다. 그런 남편과 시어머니에게 인문계 여고를 나오고 부자는 아니지만 곤궁하지도 않은 '따뜻한 농가' 출신의 정희가 구박을 당하는 순간이란 바로 그녀가 같은 조건에서 '돈 들어가는 일'을 선택했을 때였다. 어쩌다 큰맘 먹고 식구들끼리 외식을 하게 되는 날 정희가 이왕이면 깨끗하고 분위기 있는 집을 고르는 반면 남편과 시어머니는 허름한 집을 고르는 일 따위가 그런 것이었다. 이왕 남이 해 주는 음식을 먹을 거면 깨끗하고 좋은 집에서 먹자는 것이 정희 생각이었고 남편과 시어머니는 똑같은 논리로 기왕지사 남이 해 주는 음식 먹을 바에 지저분해도 음식 값 싸고 푸짐한 집으로 가자는 것이었다. 그런 일상을, 돈 안 드는 일상을 살아서 그나마도 마련한 20평 아파트였다. 그런데 집 장만하자 집을 보러 다니는 정희의 행태를 어떻게 설명할 수 있을 것인가. 정희는 늘 서럽고 급기야 외로워지기 시작했다. 절약하며 사는 것, 돈 안 드는 생활을 감내하지 못하겠다는 것이 아니었다. 사치하자는 것도, 돈 쓰며 살자는 것도 아니었다. 하지만 '그곳'은 아니었다. 그런 곳 얻고자 그토록 발버둥 치며 살아야

• 이녁 듣는 이를 조금 낮추어 이르는 이인칭 대명사. 당신.
• 골마리 '허리춤'의 전라도 사투리.

한다면 너무 억울한 거였다. 사람이 사람답게 산다는 것은 절약하며 검소하게 살 때 더 빛이 나는 법이라는 건 정희도 알았다. 하지만 그토록 염원해 마지않던 20평 아파트가 내 것이 되어 그 속에 깃들이게 되었을 때 정희는 이사한 첫날부터 '그곳'이 '이곳'은 아니라는 걸 알았다. 정희의 '이곳' 말하자면 사람 사는 곳은 그런 콘크리트 닭장 집이 아니었다. 차라리 남의 집 셋방 살 때가 더 사람 사는 것이었다. 싱크대가 있고 더운물 찬물 번갈아 나오는 그 집에서의 생활은 생활이 아니었다. 마치 누군가한테 그곳에 처넣어져 사육당하고 있다는 느낌이 더 강했다. 차라리 지저분한 동네에 살면서 이웃들하고 악다구니로 싸우는 게 생활이라는 그 느낌을 그러나 정희는 집안 식구들 누구에게도 말할 수가 없었다. 남편과 시어머니는 물론 새 아파트로 이사 와 너무 행복한, 찬물 더운물 나와 마음껏 물장난도 칠 수 있어 좋은 아이들에게도, 내 집이 생겨서 내 마음대로 전세를 놓아 먹을 수도 있고 분양받을 때 낸 돈보다 더 많은 돈을 남기고 팔아먹을 수도 있다는, 그러니까 재산으로서의 집을 갖게 되어 다들 기가 살아 있는 이웃들에게도 정희의 '사육론'은 '배부른 허튼소리'일 뿐이었다. 그렇게 서럽고 외로운 정희는 집 장만한 그해 가을 내내 시골길을 배회하였다. 그리고 드디어 '집'을 발견하였던 것이다.

어떻게 해서 마을로 들어서게 된 것일까. 우선 마을 이름이 좋았다. '초현리'라고 새겨진 자연석이 마을 입구에 세워져 있었다. 한문으로 무얼 뜻하는지는 모르지만 우선 초현리라는 그 이름에 내력 없이 마음이 끌렸다. 마을 입구 공터에 가득 널린 샛노란 나락도 사람의 마음을 평안하고 풍요롭게 했다. 젊은 여자가 차를 몰고 마을로 들어서자 벼를 말리던 노인들이 순한 눈빛으로 그녀를 쳐다보았다. 내려서 그들을 도와줄 염은 있으나 용기는 나지 않았다. 그래서 내처 길이 허락되는 대로 자동차를 운전하여 갔다. 길은 마을을 휘돌아 옆에 개울을 끼고 하염없이 위쪽으로, 위쪽으로 나 있었다. 시멘트가 발라져 있긴 하지만 좁고 정갈한 소롯길이었다. 위쪽에서 경운기 한 대가 내려오고 있었다. 경운기를 피하려면 산 쪽으로 차를 바짝 갖다 대고 기다려야 했다. 경운기를 몰고 지나가는 농부와 경운기 짐칸에 탄 아주머니가 낯선 얼굴이지만 어디선가 많이 본 듯했다. 바로 그녀의 아버지, 어머니 얼굴이었다. 하면 그녀는 자신이 꿈꾸는 생활이란 바로 그런 얼굴을 한 사람들이 있는 곳에서 사는 것인지도 모른다는 생각이 들었다. 고등학교 때 처음 도시로 유학을 떠나 살게 된 동네도 그곳이 도시면서도 진짜 도시 같지 않은 것이 얼마나 좋았는지 몰랐다. 그랬던 것을 생각해 보면 우리가 마음속에 그리는 것은 늘 자신의 과거인지도 모르는 일이다. 언젠가 남편한테 자신은 아마 과거를 그리며 살아가는 것 같다고 말한 적이 있었다. 남편은 대뜸 '사람이 미래를 그리며 살아야 발전을 한다.'며 퉁박*을 주었다. 정말 과거 지향은 퇴보일까. 끝없이 미래를 위하여 과거는 지우고 현재는 희생하며 살아야 그것이 좋은 삶일까. 남편은 더 좋은 미래를 꿈꾸며 살라는 의미로 정희에게 자동차 운전 학원 수강증을 끊어다 주었다. 정희는 혼란스러웠다. 자신이 운전

---

* 퉁박 '퉁'의 잘못. 퉁명스러운 핀잔.

을 하게 될 '더 좋은 미래'가 사실 엄청난 공포로 그녀를 짓눌렀
다. 그녀는 결코 운전하며 살고 싶지 않았다. 도로에 차들이 엄청
나게 밀려 있는데 그 속에 자신도 끼여서 오도 가도 못하고 낑낑
대거나 심지어는 사람을 치여 죽게 하는 무서운 꿈을 꾸기도 했
다. 정희가 이런 '정체를 알 수 없는 불안감'에 대해 정희 딴에는
큰 용기를 내어 말했을 때 남편은 아주 신속하게, 그리고 명쾌한
어조로 사람은 '대세'를 따르며 살아야 한다고 말했다. 그렇게
하지 않으면 21세기를 살아남지 못할 수도 있다는 무시무시한
말도 곁들였다. 그런 세상이라면 죽고 말지, 토라지듯 대꾸하긴
했지만 정말로 정희는 그렇게 무시무시하게 사느니 차라리 안 살
고 마는 게 더 편안하다, 싶은 생각이 가슴 저 밑자락에서 꼼지락
거리는 느낌을 어떻게 처리해야 할지 몰랐다. 남편은 정희의 뾰
로통한 대꾸에 '그놈의 돼먹지 않은 시대착오적인 문학소녀 취
향'은 언제 버리나, 했고 급기야 그날 부부 싸움이 났던 것이다.
그런 우여곡절 끝에 면허를 따서 운전을 하게 된 것이 결과적으
로 나쁜 일 같지는 않다는 생각을 정희는 운전을 할 수 있게 된
이후 처음으로 했다. 남편이 말한 '살아남을 수 있느냐 없느냐'
의 무지막지한 차원이 아니라 그저 '편리'의 차원에서 말한다면
말이다. 편리한 것은 좋되 편리를 위해 치러야 하는 대가는 싫었
다. 그래서 정희는 혼란스러운 것이다. 자신이 생각해도 마음의
갈피를 잡을 수 없는 것이 그녀는 어지러웠다. 집이 생기자 집을
찾아 나서다니. 부부 싸움 하던 날, 남편이 그럼 죽어라, 죽어! 했
던 대로 자신은 정말 죽어 마땅한지도 모를 일이었다. 어차피 죽
을 건데, 살아서 무엇 하겠는가. 어떤 것은 좋으나 어떤 것을 위해

치러야 하는 대가는 싫다는 논리대로 한다면 말이다. 사는 것은 좋으나 살기 위해 치러야 하는 대가는 싫다! 그럼 죽어야지, 도리가 없는 거 아닌가. 하여간에 남편의 말을 수용하며 살다 보면 한 세상을 그럭저럭 살아 낼 수는 있을 것 같았다. 그가 삶을 위해 치러야 했던 엄청난 대가의 무게가 정희 가슴을 아프게 헤집었다.

경운기를 피하기 위해 기왕 차를 멈춘 김에 정희는 거기서부터는 걷기로 하였다. 가을 햇살은 따사롭고 바람은 산들거렸다. 이제 막 붉은빛을 띠기 시작한 까치밥 열매가 햇빛을 받아 투명하게 반짝였다. 마을은 고적했다. 얼마나 그리운 고요인가. 거기다 또 감이 지천이었다. 말랑말랑하게 익은 굵은 감들이 고적한 골목으로 툭툭 떨어져 내렸다. 어떤 것은 가지째 낙하했다. 정희는 그것을 주워서 옷자락에 쓱 닦아 내고 까먹었다. 감 하나만으로도 금방 배가 불렀다. 가슴속이 다 훈훈했다. 이렇게 좋은 세상이 있는데 어쩌자고 그런 아비규환 속에서 살아야 하는가, 싶은 생각에 정희는 울컥 가라앉아 있던 설움이 또 한 번 치솟았다. 꼬부랑 할머니가 담배를 피우며 나락 덕석에 골을 내고 있다가 아무렇지도 않게 정희를 맞아 주었다.

"누구여?"

"동네 구경 온 사람이에요."

"이런 촌에 뭐 구경할 게 있어?"

"혹시 마을에 빈집 좀 있나요?"

"빈집이야 쌔 부렀지."

그렇게 해서 할머니가 안내해 준 그 집엘 들어가게 되었다. 집이 빈 지 한 삼 년쯤 되었다고 했다. 마당은 잡풀이 무성했다. 세

칸 홑집*이었다. 할머니가 점심때가 다 되었으니 당신 집에 가서 밥을 먹자고 했다. 정희는 괜찮다고 했다. 사람의 법이 그럴 수는 없다고 했다. 할머니 집에서 빈집의 뒤안이 들여다보였다. 밥을 먹으며 할머니는 빈집으로 이사 오라고 정희를 채근했다. 이사 오면 한집안 식구같이 지내고 얼마나 좋겠느냐고 했다. 할머니의 눈빛이 마치 가을 하늘처럼 맑았다. 한 점 의심 없이. 한 점 티끌 없이. 그곳에 살면 정희도 할머니처럼 그렇게 늙어 갈 수 있을 거였다. 그 생각만으로도 정희는 행복했다. 밥을 다 먹고 할머니는 마치 손녀를 떨어뜨려 놓듯이, 이녁 딸을 그곳에 놔두고 밭에 일 나가듯이 그럼 나는 갔다 온다며 핑하니* 대문을 나서는 거였다. 혼자 남은 정희는 할머니 집 마루에 앉아 빈집 뒤안을 바라보았다. 확독이 있고 장독대가 있고 지금 아무도 돌보지 않는 감나무, 대추나무의 열매들이 저희들끼리 익어 가는 중이었다. 할머니 집과 빈집의 뒤안은 어린아이도 건널 수 있을 만한 높이의 돌담이 쳐져 있었다. 그것이 할머니 집과 빈집의 경계였다. 저 낮은 돌담 너머로 그 옛날 저 빈집에 사람이 살았을 적 지금은 잡풀 무성하지만 그 잡풀 조금 걷어 내면 지금도 보이는 저 파릇파릇한 부추 담쑥담쑥 베어서 부추전을 부쳐 이쪽저쪽 나누어 먹었으리라. 앞마당은 주로 일 마당이고 그래서 자연히 남정네들의 공간이지만 뒷마당은 놀이와 휴식의 공간이지 않은가. 저 장독대 옆 감나무 밑에 멍석을 펴고 앉아 긴 여름날의 오후 봉숭아꽃

* 홑집 한 채만으로 된. 구조가 간단한 집.
* 핑하니 횡하니. 중도에서 지체하지 않고 곧장 빠르게 가는 모양.

짓이겨 꽃물을 들이던 추억, 부추전이며 호박전을 부쳐 먹던 추억, 그것이 정희의 추억이다. 비가 오면 툇마루가 멍석을 대신했다. 백중날, 어머니가 막걸리 넣은 술빵을 한 솥 가득 쪄 주던 기억, 초경을 남모르게 처리하던 곳도 저 뒤안이다. 누가 볼까 봐 뒤안에서 은밀하게 피 빨래를 하여 돌로 아궁이를 만들어 월경 기저귀를 푹푹 삶아 다른 빨래들 밑에 널었다가 어머니한테 혼나던 열서너 살 때의 기억. 이웃집 동갑내기 '머스마'의 친구가 담 너머로 던져 준 '연애편지'를 읽던 곳도 저런 뒤안이었다. 앞마당은 공개적이어서 비밀도 없고 그래서 오래 간직할 추억거리도 없다. 그러나 뒷마당은 그 얼마나 많은 얘기들을 키워 준 곳이던가. 뒷마당은 그녀 인생의 보물 창고였다. 집이란, 그런 곳이어야 하지 않을까. 육신이 몸담은 가장 정신적인 곳. 그걸 집이라고 할 수 있지 않을까. 뒷마당 없는 집, 우리 인생의 보물 창고가 되어 줄 공간이 없는 집은 집이 아니라 건물일 뿐이다. 그것은 집이라는 이름을 단 '상품'일 뿐이다. 한데, 지금은 영원히 사라져 버렸다고 여겼던 그 '집'이 거기 있었다. 정희는 그 집을 발견한 것만으로도 그날 행복했다.

"뭐? 집을 발견했다구?"
"그렇다니까. 앞마당은 볼품없지만 뒷마당이 얼마나 무궁무진한지 몰라."
"무궁무진? 그게 무슨 말이야. 도대체 사람이 알아들을 수 없는 소리는 쓰지 말고 좋게 말해 봐."
정희로서는 '무궁무진'이라는 표현이 자기가 써 놓고도 자기가 놀랄 만큼 기가 막히다고 무릎을 칠 지경인데 남편은 또 알아들을 수 있는 말, 쉬운 말로 좋게 말하란다. 좋게! 나쁘게, 사람 신경질 나는 말로 하지 말라는 거다.

"내 말이 나빠?"

"기분 나빠. 사람 우습게 만드는 소리 작작 하라구. 집이 있는데 웬 놈의 집?"

"……"

정희는 이런 게 '집'이라는 생각은 추호°도 들지 않는다는 소리가 목구멍에 걸려 나오지를 않았다. 대신 눈물만 줄줄 흘러나오는 데는 정말 환장할 지경이었다. 정작 환장하겠다는 소리는 남편에게서 나왔다.

"내가 이거 환장하겠구만. 다른 여자들은 말이야, 어떻게 하면 이 집 밑천 삼아 더 좋은 집, 더 큰 집 장만할 생각, 재산 늘릴 생각, 아이들 공부시킬 생각으로 다들 눈이 벌건 세상인데 겨우 집 장만하니까 이 집 싫다고 딴 집 보러 다녀? 막말로 시골 이사 가면 누가 우리 환영해 준대? 누가 우리 먹여 살려 준대?"

남편은 남편대로 '호강에 초 친°' 마누라 두었다고 분하고 원통하고 서러워했다.

정희는 정희대로 날이면 날마다 윙윙대는 소음 가득한 시멘트 공간 속에서 "이건 집이 아니야, 이런 게 집? 웃기지 말라 그거야. 어떻게 뒷마당은 고사하고 앞마당도 없는 게 집이야? 어떻게

• 추호(秋毫) 매우 적거나 조금인 것을 비유적으로 이르는 말. 가을철 털갈이한 짐승의 가는 털.
• 초 치다 한창 잘되고 있거나 잘되려는 일에 방해를 놓아서 일이 잘못되거나 시들해지도록 만들다.

윗집, 아랫집, 옆집 꽉꽉 막힌 게 집이야? 어떻게 먹고 싸고 자기만 하는 게 집이야?" 하면서 시름시름 앓기 시작했다. 집 장만하자 집을 부정하는 아내가 급기야 앓아눕자 아무리 그런 아내가 밉기로서니 남편인데 나 몰라라 할 수는 없는 일이었다. 그 아내와 남편 사이에 모종의 '합의점'이 찾아진 건 그 아내가 한 계절을 고스란히 앓고 난 그해 겨울이었다.

"그래, 내가 어떻게 하면 좋을지 처음부터 자세하게 또박또박 말해 봐."

"이사 가."

"이 집은 어떡하고?"

"팔고."

"어떻게 장만한 집인데 그렇게 쉽게 팔자는 소리가 나와. 난 못 팔아."

"이건 집도 아냐."

"집도 아닌 걸 왜 팔아? 넌 양심도 없냐?"

"그럼 세를 놓지!"

남편의 입이 그제야 헤벌어졌다. 그것이 그들 부부가 한 계절의 씨름 끝에 다다른 합의점이었다. 도시의 '집도 아닌 집'을 세 놓은 돈으로 정희는 '집'을 샀고 그녀의 남편은 도시의 멀쩡한 집을 맥없이˚ 세놓아 '집도 아닌 집'을 산 폭이었다.˚

그렇게 마련했고 그렇게 마련해서 만 삼 년을 산 집이었다. 그

˚ 맥없이 아무 까닭도 없이.
˚ 폭이었다 셈이었다.

런데 이제 와서 또 도시의 '집도 아닌 집'을 보러 다니는 이유가 무엇인가. 돌배기 막내를 네 살까지 그 집에서 키웠다. 아이는 주차장에 다 와서도 자꾸만 숨바꼭질을 해 댄다.

"야, 이놈아, 명수야."

정희는 어찌나 아이 이름을 불러 젖혔는지 목이 다 잠길 지경이다.

"야, 인마!"

낯선 목소리가 바로 등 뒤에서 나길래 정희는 제 아이를 보고 그러는 줄 알고 덩달아, 야 이놈아를 외쳤다. 엄마가 부를 때는 돌아보지도 않던 아이가 낯선 남자의 야 인마, 소리에 겁을 먹고는 엄마 품으로 쏙 기어든다. 그제야 정희는 뒤를 돌아보았다. 전혀 모르는 남자가 그녀를 빤히 쳐다보며 또다시,

"야, 인마, 오랜만이다!"

알은체를 해도 아주 고약하게 한다.

"누구신데 그러세요?"

"이놈 봐라, 나를 몰라?"

"모르겠는데요."

"시치미 떼기는, 인마. 그나저나 오랜만에 만났는데 악수나 한 번 하자."

"여보세요! 나는 댁을 모르는데 더군다나 애기 엄마한테 야 인마라니요!"

"어쭈, 너 많이 컸다아."

숫제 이년 저년 하지 않고, 이놈 저놈 한 것만으로도 감사하게 여기라는 태도 같다. 처음부터 모른 척하는 게 나았다는 판단이

정희는 그제야 선다. 서둘러 아이를 유아용 좌석에 앉혀 안전벨트를 채우고 행여라도 남자가 차 안까지 기어들어 올까 봐 재빨리 운전석 문을 열고 들어가 시동을 건다. 남자가 여전히 백미러 뒤에서 느물거리며 웃고 있다. 미친개들이 가끔씩 저렇게 거리를 배회할 때가 있지, 그런 개한테는 그저 물리지 않도록 조심하는 게 수지, 때늦은 각성을 하며 도시를 빠져나왔다. 남편이 돌아오기 전에 집에 가려면 속력을 내야 할 것이었다. 다행히 도시 외곽으로 갈수록 차가 쑥쑥 빠져서 낯모르는 남자 때문에 고약했던 기분도 차차 나아졌다. 불쾌감이 사라지자 그 자리에 불안감이 들어찼다. 팔자에도 없던 '전원생활'을 하게 된 남편은 그 덕분에 길어진 출퇴근길이 주는 스트레스를 툭하면 그녀에게 쏟아내곤 했다. 그런데 이즈음 남편의 짜증이 갑자기 없어진 이유를 정희는 '그 여자' 때문이라고 여겼다. 도시에서 한 시간 남짓 되는 그 출근길에 남편은 동네 입구에 사는 그 처녀를 태우고, 그러니까 도시식으로 말하면 '카풀*'하여 다니게 되었던 것이다. 그것 때문인가. 그녀가 도저히 그곳의 생활을 견딜 수 없다고 판단하여 다시 도시로 들어오려고 하는 이유가. 그건 맹세코 아니었다. 정희가 더 이상은 이곳에서 못 살겠다, 하면 남편은 틀림없이 그럼 달나라에 가 살라고 하고도 남을 거였다. 그것을 생각하면 도시에 집 보러 다니는 이즈음 자신의 행각을 도저히 남편한테 털어놓을 수 없는 형편이었다. 시골로 이사하여 다행히 아이들도 그런대로 잘 적응하고 시어머니도 노인들 특유의 자연 친화

• 카풀(car pool) 목적지가 동일하거나 같은 방향인 운전자들이 한 대의 승용차를 함께 타고 다니는 일.

력으로 도시 살 때와는 사뭇 다른 건강하고 온화한 '시골 할머니'가 되어 가는 중이었다. 정희가 처음 시어머니를 봤을 때의 느낌은 그녀가 고등학교 때 읽은 도스토옙스키 소설에 나오는 전당포 노인*을 연상시키는 바도 있었다. 그처럼 외롭고 각박하고 쓸쓸해 보이는 모습이었는데 이즈음 시어머니는 아주 많이 따스해졌다. 그런데 왜 정희는 도시로 다시 나오려 하는 것일까. 그 이유를 어떻게, 누구한테 설명할 수 있을까. 정희는 아득해졌다. 사람들이 움직이는 이유는, 그리고 살아가는 이유는 모두 다 거창해야만 하고 분명해야만 하는 것일까. 꼭 그래야만 하는 것일까. 왜 자신으로서는 절실한 이유가, 문제가 타인들에게는 하찮고 우습고 그래서 짜증 나는 것이 될까.

아침에 정희는 또 그 소리를 들었다. 그녀가 정말 바라지 않는 그 소리. 새소리, 이슬방울 떨어지는 소리보다도 더 빨리 듣게 되는 소리. 남편이나 아이들이나 시어머니나 이웃들은 다들 아무렇지 않고 오히려 은근히 기다릴지도 모르는 소리. 다시 한번 고쳐 생각해 보면 정말 정희 자신으로서도 아무렇지 않은 소리. 어찌 해석하면 눈물겨운 삶의 소리. 도시 산동네에 살 때 날마다 들었던 소리. 이를테면 개 사요, 염소 사요, 소리들. 콩나물 사요, 따끈따끈한 두부 사요, 소리. 그 남자는 꼭 세 번째에 왔다. 그러고는 확성기를 소리 높여 틀었다. 그 남자는 꼭 카세트를 튼다. 중간중간에 기괴한 추임새가 들어가는, 관광버스 안에서 아줌마들이 춤출 때 트는 그 노래들 한 곡조가 끝나면 이윽고 남자는 자

---

* 전당포 노인 도스토옙스키의 소설 「죄와 벌」에서 주인공 라스콜리니코프가 살해한 고리대금업자.

신이 가지고 다니는 품목들을 열거하기 시작한다. 이미 콩나물, 두부를 파는 사람이 동네를 한 바퀴 돌고 나간 뒤인데도 제깟 게 돌고 나갔든지 말았든지 자기로서는 알 바 아니라는 듯, 한가롭게, 태평하게, 천연덕스럽게, 혹은 청승맞게.

번개탄 있어요, 미원 있어요, 왜간장 있어요, 아부래기˙ 있어요, 간고등어 있어요, 화장지 있어요, 계란 있어요, 명태 있어요, 있어요, 있어요…… 한없는 있어요, 소리. 그 남자 때문일까. 시골 동네 입식 부엌, 기름보일러 안 한 집 없는데 도대체 어느 시대를 살다 왔는지, 언제 녹음한 걸 트는 건지 아무도 사지 않을 번개탄부터 사라고 외치는 남자가 자신을 괴롭혔으면 어디를 얼마나 괴롭혔다고, 자신을 짜증 나게 했으면 어디를 얼마나 짜증 나게 했다고, 남편과 '사투'를 벌여 가며 이주를 해 온 시골집인데, 그런 집을 놔두고 또다시, 그렇게도 저주해 마지않던 도시의 '집도 아닌 집'을 보러 다닌단 말인가. 그렇다면 자신이 남편 출근하고 아이들 학교 가고 시어머니 아파 누워 있는 이웃 할머니네로 병문안차 마실 간 사이에 네 살배기 옆에 끼고 벌건 대낮에 그놈의 집도 아닌 집을 구하러 도시 바닥을 싸돌아다니는 이유가 도대체 뭐란 말인가. 남편의 출근길에 동승하는 그 처녀 때문이 아니라고? 새벽같이 짜증스런 노랫가락 틀어 젖히며 고요한 아침을 방해하는 번개탄 장수 때문이 아니라고? 그럼 뭔가.

삼 년째 조용하게 살았다. 그런데 그 소리가 난 것이 한 달 전 일요일 아침이었다. 여느 날과 다름없는 평범한 아침이었다. 그

˙아부래기 '유부(기름에 튀긴 두부)'를 가리키는 일본어 '아부라아게'를 말함.

날도 여지없이 콩나물 장수 두부 장수가 지나가고 얼마 안 있어 번개탄 아저씨의 있어요, 소리를 들으며 잠에서 깨어난 중이었다. 그럴 기분이 전혀 아니면서도 중얼거리듯이, 정희는 저도 모르게 그 말이 튀어나왔다.

"일요일이라 아가씨를 못 보게 돼서 허전하겠네?"

"그 아가씨 때문이었어? 어째 요새 얼굴색이 안 좋더라니. 난 또……."

별것도 아닌 걸 가지고 속으로만 끙끙 앓았냐고 남편이 킥킥댔다. 정희 얼굴이 화끈 달아올랐다. 정희는 기실 그 아가씨가 어떤 사람인지 다 알고 있으면서도 짐짓 아무것도 모른다는 듯,

"뭐 하는 아가씨야?"

"시내 막 들어가면 왜 소아과 병원 하나 있지, 이소아관가 하는데. 거기 간호사야. 혼자 벌어 식구들 부양하는 아주 착한 아가씨더라구. 당신도 알잖아, 그 아가씨 부모님 다 아프다는 거."

그때, 그 소리가, 하늘이라도 찢을 듯이 쿵 하는 총소리가 들려왔다. 두 사람 다 서로의 얼굴을 쳐다보았다.

"뭐가 터진 거야?"

"나가 봐."

두 사람이 동시에 밖으로 튀어나왔다. 소리를 듣지 못하는 시어머니는 마당에서 천연스레 동부*를 까고 있다. 새벽같이 일어나 일하는 것을 즐기는 노인네다. 총소리는 그렇게, 가을날의 일요일에 시작되었다. 그리고 그날 일단의 사냥꾼들이 동네를 에

• 동부 콩의 한 종류.

위쌌다. 산으로 둘러싸인 마을이라 그 산을 사냥꾼들이 에워싸면 마을이 사냥꾼들한테 포위당하는 꼴이었다. 총소리는 밤낮의 구별이 없었다. 그것은 참으로 무차별적이었다. 정희가 공포스러워하는 건 단순한 총소리 때문이 아니었다. 사냥꾼들을 피해 쫓기는 짐승들의 발소리가 바로 지척에서 들렸다. 마을 이장에게 알아본 바로는 지금이 바로 '수렵 금지 해제 기간'이라는 거였다. 몇 년에 한 번씩, 몇 개월간 그런 기간이 있다는 거였다. 이제 이런 해제 기간이 반복된다면 시골에서도 못 사는 것이 아닌가, 하는 불안감이 적이* 가슴속에서 움터 올랐다. 그리고 그다음 날, 남편이 출근을 하고 난 뒤, 그날도 시어머니는 세상일은 내 알 바 아니라는 듯 멍석 위에 도마를 내어놓고 애호박을 나박나박 썰고 앉아 있었다. 그 모습은 완벽한 평화였다. 그리고 그 평화를 둘러싼 세상은 지금 한판 살육제를 펼치고 있는 거였다. 그날도 총을 든 남자들이 마을 안길을 올라가고 있었다. 그런데 공교롭게도 그들이 타고 온 자동차가 하필 정희네 집 앞에 주차되어 있었다. 그냥 시어머니처럼 세상일 내 알 바 아니라고, 그저 내 하던 일에만 신경 쓰며 살아간다면, 그러면 정말로 세상이 어떻게 돌아가든 적어도 나는 평화로울 수 있을 것이다. 그러나 그것이 안 되는 게 볼 수 있고 들을 수 있는 사람의 불행이나 한계인지도 모른다. 총을 든 사내들은 '사냥꾼'들이었다. 사냥꾼이라면 언젠가 아이들에게 읽어 주던 동화책에 나오는 그런 사냥꾼만 있는 줄 알았다. ……어디선가 바스락 소리가 났어요. 살려 주

● 적이 꽤 어지간한 정도로.

세요, 사냥꾼이 쫓아와요. 나무꾼은 사슴을 숨겨 주었어요. 여보시오, 사슴 한 마리 못 보았소? 저쪽으로 갔어요. 고맙소······. 그렇게 고맙다며 사슴이 간 저쪽을 향해 달음질치는 사냥꾼. 그래서 정희가 여보시오, 차를 빼시오, 하면 그 사냥꾼들도 알았소, 하고 순순히 차를 빼 줄 줄 알았던 것일까.

"이봐요, 차를 여기다 대 놓으면 어떡해요."

정희가 소리쳤을 때 총을 든 사내 중 하나가 흘낏 돌아보고는 가던 길을 그대로 올라갔다.

"이봐요, 사람 말이 말 같지 않아요?"

이번에는 총을 든 모든 사내들이 정희를 돌아보았다. 그러고는 마치 슬로비디오에서처럼 느린 응답이 돌아왔다.

"아침부터 재수 없게 웬 여자가 왈왈거리는 거야?"

"뭐라구요? 아니, 내 집 앞에 차를 대 놓지 말라고 하는 게 왈왈거리는 소리로 들려요?"

"금방 갈 거야, 그리고 거기가 당신 땅이야?"

"이봐요, 지금 누구한테 반말이에요? 반말이?"

사내들이 히물거리는° 느낌에 저치들이 정말 미쳤나, 싶어 좀더 자세히 사내들 표정을 살펴보려 하는데 마침 이제 막 퍼지기 시작한 햇살을 받아 사내들이 들고 있는 총구들이 마치 불을 뿜듯 금속성의 빛을 반사하여 그녀의 눈을 쏘았다. 무슨 일인가 하고 시어머니가 대문 밖을 빠끔히 내다보다가 황급히 정희 옷자락을 낚아채서 집 안으로 끌어당겼다.

• 히물거리다 입술을 한쪽으로 조금 기울이며 소리 없이 능청스럽게 자꾸 웃다.

"야야, 당최 뭔 소리 마라, 총 든 사람들한테 뭔 소리 말어. 무슨 일이 날지 누가 알겠냐."

바로 그날 오후 '무슨 일'은 나고야 말았다. 옆집 할머니가 사냥꾼들의 총에 맞아 병원으로 실려 갔던 것이다.

마을에서 파란색 작은 트럭이 내려오고 있다. 정희는 제 차를 길가 쪽으로 바짝 붙여 댄다. 차가 가까이 올수록 귀에 익은 노랫소리도 선명하다. 정희는 모른 척하고 왼고개를 튼* 채 차가 비켜 가기를 기다린다. 차가 다 비켜 갔겠지, 싶어 고개를 바로 하는 순간 운전석 옆자리에 앉은 아이가 고개를 있는 힘껏 뒤로 젖혀 그녀를 바라본다. 그러고는 손을 흔든다. 아이가 타고 있다니. 한 번도 상상해 보지 않은 일이다. 아이는 마냥 손을 흔든다. 웃는다. 정희는 클랙슨을 길게 울렸다. 트럭이 멈춘다.

"오늘 아침에는 안 오셨던가요?"

마음에도 없는 소리를 한다. 아침에 안 오더니 기어코 오후에 온 모양이군, 속으로는 삐죽거리는 심보면서.

"예에, 어제 애 엄마가 애를 낳았어요. 뭘 드릴까요?"

"간고등어 있어요?"

"명태도 있고 갈치도 있어요."

"번개탄도 있잖아요."

사내가 씨익 웃는다.

"요새도 분명히 연탄 때는 집이 있는데 번개탄 장수는 안 온다

---

* 왼고개를 틀다 무엇이 못마땅하여 바로 보지 않고 외면하다.

그래서 갖고 다니지요."

언제 간을 했는지 부옇게 소금기가 말라붙어 있는 간고등어 한 손만 사려다가 아기를 낳은 엄마 땜에 아빠를 따라다니는 어린 것한테 마음이 끌려 '아부래기'도 산다. 산 것들을 차에 갖다 놓고 지갑을 찾아봐도 지갑이 없다.

"명수야, 엄마 지갑 못 봤어?"

지갑이라는 말이 뭔 말인지도 모를 아이한테 지갑 얻다 뒀냐고 건짜증*을 낸다.

"찌갑? 찌갑 여기쩌."

아이가 내미는 것은 내내 손에 쥐고 다니던 장난감 로봇이다.

낭패다.

"아저씨, 내일 또 와요?"

"오다마다요."

"그럼 오늘은 외상을 달아 놓으세요. 저 어디 사는지 아시죠?"

"알다마다요."

트럭은 떠났다. 아이가 손을 흔드는데도 같이 흔들어 줄 정신이 없다. 그러면서 또렷이 떠오르는 시내 주차장에서의 일. 진저리가 절로 인다.

차를 몰아 집으로 오며 정희는 다짐한다. 내일부터는 시내 나갈 일도 없을 것이라고. 분수에 맞지도 않는 이놈의 차도 없애 버릴 거라고. 그런데 웬 놈의 눈물은 그렇게도 쏟아지는지, 정희는 그만 차의 시동을 끄고 말았다.

---

* 건짜증 마음이나 입맛에 바로 맞지 않아서 역정을 내는 일.

1 내용의 흐름에 따라 줄거리를 정리해 봅시다.

도시의 아파트에서 살 때 들었던 생각	
시골집을 찾게 된 과정	
다시 도시 집을 알아보게 된 과정	
도시 주차장에서 겪은 일	낯선 남자가 욕을 하며 자신을 아는 체하는 것에 마음이 상해 자리를 급히 피함.
시골집으로 돌아오는 길	

2 다음 소재들을 도시와 시골로 분류해 봅시다.

• 매캐한 공기	• 샛노란 나락	• 짧은 보행 신호
• 노인들의 순한 눈빛	• 소음	• 아파트
• 고요함	• 뒷마당	

도시	시골
• 매캐한 공기	• 샛노란 나락
•	•
•	•
•	•

3 다음 표현의 의미를 통해 정희가 느끼는 아파트에 대한 생각을 정리해 봅시다.

• 한데 :

• 집도 아닌 집 :

4 다음 내용을 토대로 모둠을 만들어 토론해 봅시다.

> 언젠가 남편한테 자신은 아마 과거를 그리며 살아가는 것 같다고 말한 적이 있었다. 남편
> 은 대뜸 '사람이 미래를 그리며 살아야 발전을 한다.'며 퉁박을 주었다. 정말 과거 지향은
> 퇴보일까. 끝없이 미래를 위하여 과거를 지우고 현재는 희생하며 살아야 그것이 좋은 삶
> 일까.

⬇

논제 : 사람은 미래를 그리며 살아야 발전한다

○○○○○○○○○○○○○○○○○○

마지막 땅

×××××××××××××××

양귀자

梁貴子 (1955~) 소설가. 전북 전주에서 태어나 원광대 국문과를 졸업했다. 1978년 『문학사상』 신인상
을 수상하면서 문단에 나온 이후, 도시 변두리 서민들의 일상적 삶에 대한 관찰부터 이념적 지향을 잃
고 방황하는 작가적 자의식에 이르기까지 진지한 주제들을 따뜻하고 섬세한 문체로 그려 냈다. 연작소
설집 『원미동 사람들』을 비롯해 『슬픔도 힘이 된다』 『지구를 색칠하는 페인트공』 등의 소설집과, 『희망』
『나는 소망한다 내게 금지된 것을』 『천 년의 사랑』 『모순』 등의 장편소설이 있다.

양귀자의 대표작으로 꾸준히 독자들에게 사랑받는 연작소설집 『원미동 사람들』은 1987년 출간되었습니다. 여기에 실린 11편의 소설들은, 산업화와 도시화가 급격하게 진행되면서 옳음과 그름의 가치마저 혼란스러웠던 1980년대 서민들의 삶을 세밀하게 묘사했다는 평가를 받고 있습니다. 작가가 직접 살았던 경기도 부천시 원미동 일대를 사실적으로 그린 작품들에서는 소설가의 자기고백적이고 사실적인 문체가 돋보입니다.

대부분의 작품에 등장하는 인물들은 서울이라는 꿈의 도시에서 밀려났거나 다시 그곳의 생활을 꿈꾸는 사람들로, 다양한 슬픔과 고단한 삶의 풍경을 보여 줍니다. 성장과 소외, 풍요와 빈곤이 공존하는 속에서도 희망의 끈을 놓지 않으려는 인물들의 모습은 우리 사회 전체의 문제와 고민을 상징한다고 볼 수 있습니다. 작가는 언제나 인물들을 바라보는 따뜻한 시선을 잃지 않고 있습니다. 마치 지역 이름인 '원미(遠美)'가 '멀고도 아름다운'이듯 현실은 우울하지만 아름다운 꿈을 잃지 않는 사람들이 사는 곳이니까요.

이 중 「마지막 땅」은 새로운 삶의 공간으로 원미동을 선택해 이주해 온 사람들과 아직 땅을 팔지 않고 여전히 농사를 짓고 있는 지주(地主) 강 노인의 갈등을 다룬 작품입니다. '땅(밭)'을 대하는 가치가 다른 동네 사람들은 마을 한복판에서 전통적인 방식으로 '똥 냄새'를 풍기며 농사를 짓는 강 노인과 대립합니다. 땅을 마지막 남은 생명의 가치로 여기는 강 노인과 땅을 화폐 가치로만 생각하는 마을 주민들 간의 다툼은 변화하는 마을의 흐름과 강 노인 자식들의 연이은 말썽으로 강 노인을 점점 옥죄는 방향으로 전개됩니다.

사라져 가는 전통적인 공동체의 모습을 마지막까지 붙들고 있는 강 노인은 과연 일련의 시대적인 흐름을 거스르고 땅과 전통적인 농사법을 지킬 수 있을까요? 아니면 시대의 흐름에 순응하여 뜻을 굽히고 자식들을 위해 마을 사람들과 타협하게 될까요?

근 열흘간이나 바람이 억세게 불어 댔다. 지독한 꽃샘바람 때문에 동네 길목마다 비닐봉지며 과자 껍질들이 어수선하게 흩어져 있어서 오가는 행인들의 눈살을 찌푸리게 만들었다. 때때로 청소부들이 쓰레기를 주워 모아 공터에서 불을 사르기도 했다. 그럴 때마다 불어오는 바람에 실려 검은 연기가 이리저리 휩쓸려 올라가고 미농지*보다 얇은 그을음들이 나방 떼처럼 떠돌아다녔다.

청소부가 불만 피워 놓고 떠나 버리면 그다음은 아이들 차지였다. 지물포* 집 큰아이인 상수, 쓰레기차를 끄는 김 씨의 막내딸 경옥이, 말썽꾸러기 진만이 들이 우르르 몰려나와 불더미 속에 돌을 던지기도 하고 말라붙은 풀 더미에 불씨를 옮겨 붙이기도 한다. 원미동 아이들은 집 안에서 틀어박혀 지내는 법은 애시당초 배운 적이 없다. 아침 눈뜨면서부터 집 앞으로 뛰쳐나와 어두워질 때까지 거리에서 놀았다. 하루 온종일 아이들의 떠드는 소리, 울음소리가 거리에 가득한데 그런 꼬마들이 불장난의 짜릿한 재미를 앞에 두고 온전할 리 없다. 아이들의 얼굴은 금세 검댕

• 미농지 닥나무 껍질로 만든 질기고 얇은 종이.
• 지물포 온갖 종이를 파는 가게.

투성이가 되고 때로 손을 덴 아이가 자지러지게 울어 젖힐 무렵이면 으레 원미지물포 주 씨가 등장했다. 원래는 부산에서 미장이* 기술로 벌어먹었으나 어찌어찌 부천시 원미동까지 오게 된 주 씨네 지물포가 바로 공터 옆의 첫 집이었다. 맞바람에 불씨라도 옮겨붙으면 제대로 남아 있지 않을 물건들을 보존하기 위해 그가 우락부락한 몸짓으로 뛰어나와 호통을 치면, 아이들은 꽁무니를 빼고 달아나 버린다. 행복사진관의 셋째 딸인 세 살배기 미야 같은 꼬마는 도망치다 신발이 벗겨져 넘어지는 통에 숨넘어가는 울음을 토해 내기도 한다. 사진관 엄 씨는 딸만 셋을 두어서 자칭 행복한 사나이라고 말하는 사람이었다. 첫째는 엄지, 둘째는 엄선, 셋째는 엄미라는 이름을 붙인 것도 행복한 사나이의 발상이었다.

지물포 주 씨가 구둣발로 대충대충 불더미를 다독거려 놓고 들어가 버리면 마지막으로 등장하는 사람이 하나 있다. 그가 바로 강만성(姜萬成) 노인이다. 원미동 23통 일대에서는 강 노인을 모르는 이가 없었다. 아니 강 노인이라고 부르기보다는 지주(地主)라고 칭해야 더 잘 알았고, 그 지주네 밭에서 일어나는 여름과 겨울의 난리판을 속속들이 겪지 않고서는 이 동네 사람이라고 말할 수 없는 형편이었다. 일 미터 팔십을 넘는 큰 키에 거대한 몸집을 가진 강 노인은 언제 보아도 막일꾼 차림새였다. 유난히 큰 코는 얼굴의 절반 이상을 차지하는 듯싶고, 검붉은 얼굴과 어울리게끔 주먹코 또한 빨갛기가 딸기코 버금가는 빛깔이었다. 씩

---

* 미장이 건축 공사에서 벽이나 천장, 바닥 등에 흙, 회, 시멘트 따위를 바르는 일을 업으로 하는 사람.

씩한 걸음걸이하며 노상 걷어붙인 채인 팔뚝의 꿈틀거리는 힘줄 따위를 보노라면 노인의 나이가 이제 칠순을 코앞에 둔 것이라고 어림잡기는 좀체 어려웠다. 목소리도 우렁차서, 그가 밭에서 일하다 말고 "용문아!" 하고 소리쳐 부르면 도로를 하나 건너서 백 미터쯤 떨어져 있는, 게다가 딱 뒤로 돌아앉은 그의 이층집에 있던 막내아들 용문이가 금세 튀어나오곤 했다.

강남부동산 박 씨의 동업자이자 마누라이기도 한 고흥댁 말에 의하면 그가 막내아들 용문이를 어찌나 깐깐하게 다루는지 이날 이때껏 아들하고 다정히 말을 주고받는 것을 본 적이 없노라고 했다. 고흥댁이 '이날 이때껏'이라고 말하면 그것은 곧 원미동 23통 일대의 역사를 통틀어 말하는 게 되는 셈이다. 강 노인 말고는 가장 오래 이 동네에 터를 잡고 있는 가게가 강남부동산이었으니까. 헐값의 원미동 땅들이 요 근래 들어 황금값이 되기까지 박 씨와 고흥댁의 활약상은 눈부실 정도였다. 그의 말을 그대로 믿는다면, 한때는 서울 개포동 이쪽의 강남땅을 떡 주무르듯 했던 큰손이었다가 밝힐 수 없는 모종의 사건으로 한재산 다 날리고 달랑 맨손으로 부천에 내려와 별 볼 일 없는 거간꾼*이 돼 버렸다는 박 씨였다. 별 볼 일 없다고는 하지만 박 씨가 원미동에서 한재산 단단히 붙잡았다는 사실에 대해 이의를 제기할 사람은 아무도 없었다.

청소부가 쓰레기를 모아 태운 공터도 강남부동산에서 계약서 쓰고 강 노인이 팔아넘긴 땅이었다. 그때 들어선 이 층 상가가 벌

• 거간꾼 사고파는 사람 사이에 들어 흥정을 붙이는 일을 하는 사람.

써 네 채나 되지만 도로 편의 공터는 아직 새 임자가 땅을 묵혀 두고 있는 판이었다. 몇 달 안으로 새 건물이 들어설 자리이기는 했다. 이것을 빼고도 소방 도로 왼쪽에는 팔아 버리지 않은 땅이 백 평 남짓한 덩어리로 셋이나 되었다. 그중 하나는 건재상*에게 빌려주어 시멘트나 모래 따위가 그득 들어차 있고, 나머지 땅은 강 노인이 해마다 아들과 함께 밭을 일구어서 채소들을 가꾸었다. 큰돈이야 못 되어도 그럭저럭 가용*은 되는 알뜰한 밭이었다.

강 노인이 이제 재밖에는 안 남은 쓰레기 태운 자리를 찾아오는 것도 바로 그 밭 때문이었다. 밭에 거름이 될 만하다 싶으면 그는 어떤 것이라도 낡고 더러운 망태기에 쓸어 담는 사람이었다. 결혼해서 따로 사는 아들이 둘이나 되지만 어느 놈 하나 생활비 보태 줄 자식은 없어서, 건재상과 이 층에 세 사는 이가 다달이 내미는 월세만 가지고 사는 형편이니만큼 강 노인 땅이 시가 몇 억짜리 덩치라 한들 그 땅에 고추 농사나 지어서는 수지가 안 맞는 지주였다. 문제는 그 비싼 땅에다가 강 노인은 한사코 푸성귀 따위나 가꾸겠다고 고집을 부리는 데 있었다. 지난 몇 년간 여러 차례 임자가 나섰건만 이제는 절대 땅을 팔지 않겠다는 강 노인 고집에 막혀, 시청으로 통하는 이차선 도로의 양편으로는 여전히 밭농사가 계속되는 중이었다. 올해도 봄은 왔고 그래서 강 노인은 어김없이 허름한 옷차림으로, 맨발 위에 신은 검정 고무신을 끌고 자신의 밭에 모습을 나타내었다.

• 건재상 건축 재료를 파는 사람.
• 가용 사용할 수 있음.

겨우내 굳어 있던 땅은 괭이 날 들어가기가 썩 힘이 들었고 게다가 돌덩이처럼 틀어박힌 연탄재 부스러기들을 일일이 골라내다 보면 한 두덕°을 갈아엎는 데도 꽤 오랜 시간이 걸렸다. 용문이가 지난달 내내 연탄재들을 거두어 내고 겨우 맨땅을 내놓았다고 한 꼴이 요 모양이었다. 서울 것들이란. 강 노인은 끙끙거리다 토막 난 욕설을 내뱉어 놓고는 윗저고리에서 한산도° 갑을 꺼낸다. 바람이 워낙 심해서 불붙이는 일은 아무래도 저쪽 연립 주택 앞에 심어 놓은 사철나무를 바람벽으로 삼아야 가능할 것 같았다. 강 노인이 괭이를 내던지고 밭 끄트머리로 걸어가는 사이 언제 나왔는지 부동산의 박 씨가 알은체를 하였다. 자그마한 체구에 검은 테 안경을 쓰고, 머리는 기름 발라 착 달라붙게 빗어 넘긴 박 씨의 면상을 보는 일이 강 노인으로서는 괴롭기 짝이 없었다. 얼굴만 마주쳤다 하면 땅을 팔아 보지 않겠느냐고 은근히 회유를 거듭하더니 지난겨울부터는 임자가 나섰다고 숫제 집까지 찾아와서 온갖 감언이설°을 다 늘어놓는 박 씨였다. 그것도 강 노인의 나머지 땅을 한꺼번에 사들여 길 이쪽저쪽으로 쌍둥이 빌딩을 지어 부천의 명물로 삼을 것이고, 거기에 초호화판 위락 시설이 들어서면 동네가 삽시간에 환해질 것이라고 했다. 일 층에는 상가, 이 층은 사우나, 삼 층은 헬스클럽, 사오 층은 사무실 임대 하는 식의 건물 용도부터가 강 노인 마음에는 들지 않았지만 어차피 팔지 않을 땅이므로 어느 작자가 어떤 김치 국물을 마

° 두덕 '두둑'의 사투리. 논이나 밭을 갈아 골을 타서 두두룩하게 흙을 쌓아 만든 곳.
° 한산도 담배 상표의 하나.
° 감언이설(甘言利說) 귀가 솔깃하도록 남의 비위를 맞추거나 이로운 조건을 내세워 꾀는 말.

시든 크게 나무랄 일은 못 되었다.

"영감님, 유 사장이 저 심곡동 쪽으로 땅을 보러 다니나 봅디다. 영감님은 물론이고 우리 동네의 발전을 위해서 그렇게 애를 썼는데……."

박 씨가 짐짓 허탈한 표정을 지으며 말하고 있는데 뒤따라 나온 동업자 고흥댁이 뒷말을 거든다.

"참말로 이 양반이 지난겨울부터 무진 애를 썼구만요. 우리사 셋방이나 얻어 주고 소개료 받는 것으로도 얼마든지 살 수 있지라우. 그람시도 그리 애를 쓴 것이야 다 한동네 사는 정리˚로다가 그런 것이지요."

강 노인은 가타부타 말이 없고 이번엔 박 씨가 나섰다.

"아직도 늦은 것은 아니고, 한 번 더 생각해 보세요. 여름마다 똥 냄새 풍겨 주는 밭으로 두고 있으니 평당 백만 원 이상으로 팔아넘기기가 그리 쉬운 일입니까. 이제는 참말이지 더 이상 땅값이 오를 수가 없게 돼 있다 이 말씀입니다. 아, 모르십니까. 팔팔 올림픽 전에 북쪽 놈들이 쳐들어올 확률이 높다고 신문 방송에서 떠들어 싸니 이삼천짜리 집들도 매기˚가 뚝 끊겼다 이 말입니다."

영감님도 욕심 그만 부리고 이만한 가격으로 임자 나섰을 때 후딱 팔아 치우시요. 영감님이 아무리 기다리셔도 인자 더 이상 오르기는 어렵다는디 왜 못 알아들으실까잉. 경국이 할머니도 팔아 치우자고 저 야단인디……."

• 정리 인정과 도리.
• 매기(買氣) 상품을 사려는 분위기.

고흥댁은 이제 강 노인 마누라까지 쳐들고° 나선다. 강 노인은 피우던 담배를 비벼 꺼 버리고, 꽁초는 주머니에 잘 간수한 뒤 아무런 대꾸도 없이 일하던 자리로 돌아가 버린다. 그 등에 대고 박씨가 마지막으로 또 한마디 던졌다.

"아직도 유 사장 마음은 이 땅에 있는 모양이니께 금액이야 영감님 마음에 맞게 잘 조정해 보기로 하고, 일단 결정해 뿌리시요!"

땅값 따위에는 관계없이 땅을 팔지 않겠다는 의사 표현을 누차했건만 박 씨의 말뽄새는 언제나 저 모양이다. 서울 것들이란. 박씨 내외가 복덕방 안으로 들어가 버린 뒤에야 그는 한마디 내뱉는다. 저들 내외가 원래 전라도 사람이라는 것을 모르지는 않으나 강 노인에게 있어 원미동 사람들은 어쨌거나 모두 서울 끄나풀°들이었다.

도대체가 서울 것들은 밭에서 풍겨 나오는 두엄 냄새라면 질색 자망°을 하고 손을 내젓는, 천하에 본데없는 막된 것들이라니까. 강 노인은 팽개쳐 두었던 괭이자루에 묻은 흙을 대충대충 털어 내고는 다시 밭을 일구기 시작했다. 겨울 동안 좀 쉬고 있는 밭에다가 망할 놈의 연탄재나 산같이 내다 버리는 못된 습성까지 떠올리면 더욱 패씸하기 짝이 없는데, 그가 아는 서울 것들의 내력은 모조리 그런 것투성이였다. 고추밭에 뿌리는 오줌에서부터 여름이 되어 김장 배추 갈기 전에 얹어 주는 푹 삭힌 인분에 이르기까지, 서울 끄나풀들의 극성 때문에 실컷 장만해 둔 밑거름

• 쳐들다 초들다. 어떤 사실을 입에 올려서 말하다.
• 끄나풀 남의 앞잡이 노릇을 하는 사람을 낮잡아 이르는 말.
• 자망 사람의 모습이나 풍채. 여기서는 '질색 자망'이라 하여 '질색하는 모습'이라는 뜻임.

조차 제대로 쓰지 못하고 부석부석한 땅에서 수확을 거두던 것이요 몇 해 농사 실정이었다.

거기에다 매년 겨울이면 밭은 쓰레기장으로 변해 버리고 말았다. 겨울 동안 용문이 녀석을 시켜 밭을 지키고 때로는 직접 나서서 밤사이 몰래 연탄재를 내다 버리는 동네 사람을 지키고는 했지만 허사였다. 올봄에도 역시 트럭 한 대분 이상의 연탄재를 생돈 들여서 치워야 하는 손해를 입었다. 이 층 상가 주택이 아니면 단독 연립이니 하는 다세대 주택들이 즐비한 이 동네는 한 집에 적어도 네 가구 이상은 오밀조밀 모여 사는 게 보통이었다. 청소차가 하루는 쓰레기, 다음 날은 연탄재 하는 식으로 꼬박꼬박 다니고는 있지만 그게 말 그대로 시도 때도 없이 등장하는 바람에 연탄재쯤은 아무래도 손쉬운 쪽으로 처치하는 이들이 많았다. 그것도 그것이지만 여름내 더러운 인분 냄새 풍겨 주는 밭 꼬라지가 밉다고 부러 이곳에다 연탄재를 내던지는 동네 사람들의 속셈쯤은 강 노인도 짐작하고 있었다.

미울 만도 한 것이, 바람이 있건 없건 지척에 똥 뿌린 밭을 놓아두고 밤낮으로 그 냄새를 맡으며 살아야 하는 여름 한철은 괴로웠다. 거름 욕심도 억척이어서 강 노인은 밭 가장자리에다 노상 두엄 더미를 쌓아 놓고 애지중지 삭히는 사람이었다. 창문을 닫고 살 수도 없고, 그렇다 하여 똥 냄새를 향수 내음으로 여길 수도 없는 처지에 또 어찌나 물것*들은 극성으로 꼬이는지 강 노인 밭에서 자란 모기들은 가히 살인적이라 할 만큼 위세가 등등

---

* 물것 사람이나 동물의 살을 물어 피를 빨아 먹는 모기, 빈대, 벼룩 따위의 벌레를 통틀어 이르는 말.

했다. 밭 뒤로는 삼 층짜리 연립 주택이 베란다 문을 밭 쪽으로 낸 채 길게 늘어서 있고, 앞은 시청으로 가는 번듯한 도로인 데다 옆으로는 사진관, 전파상, 미용실, 인삼찻집, 치킨 센터들이 즐비한 속에 뚱딴지처럼 가운데에 파고든 강 노인 밭은 아닌 게 아니라 좀 기이하게도 보이는 게 사실이기는 하였다.

원미동 사람들이 여름철 반상회마다 들고일어서는 안건이 '똥 냄새'라는 사실을 알건 모르건, 누구누구 할 것 없이 밭으로 몰려와 아우성을 치건 말건 강 노인은 그 큰 코를 씰룩거리며 잡초를 뽑아내고 푸성귀를 솎아 내고 가지를 쳐 주는 일에만 묵묵히 매달리며 지성으로 일을 해 나갔다. 그리고 겨울이 돌아오면 밭은 연탄재로 앙갚음을 당하며 곤욕을 치르는 것이다. 올해도 시절은 어김없어서 오늘 중으로 밭을 다듬어 놓고 나면 내일은 썩은 두엄과 모아 놓은 인분을 한차례 얹어 주어야 할 때가 마침내 다다랐다. 작년 8반 주민들의 진정서 사건 이후 내년에는 어떤 일이 있어도 그 밭에 똥 뿌리게 내버려 두지 않겠다는 엄포를 잊지 않고 있는 강 노인이지만 내일의 작업을 그만둘 생각은 추호도 없었다. 돼지막에서 얻어온 오물을 파묻어 주거나 새로 밭을 갈아엎을 때 썩힌 두엄만 얹어도 싸잡아서 '똥 냄새'라고 우기며 달려드는 게 서울 것들이었다.

용문이는 지난주 내내 연탄재를 거두어 낸 게 힘에 겨웠던지 오늘은 아예 일어나지도 못하고 누워 있었다. 원래 피사리 모양 허약하기 짝이 없어서 땅 파는 일에는 적합하지 않은 체구였다. 거기에다 공부가 싫다고 대학도 안 간 주제니 앞으로 무얼 해서 제 밥벌이를 할는지 한심하기 짝이 없었다. 한심하기로 치자면 용문이보다 더하면 더했지 모자랄 것 없는 자식이 딸 하나에 아들 셋이 더 있는 강 노인이었다. 되지도 않을 사업을 한다고 제 동생 용민이까지 끌어들여 대학 졸업 후 이날까지 죽만 쑤고 있는 큰아들 용규는 진작부터 내 자식 아니라고 단념하고 있던 터였다. 일껏 공부 하나는 남다르게 뛰어나서 은근히 기대를 품게 하던 셋째 용철이까지 운동인가 데모인가 하는 일에 미쳐서 끝내 제적당하더니 작년에 군에 입대해 버렸다. 아들 중에서는 공부하기 싫다고 비비 꼬던 막둥이 용문이가 그래도 온순하기는 해서 아버지 어려운 줄도 알고 시키는 일도 꼬박꼬박 해내는 축이었다.

아들들이야 그렇다 치더라도 서울 사는 큰딸 희자는 어떠한가. 강 노인으로 하여금 서울 것들에 대한 깊은 불신을 심어 준 것은 다름 아닌 사위 최 서방이었다. 희자란 년이 집안일 돌보다 시집 갈 생각은 안 하고 고등학교 졸업하자마자 자나깨나 서울 취직을 노래 부를 때부터 싹수가 노랬다고 보는 게 옳았다. 기껏 취직이라고 하기는 했었다. 청계천에 있는 무슨 장갑 공장의 경리 사원이었다. 말이 좋아 공장이지 집 안에서 재봉틀 몇 대 놓고 줄줄이 박아 대는, 공원 네댓의 장갑집에 불과했다. 장갑 공장 사장과 희자가 눈이 맞은 것은 일 년도 채 되지 못해서였다. 그들이 다짜고짜 동거 생활로 접어들었다는 소식을 듣고 부랴부랴 결혼식을 올려 주고 보니 이 사위란 작자가 갈데없는 사기꾼이었다.

때를 맞추어 부천이 시(市)로 승격된다 하여 용도 변경된 땅들을 뭉텅뭉텅 팔아 치우던 70년 초였다. 틀림없다, 진짜 틀림없다고 꼬드겨 슬금슬금 땅 판 돈을 돌려 가더니 그것으로 그뿐 최 서방의 공장 규모는 여태도 그만그만하고 사위란 놈은 노름에 계집질로 돈 쓰는 재미만 키워 나갔다. 자식을 둘이나 둔 희자년은 서방의 바람기에 날이면 날마다 눈물로 지새운다는 억장이 무너질 소리만 들려왔다. 오 년 전에 한 차례 더 땅들을 처분할 때에도 어디서 냄새를 맡았는지 최 서방이 나타나서 삼천만 원만 해 달라고 엎드려 통사정을 하다 돌아갔다. 나중에는 희자까지 들락이며 최 서방 마음잡아 새사람 만들 수 있도록 꼭 삼천만 융통해 달라고 울며불며 난리기에 이 부 이자 계산해서 빌려주는 형식으로 각서까지 챙겨 돈을 주었다. 희자가 불쌍해서였다. 희자는 지금의 마누라 소생이 아니었고 죽은 전처의 단 하나뿐인 혈육이었다. 삼천을 돌려 가지고 가서 얼마나 요긴하게 썼는지 알 수는 없지만 마누라가 매달 서울까지 찾아가서 억지로 빼앗듯이 이잣돈을 받아 왔다. 요즘에서야 제대로 이 부 이자를 내놓는 판이고 처음에는 주는 대로 받아야 했다. 그래서 이잣날마다 마누라 바가지 소리에 귀가 아프던 강 노인이었다.

꼼꼼하게 일궈 놓은 밭두덕마다에 퇴비와 인분을 얹어 주는 작업은 예정대로 이루어졌다. 용문이는 여태도 자리보전 중이어서 강 노인 내외가 첫새벽부터 밭고랑에 엎드려 점심 전에 모두 마쳐 낸 일이었다. 마누라는 구시렁거리면서도 하는 수 없이 남편의 일을 도왔고 내외는 바람 속에서 일을 끝내느라고 집에 돌아왔을 때는 둘 다 지쳐 있었다. 냄새 나는 옷이나 겨우 갈아입고서 아직 뜨뜻한 구들막이 좋아 아랫목에 누워 있으려는데 누군가 대문간의 벨을 요란스레 눌러 댔다. 일을 끝내고 돌아오자마자 시작된 첫 사단이었다. 마지못해 내다본 마누라가 들어오는 길로 이불을 뒤집어쓰고 돌아누우며 볼멘소리를 던졌다.

"나가 보슈. 그 여자가 왔어요. 난 모르니 영감이 알아 하시구랴."

대문 앞에서 여자는 예닐곱 살로 보이는 계집아이의 손을 틀어쥐고 잔뜩 앙분한* 기세로 서 있었다. 계집아이는 여태도 마르지 않은 젖은 눈을 처들고 호기심만은 어쩔 수 없다는 듯 뚜벅뚜벅 걸어 나오는 강 노인을 올려다보았다.

"도대체 시내 한복판에다가 무슨 배짱으로 그러신데요."

여자의 카랑카랑한 목소리며 노랗게 물들인 머리칼이 알 만한 얼굴이어서 강 노인은 크응 가래침을 돋우어 마당 귀퉁이에 캭 뱉어 낸다. 멋쟁이 소라 엄마하고 단짝으로 붙어 다니면서 소라 엄마 멋 내는 것이나 열심히 배워 들이는 정미 엄마였다. 정미 엄마라면 지난해에도 동네 사람들을 쑤석이고 다닌 장본인으로서 밭 뒤 연립 주택 일 층에 살고 있었다. 바로 코앞에 밭을 두고 있는 탓에 쌓인 불만도 남다르고 또 본디 눈꼴신* 것은 못 참고 사는 버릇이 몸에 배어 있는 여자였다. 남편이 무슨 보험 회사의 대리인 모양인데도 여자 앞으로 자주색 포니가 한 대 있어서 선글라스 끼고 운전대 앞에 앉아 있는 모양을 몇 번 본 적이 있었다. 말하자면 정미 엄마는 원미동 따위 지저분한 동네에서 사는 일에 이제 진력이 난다는 뜻을 선글라스 밑의 눈자위에 깔고 다니는 자칭 '서울 여자'였다.

• 앙분하다 매우 흥분하다. 또는 분하게 여겨 앙갚음할 마음을 품다.
• 눈꼴시다 하는 짓이 거슬려 아니꼽다.

"애 좀 보세요. 새 옷 입혀 내보냈더니 옷에 똥칠이나 해 오구, 정말이지 동네 꼴이 이게 뭐예요?"

그제서야 노인은 고개를 돌려 아이를 바라보았다. 거리에서 뒹굴고 노는 꼬마치들과는 달리 연립 주택 앞에서만 모여 노는 또다른 부류의 아이들 속에서 간간이 보아 온 아이였다. 레이스 달린 원피스에 화사한 꽃 리본이 나비처럼 귀엽기는 한데, 흰 양말과 빨간 구두에 분명 오물임 직한 덩어리가 얼룩져 있었다.

"거긴 뭣 하러 들어가. 울타리는 괜히 쳐 놓았나⋯⋯."

"공이 그리로 떨어져 버린 걸 어쩌라구요. 아이들이 무얼 알아요? 그만큼 말했으면 알아들을 만큼 나이도 자신 분이 억지만 부리면 통한답니까? 정 밭농사를 짓겠다면 비료나 줘 가며 깨끗하게 가꾸든가, 순 구식으로다가⋯⋯."

갑자기 노인이 "용문아!"를 소리쳐 부르는 통에 여자가 말끝을 못 맺고 입을 다물었다. 그 목청이 어찌나 우렁찬지 아이가 움찔 몸을 떨었다. 화학 비료 써 가며 땅 죽이는 농사 지으려면 뭣 하려고 흙 파구 씨 뿌려⋯⋯. 강 노인은 여자야 듣건 말건 혼잣말로 중얼대며 볼일 끝났다는 듯이 몸을 돌려 버린다. 벌레가 득시글거리지 않는 한에야 농약 치는 것도 끔찍이 싫어하는 강 노인이었으니 땅 망친다는 화학 비료를 써 농사지을 턱이 없다.

"너 또 한 번만 그 똥밭에 들어갔담 봐라. 내쫓아 버릴 거야, 알았어?"

애꿎은 아이의 뒤통수만 쥐어박고 나서 정미 엄마는 분이 풀리지 않은 기세로 돌아갔다.

"그것 봐요. 올해는 시작부터 시끄러울 거라고 했잖수. 그냥 놀려 두든가, 아예 팔아 치우든가……."

여태 아무 소리 못 하고 마루문 뒤에 몸을 감추고 서서 구경만 하던 마누라가 잔소리를 늘어놓기 시작했다.

"저눔의 밭 때문에 동네에 나가도 꼭 의붓자식 보듯 슬슬 따돌림만 당한다니까. 에이구, 무슨 땅 욕심이 저리도 엄청난지……."

"시끄러! 밥상이나 차려 오잖고 무슨 말이 많나, 많기는."

팩 고함을 처지르고 방으로 들어가 버리는 영감의 등에 대고 마누라의 잔소리는 한참을 더 계속되었다. 있는 땅 팔아서 자식 놈들 뒤대 주면 뭐가 어찌 되는지. 남들은 막내라면 눈에 넣어도 안 아프다고 귀히 여기는데 저 영감은 자식 장래 망칠라고 끌고 다니며 땅만 파래지……. 딸년에게 밀어 넣은 돈은 아깝지 않고 아들한테 내놓을 땅은 그리도 아까운가, 홍. 그래, 도시 한복판에서 농사가 당키나 해야 말이지. 지금이 어느 때라고 똥 뿌려 가면서 농사짓나. 미련스럽기가 황소보다 더해. 평당 얼마짜리 땅인데 고추씨 배추씨나 뿌리며 썩이나 썩이긴…….

평당 얼마짜리 땅인데,라고 구시렁거리는 강 노인의 마누라도 땅값이 이렇게 뛰어오르리라는 생각은 애시당초 해 본 적이 없었다.

물론 처녀 몸으로 상처하여 어린 딸까지 있는 지금의 영감에게 시집온 것도 강 노인이 땅 많은 젊은 지주라는 점을 높이 샀던 게 사실이었다. 그녀는 인천에서 태어나고 자랐다. 강 영감 장인 되는 사람이 인천 시장에서 청과물 중개인을 오래 하다가 오로지 농사밖에 모르는 강만성을 알게 되었다. 젊은 나이에 땅도 꽤 있고 무엇보다 사람이 근면하여서 딸을 시집보내기로 아예 작정을 하여 이루어진 혼사였다.

강 노인이라고 해서 원래 물려받은 농토가 많았던 게 아니고, 선친 대(代)에서 근근이 자작농으로 이루어 놓은 것을 죽은 희자 어미와 함께 억척스레 땅을 늘려 갔던 것이다. 하도 힘든 일을 많이 해서인지 약골이었던 희자 어미는 딸 하나 둔 것을 끝으로 더 이상 몸을 추스르지 못하고 죽어 버렸다. 지금의 마누라도 땅을 늘리는 데 많은 고생을 함께한 것이 사실이긴 하나 죽은 전처만큼은 어림없다는 게 강 노인의 변함없는 생각이었다.

집이 세 채에다 땅이 몇 덩어리 있다 하여 동네에서 알부자라고 수군대는 모양이지만 땅의 넓이로 말하자면 지금이야 정말 코딱지만 한 것에 불과했다. 처음 몇 년이 어려웠지, 강 노인이 서른아홉에 둘째 용규를 낳으면서부터는 땅이 땅을 사들이는 것이 눈에 보였다. 그때 땅값이야 보잘것없어서 그는 닥치는 대로 땅을 넓혀 갔는데 원미산 아래 방죽골에서부터 지금 용규네 집이 들어선 자리까지가 거의 다 강 노인 소유였다. 원미산 아래 있다 하여 원미동이란 이름이 붙여진 것은 부천이 시가 된 다음의 일이고, 동네가 꾸며지기 이전에는 몇몇 부락뿐으로 이 일대는 조마루 혹은 조종리(曹宗里)라는 이름으로 불렸다. 본시 조(曹) 씨 성의 종촌이었던 조마루에서 한낱 머슴으로 평생을 구르다가 기어이는 새경˚ 모아 몇 평의 논을 마련하고 숨진 강 노인의 아버지 또한 땅에 대한 욕심으로 일생 동안 흙만 파다 죽은 농군이었다. 네 크거들랑 이 조마루를 강마루로 만들거라. 어린 강만성을

˚새경 머슴이 주인에게서 한 해 동안 일한 대가로 받는 돈이나 물건.

논으로 밭으로 끌고 다니며 입버릇처럼 되뇌던 아버지였다.

6·25 동란이 끝나고 조마루 사람들이 논 팔고 밭 팔아서 아들 딸들을 서울로 유학시킬 때 강 노인은 내놓은 땅을 차곡차곡 사들였다. 조마루에서 조씨 성 가진 땅 주인들이 하나씩 둘씩 떠나기 시작한 것은 그보다 훨씬 전의 일이었고, 강 노인이 한껏 땅을 늘린 뒤에는 조씨 성받이들이 하나도 남지 않게 되었다. 그리고 이내 서울 근교의 개발 바람이 불어닥쳤으므로 일껏 강마루가 된 강 노인의 땅들이 수난을 겪기 시작하였다.

강제 토지 수용, 용도 변경, 택지 조성이 잇따르면서 땅이 조각조각 잘려 나가는 것을 보자니 강 노인은 기가 찰 뿐이었다. 할 수 있는 한은 땅을 움켜잡으려고 안간힘을 썼지만 토지 가격의 상승세와 함께 그 안간힘도 돈의 위력 앞에서는 맥을 쓰지 못하였다. 땅값의 폭등이 하도 급격한 것이어서 마누라나 자식들조차 공돈이 생긴 것처럼 땅을 못 팔아 치워 안달을 부려 대었다.

강 노인의 마누라는 사태를 재빨리 이해한 사람 중의 하나였다. 아무리 땅이 많다 하여도 평당 몇천 원의 논과 밭일 뿐이어서 고작해야 농사꾼의 아내에 불과했던 시절이 끝난 것이었다. 그깟 농사로는 얼토당토않을 만큼의 값비싼 땅의 주인이 된 것을 생각하면 예전, 농사깨나 진다고 그것으로 흡족해했던 스스로가 우스울 지경이었다. 똑같은 땅이면서 옛날의 땅과 지금의 땅은 결코 같은 땅이 아니었다. 영감이 아무리 애통해한다 한들 농사만 지었다면 아들딸 밑에 그렇게 쏟아붓고도 여태 이만큼이나 살 수 있었을 것인가. 물론 자식들이 날려 보내지 않고 잘 간수만 했더라면 지금에 와서 재벌 소리 듣는 것은 어렵지 않았을 터이다. 그렇거나 말거나 남은 땅만 팔아도 억대의 부자인 것을 생각하면 이만하기도 어렵다 싶어 새삼 근력이 솟기도 하는 그녀였다. 문제는 이 같은 땅의 변모를 강 노인이 시인하려 들지 않는 데 있었다. 금싸라기 같은 땅에 여태도 김장 배추나 고추를 심자고 고집을 부리는 데는 속이 막혀 죽을 지경인 게 그녀의 심정이었다.

정미 엄마가 쳐들어왔던 첫 사단 이래 몇 날은 아무 일도 일어나지 않고 지나갔다. 꽃샘바람이 극성스러워서 뿌려 놓은 거름은 금세 말라 버렸고 강 노인의 주먹코로도 아무런 냄새가 나지 않았기에 그저 그만하려니 여기는 나날이었다. 자리에서 일어난 용문이를 데리고 온상에다 고추 모종도 키우고 몇 개의 고랑에 비닐을 씌워 봄 푸성귀들을 키워 내는 일에 매달리다 보니 삼월이 후딱 지나 버렸다. 예년 같으면 이맘때 하루 걸러 내리는 봄비로 새순 돋는 소리가 들릴 지경인 판에 어찌 된 셈인지 금년 봄엔 비가 없었다. 갈아엎은 고랑의 흙들이 말라 가는 것을 보다가 강 노인은 심심풀이 삼아 호미를 들고 일일이 흙덩이들을 깨 주느라고 그새 더욱 검붉은 얼굴이 되어 버렸다.

밭을 두고 하는 실랑이는 없었지만 그사이 원미동에 아무 일도 일어나지 않은 것은 아니었다. 말썽 일으키는 재주가 비상하던 진만이가 연립 주택 이 층 창문에서 아래로 뛰어내려 크게 다친 사건이 일어나서 온 동네를 깜짝 놀라게 만들었다. 슈퍼맨처럼 날아 보겠다고 기염을 토하다 그 지경이 되었으나, 다행히 사철나무 위로 떨어져 발목만 부러뜨리는 정도로 그쳤지 까딱했으면 목숨을 잃을 뻔한 사건이었다. 오랫동안 실업자로 있었던 진만네의 어려운 형편으로는 더할 나위 없이 불행한 일이었는데 행복사진관 엄 씨가 병원비의 일부를 보태 주었다는 이야기도 들렸고, 진만이 아버지가 치료비를 벌기 위해 대신설비의 소라 아버지와 함께 보일러 설치하는 일에 뛰어들어 날품을 파는 신세로 전락했다는 말도 들려왔다.

그런 일들이 있어야 아무도 강 노인에게는 말해 주지 않았다. 마누라 또한 따돌림받는 처지여서 큰며느리 경국이 어미가 마누라에게 간간이 일러 주는 내용이 그러했다. 지독한 구두쇠에 땅밖에 모르는 노랑이로 소문난 강 노인을 두고 고흥댁이 이런 험담을 한 적도 있었지만 물론 강 노인은 알 턱이 없었다.

"동네에 어려운 일이 생겼다 한들 눈 하나 깜짝할 줄 아남? 저 땅을 평당 천만 원 준다 해도 더 받을까 혀서 못 팔 영감이야. 저래 봤자 죽을 땐 묘자리만큼의 땅만 있으면 그만이지 등에 이고 갈 게 어디 있어."

강 노인네 땅만 성사시키면, 그 중개료 받아서 혼기가 꽉 찬 딸년 혼수감이라도 장만해 볼까 하는데 도무지 말을 들어주지 않는 강 노인이 야속하기만 한 고흥댁이었다. 강남부동산이 만들어 낼 작품 중에서는 마지막이 될지도 모를 매물(賣物)이었다. 그러나 올봄에도 저 영감, 밭일에 열심내는 것을 보니 애시당초 그른 일이지 싶으니까 더욱 부아가 치밀었다. 허탕이 될망정 경국이 할머니나 자꾸 찾아가 볼밖에. 마누라 극성 덕에 모처럼 큰 덩치의 소개료를 빼낼 수 있을지도 모를 일이었다.

봄이 완연히 짙어 가면서 꽃샘바람도 어지간히 가라앉았지만 비는 여태껏 한차례도 내리지 않고 사월의 중턱에 올랐다. 햇살은 여름 못지않게 따가워 조금만 움직여도 땀이 흐를 지경인데 부석부석한 땅은 후욱 불면 날아갈 판국이다. 허참, 그거. 강 노인이 밭고랑에서 허리를 일으켜 세우며 탄식을 하다 보니 아들을 안고 바람이나 쐬러 나온 듯 진만이 아버지가 알은체를 하며 지나갔다. 진만이 발의 깁스는 아직 그대로이고 집 안에만 박혀 있어서 아이의 핼쑥한 얼굴이 보기에 민망하였다. 강 노인은 저만큼 걸어가는 부자의 뒷모습을 바라보면서 속으로만 혀를 끌끌 찼다. 저 지경으로 어려운 살림일 바에야 시골로 내려가 농사나 지으면 딴 걱정은 없을 텐데. 진만이 아버지가 대학을 나와 번듯한 회사의 간부까지 지낸 경력이 있다는 사실을 알았다 하여도 그 생각에는 변함이 없었을 것이었다. 진만이 소식을 듣던 날, 마누라에게 고깃근이나 사 들고 찾아가 보라는 말을 넌지시 비추었다가 한차례 잔소리만 들었던 강 노인이었다.

"동네 사람들한테 그만큼 당해 놓고 속도 좋수. 요새는 무슨 꿍꿍이속들인지 연립 주택 사는 젊은 댁들이 떼를 지어 수군거리다 내만 지나가면 입을 꽉 봉하는데, 참……. 그런 판에 그까짓 고깃근이 당키나 하겠수?"

올 농사가 수월찮을 줄이야 미리 각오한 바이므로 강 노인은 꿍꿍이 속셈에 대해 별다른 궁금증도 솟지 않았다. 그것보다는 봄 가뭄에 시들어 가는 밭작물이 더 걱정되는 그였다. 고추 모종을 내고 나서 연약한 줄기를 지탱해 주느라고 개나리 가지를 꺾어 젓가락만 한 크기로 꽂아 두었더니 고춧잎은 그만한데 꽂아 둔 가지마다에 노란 개나리 꽃잎이 손톱만큼씩 돋아나 있었다. 이른 봄의 아욱국 맛이 좋아서 한 고랑에다 비닐 씌워 아욱을 키위 봤더니 봄 가뭄 속에서도 푸르게 잎이 올라 강 노인은 비닐에 구멍을 내 주면서 그 여리디여린 이파리에 손을 대 보았다. 내다 팔 것은 못 되고 아들네 집으로 해서 두루 나누어 먹으면 그뿐, 뽑아낸 뒤에 이 고랑에는 다시 상추와 쑥갓씨를 뿌려서 두고두고 솎아 먹으면 좋을 것이었다. 그래서 이 자리에는 짚 썩힌 거름이나 넉넉히 넣어 두었을 뿐, 인분은 뿌리지 않았다. 깔끔한 성미의 둘째 며느리는 똥구덩이 위에 심은 호박은 잎사귀는 물론 늙은 열매까지도 손대지 않는 것을 알고 있는 까닭이었다.

이층집 한 채를 받아 새살림을 펼 때에는 입이 함박만 하던 둘째 며느리가 요새는 제 남편 하대가 어찌 극심한지 시아비가 얼굴을 내밀어도 아침저녁으로 노상 본다 싶어서인가 오셨어요, 하면 그뿐 두 번도 더 쳐다보지 않는다. 이 일대에서 강 노인 집만큼 번듯하게 구색 맞춰 오지벽돌 로 뽑아낸 집도 드물었다. 수십 년 살아오던 집을 헐어 내고 개발 바람과 함께 마음먹고 지은 집이었다. 땅 판 돈이 요 구멍 조 구멍으로 물 새 버리듯 나가는 것이 안타까워서 별수 없이 집칸이나 늘려 보자고 궁리를 짜낸 것이었다. 강 노인네 집 옆으로 그보다는 못하지만 비슷한 모양새의 이층집이 또 하나 있는데 그것이 첫째 용규 몫으로 지은 집이었다. 용규 내외는 아들 경국이와 이 층에 살면서 아래층은 모두 세를 내주고 있었다. 용규네 옆으로는 상가 주택을 지을 자리여서 아래에 가게 두 칸을 넣고 이 층에는 살림집을 들여 또 한 채의 집을 지었다. 집이 완공되자마자 둘째 용민이가 직장도 없

• 오지벽돌 오짓물을 발라 구워 윤이 나는 벽돌.

이 연애하던 여자와 결혼식을 치르고 이 층에 새살림을 차렸다. 아예 둘째 이름으로 등기까지 올려 주고 아래칸 가게들을 월세로 내놓아 그것으로 살아 보라고 일렀는데 용민이 또한 제 형 하는 꼴만 보아 와서인지 가게를 전세로 돌려 그 돈으로 주산 학원인가 뭔가를 한다고 설치더니 그대로 날려 보내고 요새는 용규하는 일을 거들며 제 용돈이나 간신히 뜯어내는 처지다.

장안평에서 중고차 매매 회사를 차린 것을 시작으로 특허받은 자동차 부품의 제작 공장, 다시 전기 공사 청부업에서 이번에는 전자 부품 생산 공장에 이르기까지 큰아들 용규에게는 애시당초 사업 운이 없었다. 하는 일마다 자본금 털어먹고 끝장인 데는 강노인이라 해서 무작정 뒤를 밀어줄 형편이 아니었다. 지난번 전기 공사 청부업 때도, 공사 대금에 생돈 털어 넣고는 일이 끝난 몇 달 후까지 돈을 받지 못하는 악순환을 거듭하다가 기어이 두 손 들고 말았었다. 악착같이 덤벼들어 다만 한 푼이라도 건질 생각은 전혀 없고 상황이 좀 어렵다 싶으면 훌훌 손 털어 버리는 게 녀석의 주특기였다. 그러고도 무슨 염치로 마지막이라며 또 손을 내밀었지만 들은 척도 하지 않았다. 아무리 사정해도 땅한덩이 팔아 줄 기색이 아니자 용규는 덜컥 제가 살고 있는 이층 집을 은행에 저당 잡히고 돈을 융통해 내었다. 마누라는 마누라대로 아들 역성에 성화더니 서울 희자네 집에 준 돈을 받아 내야겠다고 쫓아다니는 눈치였다. 최 서방 그 사람이 어떤 사람이라고 돈을 내놓을 리가 없었다. 기껏 생색을 내며 해 둔 조치가 명색뿐인 장갑 공장의 상무 이사 자리를 새로 만들어 주고, 삼천만 원 자본금을 대었으니 이자는 월급 명목으로 매달 육십만 원씩 어김없이 내놓겠다는 약조였다. 상무 이사라는 자리에 마음이 사르르 녹은 마누라는 더 이상의 서울 나들이를 그만두었다.

아무리 제 앞으로 등기된 집이기는 하나 상의 한 번 없이 제멋대로 처리한 것이 하도 괘씸해서 요즈음 강 노인은 큰아들 내외와는 얼굴조차 맞대고 있지 않았다. 눈치를 보아하니 은행 이자조차 제때 못 내서 아내가 매달 이자만큼씩의 생활비를 보태 주는 모양이었으나 그것까지는 모른 척하고 있는 중이었다. 거기에 비하면 용민이 집에서는 아직껏 손은 벌리지 않고 있으니 그나마 다행이었다. 하긴 찜찜한 구석이 없는 것도 아니었다. 용민이 놈이 결혼 후 이태째 계속 빌빌거리는 사이 그간의 생활비는 모두 제 처가 쪽에서 오는 것이 분명했다. 처가가 서울에서 꽤 사는 모양이기는 하지만 그렇다고 해서 용민이댁의 기세등등함도 차마 마주 보기 어려웠다.

아들 농사라고는 원. 강 노인은 잘 자란 푸성귀들을 어루만지다가 자신도 모르게 한숨을 내쉬었다. 땅에서 푸성귀를 거두어들이는 심정으로 낳아서 여태까지 알게 모르게 공력도 들였건만 해마다 기대한 만큼의 수확을 안겨 주는 땅 농사에 비하면 자식 농사는 너무나 허망했다. 그런데도 마누라는 이 땅덩이들을 조각조각 팔아 치워 아들 뒷바라지나 해 주자고 저리 극성이니. 원 쯧쯧. 강 노인은 이제 혀까지 끌끌 차고는 동네 안팎을 두루 둘러본다. 여기저기에 제멋대로 세워진 연립 주택과 시세 없는 상가 주택들이 옛날의 논밭 자리 위에 흩어져 있고 멀리 공단 쪽의 굴뚝에서는 검은 연기가 무럭무럭 피어오르고 있었다. 불과 십 년 안팎의 변화였다. 시청이 옆으로 옮겨 오면서부터 논밭들은 급격히 택지로 용도 변경되고 서울에서 몰려온 집 장수들이 벌 떼처럼 왕왕거리며 몇 달 만에 집 한 채씩을 뚝딱 지어 내고 또 뚝딱 지어 내더니 삽시간에 동네가 꽉 차 버린 것이다.

지금이야 사람이 우글거리니 수월하겠지만 강 노인 젊어서는 인분 구하기 위해 집집마다 똥통들을 얼마나 귀하게 다뤘던가. 첫새벽부터 개똥 차지를 위해 망태기 찾아 메고 동네 골목길을 훑어 가는 일이 하루 일과의 시작이었다. 아무리 먼 곳에 있더라도 대변의 기미가 보이면 기어이 집으로 달려가서 볼일을 봤다. 김장 배추를 갈기 전에는 모아 둔 똥을 고루고루 뿌려 놓고, 여름 햇살에 그것 곰삭는 냄새가 구수해서 저절로 신바람이 났었는데 그때는 똥 냄새가 싫다고 방정을 해 대는 이는 아무도 없었다. 제아무리 온갖 비료가 설치고 가지가지 농약이 쏟아져 나와도 사람 똥 들어가지 않은 땅에서 난, 허우대만 멀쑥한 풋것은 거두어들이고 싶지 않다는 게 강 노인 생각이었다. 지금에야 고추 농사 조금에 집에서 먹을 김장 배추나 가는 심심풀이 농사임에도 불구하고 강 노인의 억척같은 거름 욕심은 조금도 줄어들지 않은 채였다. 그만한 넓이의 땅을 가질 수 있게 되기까지 뼛속까지 새겨 둔 농사의 비결이, 척박한 땅을 비옥한 농토로 바꾼 거름 욕심이었으니까.

너무 일찍이 모종을 내었나. 강 노인은 아직 어리디어린 고추 모종을 일일이 들여다보며 고개를 갸웃거렸다. 음력 오월이 되어야 모종을 밭에 내었던 것은 옛날 일이었다. 마음만 먹으면 비닐 씌워 겨울에라도 풋고추 맛을 볼 수도 있지만 그럴 것까지는 없고 봄볕이 살가워지자마자 온상에서 키운 모종을 내었던 것이다. 볕살이야 그만한데 비가 부족한 탓이었다. 가뭄이라, 강 노인이 시들시들한 잎사귀를 펼쳐 보다가는 우두망찰°서 있는데 용민이네 밑에 세 든 미용실 여주인이 그를 불렀다.

"경국이 할아버지, 오늘 저희 집에서 반상회 있어요. 아무래도 오늘 저녁에는 정미 엄마가 가만있을 것 같지 않네요. 아까도 무궁화 연립에 사는 이들꺼정 몰려와서 한바탕 쏟아 놓고 갔어요. 경국이 할머님이라도 꼭 참석하셔야 해요. 아셨죠?"

그녀는 23통 6반의 반장이다. 길 건너 5반장은 형제슈퍼의 김 씨지만 우리정육점의 임 씨가 똥 냄새 문제에는 노상 앞장을 서고 있는 중이었다. 임 씨에 비하면 6반장의 경우 강 노인한테만은 훨씬 우호적이다. 용민네 가게에 세 든 탓도 있지만 임 씨가 애초 미용실 자리를 욕심냈다가 강 노인에게 퇴박°을 당했던 까닭에 임 씨 스스로 강 노인에 대한 감정이 좋지 못하였다. 어디를 쇠백정°이. 단 한마디로 잘라 낸 이태°전 일을 두고 임 씨는 여태도 강 노인을 바로 보지 않는다. 6반에 비하면 5반에서야 인분 냄새나 물것 극성이 그저 그만할 정도인데도 작년에 시청에다 진정서를 낸 것은 5반이었다. 그게 다 임 씨 술책이라는 것쯤은 강 노인도 알지만 무궁화연립이라면 5반인데 현대연립의 정미 엄마와 합세한 것을 보면 임 씨가 올해 또한 집주인들을 부추기는 것이 틀림없었다. 돼지나 닭을 집단으로 사육하는 것도 아니

• 우두망찰 정신이 얼떨떨하여 어찌할 바를 모르는 모양.
• 퇴박 마음에 들지 않아 물리치거나 거절함.
• 쇠백정 소를 잡는 것을 업으로 삼는 사람.
• 이태 두 해.

고 노는 땅에 푸성귀를 갈아먹고 있는 심심풀이 농사까지야 손
댈 수는 없다고 시청의 답변이 내려온 것을 온 동네가 다 아는데
내년에는 연판장이라도 돌리겠다며 큰소리치던 작자였다.

"올해일랑은 농사 시작하기 전에 아예 막아야 한다고들 그러
든데요. 시청에서도 이제는 보고만 있지 않을 거예요."

여자가 피아노 교습소와 나란히 붙은 미용실 안으로 들어가 버
린 뒤 강 노인은 쯧쯧 혀를 차는 것으로 자신의 울화를 삭여 버리
고는 이내 말라붙은 밭 꼬락서니를 내려다본다. 그리고 보면 정
미 엄마나 동네 사람들이 날뛰는 이유가 꼭 똥 냄새에만 있는 것
은 아니었다. 5반이나 6반이나 정육점 임 씨를 빼고 나면 집주인
들을 주축으로 시비가 있어 왔었다. 가게에 세 들어 있는 지물포
주 씨와 사진관 엄 씨도 코앞에 밭을 두고 있는 처지이지만 강 노
인과 마주치면 깍듯이 어른 대접을 갖추었다. 셋방 신세인 진만
이 아버지도 그렇고 청소원 김 씨도 하루에 몇 번씩 마주쳐도 공
손히 알은체를 해 왔지 팩팩거리며 못되게 구는 법이라곤 없었다.

집주인들이 더 극성을 부리는 데에도 까닭은 있었다. 강 노인네
땅덩이들이 팔려서 거기에 번듯한 건물들이 들어서야 이 거리가
완벽하게 채워지기 때문이었다. 게다가 그 땅들이 모두 도로변
에 있고 보면, 아니 도로변의 땅에다가 인분 뿌리며 푸성귀나 갈
아먹는대서야 동네 모양새가 영 말이 아닌 것이다. 동네 신수가
훤해야 집값도 오를 터인데 모름지기 강 노인 밭이 저러고 있어
서야 제값대로 보지 않는다는 불만들이 클 것임은 자명했다.

• 자명하다 설명하거나 증명하지 않더라도 저절로 알 만큼 명백하다. 뻔하다.

반상회야 열리건 말건 강 노인은 용문이를 데불고* 밭에 물을 댈 작정으로 집으로 돌아왔다. 용문이는 지난번 몸살 이래 봄 감기까지 겹쳐 빌빌거렸는데 그새 어디론가 나가 버리고 없었다. 제법 잘 따라다니며 다소곳이 땅을 일구더니 보나 마나 그놈마저 바람 든 게 분명했다. 요새는 이 핑계 저 핑계로 밭일 피하는 꼬락서니가 영락없이 미꾸라지였다. 용문이 대신 용민이가 집에 들러 제 어미와 수군거리고 있는 것을 보고 그는 대뜸 둘째에게 물지게 심부름을 시키기로 작정하였다.

　"서너 번 날라라."

　"용민이 지금 서울 가는 길이요. 내가 져 나르리다."

　뒤뜰에 파 놓은 펌프 쪽으로 걸어가다 뒤돌아보니 마누라가 아랫입술을 뚱 내밀고 안색이 좋지 않았다.

　"서울? 뭣 하러?"

　"제 형이 보낸답디다. 처가 돈이라도 꾸어 오라고. 직공들 월급도 몇 달째 거르고 있대요. 아, 그러기에 좀 도와주시구랴. 남도 아니고 당신 아들 둘이 벌여 놓은 일인데 넘 보듯 하지 말고……."

　그는 두 번 다시 마누라 쪽을 보지 않고 뒤꼍으로 가서 펌프 물을 뽑아 올린다. 밑 빠진 독에 물 붓기도 아니고 참말로 기가 막힐 노릇이었다. 쓸 줄만 알지 벌어들일 줄은 모르는 녀석들이 간덩이만 부어서 일만 크게 벌여 놓고 뒷감당은 모두 아비에게 떠넘기는 짓들이 오늘까지 계속이었다. 남들 다 하는 월급쟁이는 마다하고 떼돈 벌 궁리에 떼돈만 날리는 녀석들이다. 누구 돈이

* 데불다 '데리다'의 사투리. 아랫사람이나 동물 따위를 자기 몸 가까이 있게 하다.

든 쏟아붓고 보자는 저 섣부른 행동이 결국은 그의 땅덩이로 막아져야 할 것임은 불을 보듯 뻔한 노릇이었다.

그날 저녁의 반상회에는 강 노인도 그의 아내도 참석하지 않았다.

"그놈의 똥 타령을 왜 내가 뒤집어쓴답니까?"

한번 들여다보라는 그의 언질에 마누라는 금세 통박°이다. 경국이 녀석이 저녁밥도 안 먹고 쪼르르 달려와서 일러바치는 말로는, 돈 구하러 나갔던 큰며느리가 돌아오는 길에 아예 반상회까지 참석한 모양이니 뒤 소식이야 누구한테 들어도 알 수는 있을 것이므로 내외는 일찌감치 불 끄고 자리에 누워 버렸다.

다음 날 아침, 신새벽°부터 밭에 나갔던 강 노인은 그만 입을 쩍 벌리고 선 채 말을 잃었다. 세상에 이런 법은 없었다. 이제 손가락만 한 고추 모종이 깔려 있는 밭에 여기저기 연탄재들이 나뒹굴고 있지 않은가. 겨울 빈 밭에 내다 버리는 것이야 그럴 수 있다 치더라도 목숨이 붙어 자라고 있는 밭에 연탄재를 내던진 것은 명백히 짐승의 처사였다. 반상회 끝의 독기 어린 동네 사람들이 저지른 것임은 대번에 알 수 있었지만 아무리 그렇다 하여도 이런 짓거리까지 해 댈 줄이야 짐작도 못 했던 강 노인이었다. 수십 덩어리의 연탄재 폭격을 당해 짓뭉개진 모종이 한 고랑만 해도 숱했다. 세상에 막된 인종들……. 강 노인은 주먹코를 씰룩이며 밭으로 달려들어 가서 닥치는 대로 연탄재를 길가에 내던

° 통박 몹시 날카롭고 매섭게 따지고 공격함.
° 신새벽 첫새벽. 날이 새기 시작하는 새벽.

졌다. 서울 것들이나 되니 살아 있는 밭에 해코지할 생각을 갖지, 땅을 아는 자라면 저 시퍼런 하늘이 무서워서라도 감히 이따위 행패를 생각이나 하겠는가. 흰 연탄재 가루를 뒤집어쓰고 쓰러져 있는 죄 없는 풀잎을 차마 바로 볼 수 없어서 강 노인은 잔뜩 허둥대고 있었다.

도로 청소원인 김 씨가 아침밥을 먹으러 들어오면서 보니 강 노인은 검정 고무신이 벗겨진 줄도 모르고 손바닥으로 연탄재를 끌어모으느라 정신이 없었다. 밤사이 밭에 무슨 일이 있었는지 눈여겨보지 않아 알 턱이 없었던 김 씨가 인사랍시고 던진 말은 더욱 가관이었다.

"영감님네 땅을 내놓으셨다면서요? 그런데 뭘 그리 열심히 가꾸십니까. 이내 넘길 거라면서……."

"아니, 누가 그런 소릴 해?"

시뻘건 얼굴을 홱 돌리며 벽력같이* 고함을 지르는 통에 김 씨가 움찔 뒤로 물러났다.

"어젯밤 반상회에서 댁의 며느님이 그러셨다는데요? 저도 우리 집 여편네한테 들은 소리라서."

더 들어 볼 것도 없이 강 노인은 곧장 집으로 뛰어갔다. 벗겨진 신발을 짝짝이로 꿰어 차고서. 얼갈이배추와 열무들을 다듬고 있던 마누라가 노인의 허둥대는 기세에 토끼 눈을 뜨고 일어섰다.

"그렇게 말한 게 아니라, 우리 아버님 근력이 쇠하셔서 올해일랑은 더 이상 일을 못 하시니까 파실 모양이더라고 말했다는군

---

* 벽력같이 목소리가 매우 크고 우렁차게.

요. 경국이 어미도 동네 사람들 닦달에 그냥 해 본 소리겠지요."

"그냥?"

"밭에다 그 지경을 해 댄 걸 보면 오죽했겠수. 뭐, 틀린 말도 아니고. 땅 팔아서 아들 살리고 남은 돈은 은행에 넣어 이자나 받으면 우리 식구 신간* 이사 편치 뭘 그러슈."

밭이 그 지경이라는데도 마누라는 천하태평이다. 강 노인은 어이가 없어 그만 입을 다물어 버린다. 마누라는 이때다 싶은지 또 한차례 오금을 박는다.* 어제 다녀간 복덕방 박 씨의 의미심장한 충고가 생각나서였다.

"팔육인가 팔팔인가 땜에 도로 주변 미화 사업이 한창이라는데 밭농사를 그냥 두고 보겠수? 팔팔 전에는 어차피 이곳에다가 뭐 은행도 짓고 병원도 짓게끔 계획되어 있다고 그럽디다. 시에다 팔면 금이나 제대로 쳐줍디까? 그 전에 제 가격 받고……."

"시끄러!"

마누라 입을 봉해 놓고서 강 노인은 이내 밭으로 되돌아왔다. 한 포기라도 살릴 수 있는 만큼은 건져 내야 할 고추 모종들 때문에 한시가 급한 강 노인이었다. 반상회 파문은 그것으로 끝난 것이 아니었다. 반상회 소식이 알려지자마자 연립 주택에 산다는 은혜 엄마가 찾아와서 경국이 엄마가 지난달 꾸어간 오십만 원을 돌려 달라고 하소연을 늘어놓기 시작한 것이다. 땅을 팔았다니 계약금을 받았을 터인즉 큰며느리 빚을 대신 갚아 줄 수 없

- 신간 '심간(心肝)'의 사투리. 깊은 마음속.
- 오금을 박다 다른 사람에게 함부로 말이나 행동을 하지 못하게 단단히 이르거나 으르다.

겠느냐는 여자의 말에 강 노인의 주먹코가 더욱 빨개졌다. 지난 겨울 서울에서 이사 와 동네 물정을 모르고 딸이 다니는 에바다 피아노 학원에서 알게 된 경국이 엄마에게 곗돈을, 그것도 두 번째 탄 것을 빌려줬다는 것이다. 이 동네 지주의 큰며느리라 해서 별 의심도 하지 않고 돈을 주었는데 경국이 엄마가 동네에 뿌린 빚이 한두 군데가 아니어서 직접 시아버지와 담판을 짓겠다고 마음먹은 은혜 엄마였다.

그게 어떤 돈인가 말이다. 서울에서의 셋방살이가 하도 지긋지긋해서 연립 주택 한 채를 마련, 이곳에 이사 온 지 반년도 채 되지 않은 그녀였다. 곗돈 타고, 여름에 보너스 나오면 이자 나가는 빚 백만 원을 갚을 요량이었는데 그 몇 달 사이의 이자 몇 푼을 욕심내다가 생돈 떼이게 생겼으니 생각만 해도 속이 터질 지경이었다.

땅을 팔았다는 소문이 번지면서 큰아들 용규에게 빚을 준 동네 사람들이 강 노인에게 몰려왔다. 은혜 엄마까지 꼭 여덟 명이었다. 그중에는 목동에서 살다 철거 보상금 받아 쥐고 이곳까지 흘러온 김영진이라는 날품팔이 사내도 끼여 있었다. 철거 보상금을 삼 부 이자로 놓아 주겠다는 고흥댁의 말만 믿고 돈을 건네준 사람이었다. 그들은 한결같이 강 노인 땅을 믿고 빌려준 돈이니까 책임을 져야 한다고 우겨 대면서 땅을 판 적이 없다는 그의 말을 도무지 믿으려 하지 않았다.

"그 못난 놈이 공장까지 담보로 잡혀 먹었대요. 최신 기계 설비만 갖추면 돈 벌리는 게 눈에 보이는 사업이라는데……. 은행 대출도 기간이 차서 경고장이 날아왔답니다."

이판사판이라고 마누라도 이젠 감추지 않고 잘도 털어놓는다.

용규가 그 모양이니 처가에서까지 돈을 끌어댄 용민이는 어쩌겠느냐고 숫제 으름장이었다.

"땅은 안 돼. 안 팔아!"

"고집 좀 그만 부리고 우선 집 앞에 있는 거라도 떼어 팔아 발등의 불이라도 꺼 봅시다. 다 자식 잘되라고 하는 짓인데 왜 그러우?"

"자식 놈들 뒷바라지에 땅 다 날려 보낸 걸 몰라!"

입씨름에 지친 마누라가 눈물 바람을 하다가 용문이 방으로 건너가 버린 뒤, 강 노인은 그 밤 오래도록 잠을 이루지 못하고 뒤척여야만 했다. 자식 농사는 포기한 지 오래지만 해마다 씨를 뿌리고 수확을 거두는 재미만큼은 쉽게 포기할 수 없는 그였다. 서울에서 밀려 나온 서울 것들 때문에 여기까지 땅값이 들먹거리는 북새통을 치렀고 그 와중에서 자식들이 모두 저 푼수로 커 버렸다는 원망도 많은 게 강 노인이었다. 씨 뿌린 땅에서 거두어들이는 수확이 아닌 담에야 어찌 땅 팔아서 그 돈으로 쌀 사고 채소 사며 살 수 있을 것인가. 농사꾼 주제로는 평생 만져 볼 엄두도 못 내는 큰돈이 굴러 들어왔어도 쉽게 생긴 내력만큼 씀씀이도 허망하기 짝이 없었다. 그나마 이만큼이라도 마지막 땅 조각을 붙들고 있다는 위안이 강 노인에게는 큰 힘이 되었다. 이 고장에 서울 바람이 몰아닥쳐 요 모양으로 설익은 도시가 되지 않았더라면 아직껏 넓디넓은 땅을 가지고 있을 것이 틀림없는 스스로를 생각해 보면 더욱 울화가 치밀었는데 다 부질없는 노릇이었다.

빚쟁이들이 몰려오는 줄 번연히* 알면서도 들여다보지 않고

---

* 번연히 어떤 일의 결과나 상태가 훤하게 들여다보이듯 분명하게.

모르는 척하고 있는 용규 내외를 생각하면 괘씸하기 짝이 없었지만 이제 강 노인이 거두어야 할 일만 남은 셈이었다.

다음 날 아침, 강 노인은 느지막이 집을 나섰다. 마누라한테는 아무런 내색도 하지 않았다. 그러나 발길은 여전히 밭을 향했다. 밭고랑 사이로 밀고 올라오는 잡초를 뽑아내면서 문득 뒤돌아보니 원미산 장대봉이 그새 많이 푸르러져서 제법 운치가 있었다. 멀리서 보아야 아름답다 하여 '멀뫼'라 불리던 산이었다. 젊었을 적 나무하러 숱하게 오르내려서 능선마다 그의 땀방울이 묻어 있기도 한 산이다. 그때가 언제인데, 참 질기게도 오래 산다는 생각이 들었다. 땅에서 뽑혀 나와 잠깐 만에 이파리들이 축 늘어져 버린 잡초를 새삼스레 들여다보다가 강 노인은 시름없이° 밭을 둘러보았다.

그러고 보니 어제오늘 고추 모종에 물을 주지 못한 게 생각났다. 아욱이야 그런대로 잘 자랐지만 마누라가 덤덤해하니 억센 겉잎이 밀고 올라오기 시작했다. 꽂아 놓은 개나리 가지에 움터 오던 노란 잎도 가뭄에 시달려 밥티처럼 오그라 붙었다. 햇살은 푸지게 내리쬐고, 아이들은 지물포 옆에 옹기종기 모여서 땅따먹기 놀이를 하고 있었다. 강 노인은 큼큼 헛기침을 해 가며 강남부동산으로 걸어갔다. 그러다 이내 되돌아서서 집을 향해 바쁜 걸음을 옮긴다. 암만해도 물 한 통쯤은 져 날라서 우선 이것들 목이나 축여 줘야겠다는 생각이었다.

• 시름없이 근심 걱정으로 맥없이.

1 강 노인과 주변 인물들이 '땅'을 어떻게 여기는지 말해 봅시다.

강 노인	강남부동산 내외 박 씨와 고흥댁
강 노인의 아내와 자식들	정육점 임 씨 정미 엄마

2 다음 소재들의 의미를 설명해 봅시다.

· 강 노인이 말하는 '서울 것들'

· 거름(똥)과 화학 비료

거름(똥)	강 노인	
	마을 사람(서울 것들)	
화학 비료	강 노인	
	마을 사람(서울 것들)	

3 원미동 가게들의 이름이 '강남부동산', '행복사진관'으로 지어진 이유는 무엇인지
생각해 봅시다.

4 소설의 마지막 구절을 토대로 강 노인의 이후 행적을 추론해 봅시다.

> 강 노인은 큼큼 헛기침을 하며 강남부동산으로 걸어갔다. 그러다 이
> 내 되돌아서 집을 향해 바쁜 걸음을 옮긴다. 암만해도 물 한 통쯤은 져
> 날라서 우선 이것들 목이나 축여 줘야겠다는 생각이었다.

강 노인은 땅을 팔지 않을 것이다.	강 노인은 땅을 팔 것이다.
왜냐하면	왜냐하면 ....
.... 때문이다.	.... 때문이다.
그 근거로 삼을 대목:	그 근거로 삼을 대목:

변기현 만화『원미동 사람들』

이 작품을 만화로도 읽을 수 있다는 사실, 알고 있나요? 만화가 변기현은 연작소설『원미동 사람들』의 작품 11편 가운데「마지막 땅」을 포함한 8편을 두 권의 만화로 재탄생시켰습니다. 만화『원미동 사람들』을 통해 소설 속 인물과 공간을 구체화된 이미지로 경험해 볼 수 있지요. 양귀자 소설가는 이 만화책에 '원작자의 말'을 실으면서, 원작에 묘사한 장난감 물개가 그림으로 고스란히 재현되어 있어 가슴이 뭉클했다고 적은 바 있습니다. 소설과 만화를 함께 읽으며 어떤 공통점과 차이점이 있는지 살펴보는 것도 흥미로운 경험일 거예요. 또한 소설을 읽으며 행간에서 상상하고 느꼈던 감정을 만화의 칸과 칸 사이에서 다시 한번 느껴 봐도 좋겠습니다.

소설과 만화를 다 읽고 나면 부천에 있는 '원미동 사람들의 거리'를 찾아가 보는 건 어떨까요? 이 거리는 소설『원미동 사람들』을 소재로 해서 옛 부천의 정취를 되새기기 위해 조성되었습니다. 부조나 벽화 등을 통해 등장인물들을 재현해 내고 있고, 녹지를 두고 있어 자연의 정취를 느끼며 소설을 되새겨 보기에 좋습니다.

박태원 장편소설『천변 풍경』

한편, 원미동이라는 특정 공간을 배경으로 삼은 이 소설처럼 박태원의『천변 풍경』또한 서울 청계천 변을 중심으로 서민들의 삶을 그린 작품입니다. 1930년대 출간되었기에 그 당시 서울 청계천 일대 서민들의 삶이 어떠했는지 생각하며 읽기에 좋습니다.『천변 풍경』과『원미동 사람들』은 모두 특정 지역을 무대로 평범한 사람들의 이야기를 들려줌으로써 당시 사회 전체의 정경을 표현하려 했다는 점, 세태에 대한 비판적인 인식을 촉구한다는 점에서 서로 닮아 있지요. 만약 여러분이 매일 오고가는 동네를 중심으로 소설을 짓는다면 어떤 이야기를 들려주고 싶나요? 두 소설을 읽으면서 생각해 보세요.

○○○○○○○○○○○○○○○○

도요새에 관한 명상

××××××××××××××××

김원일

金源一 (1942~) 소설가. 경남 김해에서 태어나 청소년기를 대구에서 보냈다. 서라벌예대 문예창작과를
거쳐 영남대 국문과를 졸업했다. 1966년 대구매일신문에 단편소설 「1961년 알제리아」가 당선되어 등
단했고, 1967년 현대문학 장편소설 공모에 『어둠의 축제』가 당선되면서 본격적으로 작품활동을 시작
했다. 분단 문제, 환경 문제 등 사회 현실의 문제를 다룬 작품을 주로 썼다. 장편소설 『노을』『바람과 강』
『겨울 골짜기』『마당 깊은 집』『늘푸른 소나무』『불의 제전』『슬픈 시간의 기억』, 중단편집 『어둠의 혼』
『도요새에 관한 명상』『그곳에 이르는 먼 길』『물방울 하나 떨어지면』 등이 있다.

소설가 김원일은 어린 시절 한국 전쟁과 아버지의 월북이라는 비극적인 가족사를 겪습니다. 그 후 작가는 『마당 깊은 집』, 『불의 제전』 같은 작품을 발표하면서 분단의 상처와 그에 따른 개인의 고통스러운 삶의 모습을 그려 냅니다. 민족의 비극을 보편적으로 형상화했다는 평가를 얻으며 깊이 있는 작품 세계를 구축했지요.

김원일에게 강(江)은 한국 전쟁과 아버지의 부재라는 시련을 견딜 수 있게 포근히 감싸 준 소중한 존재였습니다. 그는 낙동강이 면면히 흐르는 경남 김해군 진영읍 작은 마을에서 어린 시절을 보냈거든요. 그러나 산업화 시대를 맞이한 뒤 한국의 강은 점점 황폐해져 갑니다. 작가가 이처럼 화학 약품과 폐수로 인해 죽어 가는 강과 사라지는 새들을 바라보며 쓴 작품이 바로 『도요새에 관한 명상』입니다. 김원일 작가는 이 중편소설에서 급속한 산업화, 공업화를 겪으며 얻게 된 심각한 환경오염과 물질 만능주의라는 우리 사회의 풀기 어려운 숙제를 본격적으로 다루고 있습니다.

이 소설은 1970년대를 배경으로 한 가족을 그리되 병식에서 병국으로, 아버지로, 마지막엔 전지적 작가 시점으로 서술 시점을 바꿔 가면서 인물의 의식을 깊이 있게 보여 줍니다. 시대에 대한 고민 없이 쾌락과 욕망에 젖어 있는 둘째 아들 병식은 끝없이 분열하고 증식하는 산업 사회의 욕망을 나타내는 인물입니다. 실향민인 아버지는 분단의 아픔을 지닌 존재이고, 큰아들 병국은 환경을 파괴하는 기업에 맞서 싸우는 인물이지요. 이밖에도 이 작품에는 당시의 노동 문제, 성의 상품화 등 우리 사회가 직면한 고민들이 담겨 있습니다. 그래서 단순히 환경 문제를 고발하는 수준이 아니라 황폐해져 가는 우리의 정신과 삶에 대한 경고로까지 읽히지요. 자, 이제 '환경'이라는 까다로운 질문 앞에서 작가가 어떤 자세를 취하는지 살펴볼까요?

서울의 명문 국립 대학교 사회 계열에 재학하던 병국은 불온 유인 물을 제작하여 배포했다가 긴급 조치법 위반으로 제적된 뒤 고향 인 석교 마을로 돌아온다. 이후 병국은 실향민인 아버지, 재산을 늘 려 가는 데만 관심이 있는 어머니, 그리고 재수를 하는 동생 병식과 더불어 살게 된다. 고향에 내려온 이후 절망적인 삶을 살아가던 병 국은 동진강 일대의 환경 문제에 관심을 둔다.

2

(전략)

나는 석교천 물을 떠 온 미터글라스˚에 종이를 붙이고 볼펜으 로 날짜와 시간을 적었다. 코르크 마개로 주둥이를 닫고 시험관 꽂이에 꽂았다. 시험관 꽂이를 들고 둑길로 올라섰다. 갈대와 풀

• 미터글라스 유리 용기에 눈금을 새겨 액체의 부피를 측정하는 기구.

이 죄 말라 버린 만여 평의 공한지˙가 양쪽으로 펼쳐져 있었다. 벌레는 물론이고 지렁이류의 환형동물조차 살 수 없는 버려진 땅이었다. 이 땅에도 내년이면 연간 오만 톤의 아연을 생산할 아연 공장 착공식이 있을 예정이란 신문 기사를 읽었다. 내가 중학을 졸업하던 해까지 이 들녘은 일등호답˙이었다. 가을이면 알곡을 매단 볏대가 가을바람에 일렁였다. 참새 떼의 근접을 막느라 허수아비가 섰고 사방으로 쳐진 비닐 띠가 햇살에 반짝였다. 바다를 끼고 있었지만 석교 마을은 어업보다 농업 종사자가 많은 부촌이었다.

마을 입구 들길에서 나는 산책 나온 임 영감을 만났다.

"이곳도 참 많이 변했죠?"

마을 경로회 부회장인 임 영감에게 물었다.

"공업 단지가 들어서고 말이지."

임 영감은 회갑 연세로 석교 마을에서 삼대째 살고 있는 읍 서기 출신이었다.

"변하다마다. 십 년이면 강산도 변한다지 않는가. 공업 단지가 들어선 지도 벌써 팔 년째네."

"언제부터 농사를 못 짓게 됐나요?"

"공단이 들어서고 이태 동안은 그럭저럭 농사를 지었더랬지. 그런데 이듬해부터 농사를 망치기 시작했어. 못자리에 기름 물이 스며들지 않나, 모를 내도 뿌리째 썩어 버리니, 결국 폐농했지."

• 공한지 농사를 지을 수 있는데도 아무것도 심지 않고 놀리는 땅.
• 일등호답(一等好畓) 물을 대기가 좋아 농사짓기에 좋은 논.

"보상 문제는 어떻게 해결 지었나요?"

"관에 폐수 분출 금지 가처분 신청인가 뭔가도 냈지. 그러나 폐농한 마당에 소장(訴狀)이 문젠가. 용지 보상 대책 위원회를 만들어 시청과 공단 측에 항의했더랬지. 공장에서 쏟아 내는 기름 찌꺼기 때문에 땅을 망쳤다구 말야. 일 년을 넘어 끌다 끝장에는 동남만 개발 공사에서 땅을 사들이기로 해서, 삼 년 연차로 보상을 받긴 받았지. 우리만 손해를 봤지 뭔가. 옛날부터 그런 사람들과 싸워 촌무지렁이가 이긴 적이 있던가."

"공단 측은 수수방관한 셈입니까?"

"그때나 지금이나 그 사람들 세도는 대단해. 지도에 등재도 안된 촌이 자기네들 입주로 크게 발전을 했는데 그까짓 피해가 대수롭냐는 게지. 땅값이 천정부지로 올랐으니 팔자 고치지 않았느냐구 우기더군. 이젠 귀에 익은 소리지만 그때만 해도 생경한 수출입국이니, 중공업 시대니, 지엔피(GNP)니 하는 소리를 귀에 딱지가 앉도록 들었지. 공단 측은 마을 대책 위원과 촌로들을 초청해서 술 사 주며 선심을 쓰다, 나중에는 마을 청장년을 자기네 공장에 취직시켜 주겠다고 해서 흐지부지 끝났어."

"어르신 댁도 혜택을 봤나요?"

"우리 집 둘째 놈이 제대하고 와 있던 참이라 피브이시(PVC) 공장엔가 들어갔어. 제 놈이 배운 기술이 있어야지. 월급 몇 푼 받아 와야 제 밑 닦기 바빠. 딸년은 바람이 들어 서울로 떠났지. 거기서 공장 노동자 짝을 얻어 월세방 살아."

임 영감이 기침 돋워 가래침을 뱉었다.

"여보게 젊은 양반, 이 가래침 봐. 새까맣지 않은가. 서남풍이

불 때면 굴뚝 매연이 이쪽으로 날아와 우리 마을만 해도 해소병°
처럼 기관지병 걸린 사람이 한둘이 아니라네. 어디 사람 살 동넨
가 말일세."

"그 당시 땅값이 올랐으니 땅 팔아 벼락부자 된 분도 많겠네요?"

"목돈 좀 쥔 사람도 있긴 해. 그러나 돈이란 써 본 사람이 제대
로 쓰지, 어디 그 돈이 온전할 리 있겠나. 이런저런 꾐에 빠져 이
태를 못 넘겨 다 거덜 났어. 백수건달 된 치는 도회지로 나가 막
노동이나 하겠다며 식솔° 데리고 떠났지. 난리가 따로 있겠나. 그
것도 난리야."

"석교도 많이 달라졌어요."

"세상이 확 바뀐 게지. 개벽 이래 말일세."

"어르신은 요즘 어떻게 소일하시나요?"

"젊은이가 창피한 것까지 다 묻는군그래. 그 뭔가, 통닭집에 닭
싸 주는 봉지 있지? 그 종이를 날라다 풀칠하고 손잡이 끈도 달
아 줘. 그래도 아직은 정정한데 손 재 놓고 놀 수야 있나."

나는 죽은 땅 공한지 건너 공단 쪽을 보았다. 화학 공장들로 이
루어진 B단지였다. 삼영정유공장, 동산플라스틱공장, 진화화학
석교공장, 동진유기화학 제2공장 등이 거기 모여 있었다. 솟은
굴뚝 여기저기서 연기가 피어올랐다. 검은 연기, 노란 연기, 회색
연기가 바닷바람에 날려 시내 쪽으로 꼬리를 늘였다. 집진기(集
塵機)°가 제대로 가동이 되는 공장이 없음을 알고 있었다. 고장으

• 해소병 해수병. 기침을 심하게 하는 병.
• 식솔 한 집안에 딸린 구성원.
• 집진기 공기 속의 먼지를 모으는 장치.

로 집진기가 못 쓰게 되었거나 노후화되어 성능이 부실하니 있으나 마나 한 매연 대책이었다.

나는 제방 길을 따라 동진강 쪽으로 걸었다. 해안 쪽 하늘은 놀이 자주색으로 침침해 갔다. 나는 석탑서점을 들러 오후 3시에 바닷가로 나왔다. 다섯 시간 정도 석교천을 오르내리며 시간차를 두고 미터글라스에 석교천 물을 수거한 참이라 피로와 허기가 엄습했다. 밤을 몰아오는 바닷바람도 차가워졌다. 점퍼 지퍼를 목까지 당겨 올리며 석교 마을에 눈을 주었다. 잿빛 하늘 아래 눌려 있는 석교 마을은 읍 시절의 옛 모습이 아니었다. 당시 사십여 호의 초가는 그새 절반으로 줄었고 알록달록한 기와지붕의 새 동네로 변했다. 포장된 앞길에는 시내버스 한 대가 달리고 있었다. 마을 뒤를 가렸던 언덕의 소나무 숲은 매연으로 고사해˚ 민둥산으로 버려져 있었다. 산 뒤로 늘어선 열 동의 오 층 아파트가 모서리를 보였다. 재작년과 작년에 걸쳐 신축된 아파트를 석교 단지라 불렀다. 지난여름, 엄마가 저 단지 중 18평형 두 채를 빚을 내어 잡았으나, 이어 발표된 부동산 투기 억제법에 묶여 매기˚를 잃어 지금은 전세를 놓고 있었다.

동진강 제방 둑길을 내려가 하구의 삼각주 갈대밭이 멀리로 보이는 지점까지 왔을 때였다. 남자 둘이 이쪽으로 걸어오고 있었다. 거리가 가까워지자 둘의 더펄 머리칼이 드러나, 나는 공단 공원으로 짐작했다. 한 녀석은 등산 백을 메었고 복장도 등산복 차

˚ 고사하다 나무나 풀 따위가 말라 죽다.
˚ 매기(買氣) 상품을 사려는 분위기.

림이었다. 거리가 오십 미터쯤 가까워졌을 때, 등산 백을 메지 않은 녀석의 걸음걸이가 눈에 익었다. 병식이었다.

"형 아냐?"

병식이가 손을 들며 소리쳤다. 나는 아무 말도 안 했다.

"동진강 하구가 형의 서식처니 형 만나지 않을까 생각했더랬지. 예감 적중이군."

병식이 웃었다.

"형, 안녕하슈?"

병식이 친구가 등산모를 들썩하며 알은체했다.

"어디 갔다 오는 길이니?"

아우를 보고 내가 물었다.

"바다 밑에서 곧장 나오는 길이지."

병식이가 농으로 말을 받았다.

"형, 들고 있는 건 뭐요? 냉장고에 넣어 하드 만들려구요?"

정배 형 실험실로 넘겨질 시험관 꽂이 미터글라스를 보고 병식이 친구가 물었다.

나는 아우에게 할 말이 없었다. 독서실에 박혀 입시 공부나 하잖고 놀러만 다니느냐는 따위의 충고는 내 역할이 아니었다. 대학을 중도 하차한 나로서는 그렇게 말할 자격이 없었다. 그 점보다 나는 아우의 어떤 면에도 관심을 갖지 않았고, 나를 대하는 아우 역시 마찬가지였다.

아우에게, 가 보라고 말하곤 나는 그들 옆을 스쳐 어둠이 내려앉은 바다로 걸었다. 놀빛이 사그라져 바다는 암청색을 띠고 있었다. 싸늘한 바람이 귓불을 훑었다.

"형, 곧장 걸어가면 바다 속으로 들어가."

아우가 등 뒤에서 소리쳤다.

"난 새가 될 텐데 왜 바다로 들어가? 비상을 하지."

내가 말했다.

"형, 새가 되더라도 개펄에 떨어진 콩은 주워 먹지 마슈."

병식이 친구가 외쳤다.

나는 걸음을 빨리했다. 잿빛 하늘을 배경으로 어둠 속에 갈매기가 날았다. 바람 소리 속에 끼룩끼룩 우는 울음이 들렸다. 그 소리는 동료나 짝을 부르는 게 아니라 나를 부르는 소리로 바뀌었다. 나는 정말 새가 되고 싶었다. 새처럼 나를 해방시키고 싶었다. 고통의 원인을 제공한 이 땅을 떠나 이상의 세계로 떠나고 싶었다. 윤회설을 믿지 않지만 이승에서 새로 변신할 수 없다면 내세에서는 새가 되어 태어나고 싶었다. 선택권을 준다면 새 중에서도 시베리아나 툰드라가 고향인 도요새가 되고 싶었다.

나는 동진강 하구로 내려가다 삼각주 갈대밭을 채 못 가 남쪽으로 난 큰길로 접어들었다. 바다를 낀 길로 오백 미터쯤 내려가면 해안 경비 파견대 군 막사가 있었고, 그만 한 거리를 더 내려가면 웅포리란 옛 포구가 나섰다. 개펄에 작은 배들이 닿는 웅포리는 이제 포구가 아니었다. 동남만 연안이 폐수 오염으로 고기가 잡히지 않을 즈음, 때마침 웅포리까지 포장도로가 닦였다. 처음은 그곳 어민이 포장 주막을 차리고 멍게, 해삼 따위를 안주로 술을 팔기 시작했다. 이어, 한 집 두 집 술집과 점포가 들어서더니 네온사인 내단 유흥가로 변했다. 불과 삼 년 전이었다. 작업복에 안전모 쓴 공장 직공들이 출퇴근용 자전거나 오토바이 편에 이곳으로 몰려들었다. 버스 노선이 생기자, 시내 투기꾼이 웅포리에 여자를 갖춘 룸살롱도 열었다.

나는 웅포리로 가는 참이었다. 그곳으로 가면 자주 찾는 집이 있었다. 유흥가에서 떨어진 암벽 아래 해주집이란 이름의 허름한 술집으로, 칠순의 할머니가 손자를 데리고 국밥과 소주, 막걸리를 팔았다. 할머니는 황해도 해주에서 육이오 때 피난 나온 이북 출신으로, 나는 그 집을 아버지로부터 소개받았다. 서울서 내가 낙향했을 무렵, 어느 날 아버지는 나를 데리고 해주집을 찾았다. 소주잔을 놓고 마주 앉은 아버지가 내게 말했다.

"이젠 애비와 같이 잔, 잔 나눌 사이가 되었어. 네 어릴 적엔 난 오늘같이 이, 이런 날을 기다렸어. 내 맺힌 얘기를 들어 줄 놈은 맏이밖에 없으니깐."

그날, 나는 아버지와 많은 말을 나누었다.

"……유엔군 포로가 되자, 나는 곧 전향했어. 내 뜨, 뜻에 따라 국군으로 자원입대를 한 셈이지. 육 개월 후 금화 전투에서 훈장을 받구 소위로 진급했지. 그때가 이, 일사 후퇴가 끝난 후니 그로부터 다시 고, 고향 땅을 못 밟고 말았잖은가. 고향 땅이 수복되면 가족 데리구 이남으로 나오려구 꿈꿨던 게 다 수, 수포로 돌아갔어. 내가 변하기 시작한 게 그때부터야. 껍질 깨고 세상에 나오던 벼, 병아리가 다시 달걀 집으로 들어가고 싶어했으나 위, 원상태 복귀가 불가능한 경우랄까……."

아버지는 주머니에서 수첩을 꺼냈다. 수첩을 뒤져 낡은 편지봉투를 집어냈다. 나는 아버지가 고향 통천에 두고 온 조부모님과 삼촌 두 분, 고모 한 분과 같이 찍은 옛 사진을 보여 주는 줄로만 알았다. 나는 그 낡은 사진을 수십 번도 더 보았다. 그러나 아버지가 꺼낸 사진은 통천에 두고 온 가족사진이 아니라, 누렇게 바랜 우표만 한 증명사진이었다.

"너, 넌 이해할 거야. 이 사진을 보구 날 미워하지 않을 줄⋯⋯."

아버지는 떨리는 손으로 사진을 내게 건넸다. 모서리가 닳았고 주름져 윤곽이 희미한 사진이었다. 사진은 양 갈래로 머리 땋은 흰 저고리 입은 처녀 모습이었다. 나는 그 사진 임자를 짐작할 수 있었다.

"통천의 옛 약혼자군요?"

아버지는 사진을 내 손에서 빼앗아갔다.

"다 흘, 흘러간 시절이야. 접장했던 이 여자두 이젠 느, 늙었을 게야."

아버지는 사진을 지갑에 넣었다.

"꿈을 파먹고 산다는 게 어, 얼마나 괴로운지 아냐?"

아버지의 주름진 눈가가 눈물로 괴었다. 아버지는 어눌한 모습을 감추기나 하듯 떨리는 손으로 술잔을 들었다.

3

병식이는 제 어미로부터 만오천 원을 타낸 날로 독서실에 박혔는지 사흘째 귀가하지 않았다. 때맞춰 병국이도 집을 비웠다. 우리 내외만 아침 밥상을 받았다.

병국이가 서울서 대학을 다닐 때도 병식이 새벽반 과외 공부를

나가 일요일 외에는 내외가 아침상을 받았는데, 요즘은 가족이
모였어도 호젓한 아침식사는 마찬가지였다. 우리 내외는 말없이
숟갈질만 해 댔다. 처가 가자미조림 간이 맞지 않다고 찬 투정을
읊조리다 짜증이 보채는지 한마디 했다.

"미친 자식. 어쩜 제 애비 성질내미를 족집게 뽑듯 뽑았을까."

병국이를 두고 하는 소린 줄 알면서도 나는 묵묵부답했다. 처
는 날 힐끔 쏘아보곤 젓가락을 소리 나게 놓았다. 치미는 울화를
푼다고 쏘아붙였다.

"당신도 병 도질 철이 왔는데 개펄로 안 싸돌아요? 강남 갈 철
샌가 뭔가 날아들 시절 아녜요?"

"웬 차, 참견은. 새 구경 나가는 데두 돈 드남."

"개펄까지 나가자면 차비는 공짜요?"

"걸어가지 뭘."

"애비나 자식이나 한통속으로 미쳤어. 병국이도 새나 보며 허
송세월을 하니."

"소, 속요량이 있겠지. 방구석에 있기보담 운동도 되니……"

"답답한 양반아. 날아다니는 구름 잡는다더니, 허공에 나는 새
에 미쳐. 잉꼬나 십자매를 키운다면 돈이나 되지. 집구석 돌아가
는 꼴 보면 복장이 터져. 당신도 햇수로 따져 언제부터요. 이 바
닥에 주저앉고부터 봄가을로 새 구경하겠다며 갯벌로 싸 대더니
이젠 자식 놈까지 그 발광이야."

처가 숭늉으로 입 안을 헹구곤 자리 차고 일어났다.

"정신 나간 자식이 사흘이나 집구석 찾아들지 않으니 당신도 수
소문 좀 해 봐요. 꿔다 놓은 보릿자루처럼 방구석 지키면 다요?"

"언제부터 병국이 거, 걱정했소? 당장 뒈졌음 좋겠다 할 땐 언 제구."

"오늘 갯벌로 안 나갈 참이오?"

처가 나갈 채비로 외출복으로 갈아입었다.

"그러잖아도 강 회장하고 바람이나 쐴까 하던 참인데……."

"그럼 잘됐수. 나가는 길에 병국이 주릴 틀어줘고 와요. 참, 나 선 김에 웅포리 들러 동해식당 정 마담 만나 이잣돈 팔만 원 꼭 받아 와요. 은행 이자 갚을 날이 내일이니 받아 내야 해요. 독촉 할 땐 어물거리지 말고 배짱 좀 부려요."

처음부터 심부름 가라고 이를 일이지, 하고 한마디 할까 하다 나는 말을 삼켰다. 상동 큰 시장으로 일수 걷으러 나갈 참인지 처 는 방 나서기 전에, 차비 쓰라고 백 원짜리 동전 두 개를 방바닥 에 던졌다. 아침상 물리고 동전 두 닢을 손바닥에 올려놓자, 나는 또 부질없이 스물다섯 해나 여편네와 한솥밥 먹고 산 억울한 세 월을 한탄했다. 사흘을 주기로 처 잠자리 흥이나 돋궈 주는 역할 도 이제 힘에 부쳤다. 앞으로 어떻게 처신해야 할지 아무런 결론 도, 어떤 결단도 내릴 수 없었다.

내가 처를 만나기는 휴전되던 해, 상이군경*재활원에서였다. 왼쪽 허벅지에 박힌 다섯 개 파편을 꺼내고 좌대퇴골 이음 수술, 좌비복근 이식 수술, 바스라진 좌족근골 맞춤 수술 끝에 부산 군 통합 병원에서 상이 제대를 하게 되기가 그해 가을이었다. 왼쪽 다리를 잘룩거리게 되었으나 절단 위기를 넘겼으니 수술은 성공

• 상이군경 전투나 공무 중에 몸을 다친 군인과 경찰관.

적이었다. 군복을 벗었지만 불구의 내가 찾아갈 곳이 없었다. 수중에 재산이라곤 얼마간의 전역금뿐이었고, 남한 땅에는 친척붙이조차 없었다. 일 년여 전쟁터를 떠돌며 생사의 갈림길을 헤맬 때 내 학구열은 거덜이 나 버렸고, 이런 시국에 공부 계속하면 병신 주제에 그걸 어디에 써먹느냐는 회의부터 앞섰다. 다행히 장교 출신에 입대 전 대학에 적을 둔 학력 덕에 해운대 지나 송정리의 상이군경 재활원에서 총무 일을 보게 되었다. 백 명 남짓한 재활원의 상이용사는 대부분이 미혼으로 척추 장애자여서 휠체어에 몸을 의탁하고 있었다. 그러다 보니 거동 불편한 그들의 시중을 드는 심부름꾼과 취사를 맡은 여자들, 잡역부를 합쳐 재활원 연인원이 이백 명에 가까웠다. 일 년 남짓 그곳 재산 관리를 맡을 동안 나는 처를 만났다. 처는 재활원에서 부엌일 보던 종업원이었다. 처는 경기도 개성의 도붓장사* 딸로, 전쟁 중 피난길에 가족을 잃고 어쩌다 이 남도 끝까지 흘러온 모양이었다. 처지가 그렇게 한빈했으나* 처는 그늘이 없었고 천성이 명랑한 처녀였다. 나와 나이 다섯 살 차이니 당시 스물한 살이었다. 지금도 달라진 점이 없지만, 그 시절 나는 의욕 상실자였고 대인 공포증마저 보였다. 살아 내기가 힘에 겨운 나날이었다. 병상 생활은 언젠가 건강을 되찾아 퇴원할 거라는 희망이 있었기에 배겨 낼 수 있었다. 나는 마음을 못 잡은 채 매사에 초조해했고, 사람을 피했다. 그럴 때면 바닷가로 나가 혼자 만취할 때까지 술을 마셨다.

• 도붓장사 이리저리 돌아다니며 물건을 파는 일. 여기서는 파는 사람을 뜻함.
• 한빈하다 매우 가난하다.

그런 중에도 어서 통일이 되어 고향에 갈 수 있기를 바라는 한 가지 소망만은 품고 있었다. 그러나 그 소망은 차츰 환상으로 변했다. 향수병을 술로 달랬다. 나는 내가 맡은 일만 보았을 뿐 하루 종일 말이 없었고, 말을 더듬는 버릇도 그때부터 비롯되었다. 그런 음울한 내 마음을 밝은 쪽으로 돌려놓겠다는 듯 처가 깔깔거리며 헤집고 들었다. 전쟁 뒤끝 경황없는 세월이라 학력이나 성격이 결혼의 첫째 조건이 되지 않기도 했지만, 내가 우울증에 시달리다 보니 우리 사이가 금방 가까워지지는 않았다. 한 울타리 안에서 말 터놓고 지내는 사이 정도였다. 재활원에서 일 년을 보낼 동안 바깥 사회도 안정을 찾아 지체가 자유로운 상이군경에게도 취직의 문이 열렸다. 송정에서 동남 해안을 따라 십오 킬로 위쪽에 위치한 동진읍 공립 중학교 서무과에 일자리를 구하자 나는 고물 가죽 가방 하나 달랑 들고 재활원을 떠났다. 학교 뒤에 방을 얻어 자취 생활을 시작했다. 한 달쯤 지났을까, 처가 홀연히 나를 만나러 왔다. 처는 지금도 이따금, 공일* 보내기 심심해 동진읍으로 놀러 갔는데 어쩌다 절름발이한테 걸려들었다고 입방아를 찧지만, 어쨌든 나는 그날 밤 처와 살을 섞었다. 아니, 잠자리는 처의 적극성으로 이루어졌다. 처는 의도적으로 내게 몸을 맡겼으니, 그렇게 일을 저질러선 재활원을 빠져나올 구실을 삼으려는 속셈이었다. 우리는 살림을 차렸다. 그러나 성격 차이에다 도타운 애정이 없다 보니 다툼이 잦았다. 서로 한마디 말 없이 열흘, 보름을 한 지붕 아래서 보내는 날도 있었다. 병국

---

* 공일(空日) 일을 하지 않고 쉬는 날.

이가 태어나지 않았다면 우리는 갈라섰을지 몰랐다. 자식이란 부부 사이에 화해의 징검다리였기에, 자식이 서로의 말문을 트게 하는 매개 역할을 했다. 그러나 집에선 처 등쌀에 눌려 지냈고, 직장에서도 마음에 맞는 동료가 없어 실향민으로서의 적막감은 가중되었다. 나는 시간이나 쪼아 먹는 한 마리 날개 꺾인 새로 변해 버렸음을 알았다. 고향이 따로 있나 정들면 고향이지, 이런 유행가 구절도 있지만, 나는 특별한 취미나 마음 붙일 오락도 갖지 못한, 붙임성 없는 위인이었다. 휴전이 됐지만 언젠가는 통일의 날이 올 것이고 그렇게 되면 고향 통천으로 갈 수 있으려니 하는 희망이 나를 지탱시켜 주는 힘이었다. 정을 붙인 곳이 바다였다. 이 타관 땅이 바다를 끼고 있지 않았다면 무엇에 낙을 붙여 지금껏 살아왔을까. 자살해 버렸을지 몰랐다. 아니, 그럴 용기조차 없었고, 고향으로 돌아갈 환상이 나를 붙잡는 한 죽을 수 없었을 것이다. 나는 탁 트인 바다를 구경하기 좋아했다. 바다를 보러 다니다 동진강 하구 삼각주가 철새나 나그네새 도래지˙임을 알게 되었다. 나는 사철을 가리지 않았으나, 특히 봄가을의 환절기가 돌아오면 사흘이 멀다 하고 동진강 하류의 개펄을 찾았다. 퇴근하면 집 발이 붙지 않아 도시락 가방에 소주 한 병을 챙겨 넣고 석교천 방죽길로 자전거를 달렸다. 숨겨 둔 여자라도 만나러 가는 마음이었다. 개펄에 도착해 모랫바닥에 다리 뻗고 앉으면 수백 마리의 새 떼가 아귀아귀 우짖으며 나를 반겼다. 동진읍에 정착했던 그해 가을, 전쟁 나기 전 고향 땅에서 본 도요새 무리를

• 도래지 철새 따위가 다른 곳에서 들어와 머무는 곳.

동진강 삼각주에서 보았을 때, 나는 헤어진 부모와 동기간°과 약혼녀를 만난 듯 반가웠다. 너들이 휴전선 위쪽 통천을 거쳐 여기로 날아왔구나. 대답 없는 물음을 던지면 울컥 사무치는 향수가 심사를 못 견디게 긁었다. 나는 술병을 기울이며 새 떼와 많은 말을 나누었다. 내가 말하고, 내가 새가 되어 대답하는 대화를 누가 이해하리오. 새가 고향 땅의 부모님이 되고, 형제가 되고, 어떤 때는 약혼자가 되어 내게 들려주던 많은 말을 기쁨에 들며, 때때로 설움에 젖어 화답하는 순간만이 내게는 진정한 시간이었다. 그러나 세월의 부침 속에 고향에 대한 향수도 차츰 식어 갔다. 개펄도 내 인생과 함께 황혼을 맞았다. 지금 보는 바다는 예전보다 파도가 높아 내가 헤엄쳐 강원도 통천까지는 도저히 북상할 수 없을 만큼 아득히 멀어 보였다. 철새나 나그네새는 휴전선 넘어 자유로이 내왕하건만 나는 그곳에 갈 수 없다는 안타까움이 해가 갈수록 이마에 깊은 주름을 새겼다.

나는 담배를 피워 물고 여느 날처럼 신문을 폈다. 특별한 읽을거리나 속 시원한 기사가 눈에 띌 리 없었다. 그래도 일 면부터 팔 면까지 샅샅이 읽었고 저녁 텔레비전 프로를 살폈다. 벽시계를 보니 겨우 10시였다. 지금 기원에 나가도 강 회장이 출근했을 리 없었다. 강 회장은 함경도 도민회 회장으로, 나와 십오 년 넘게 형제같이 사귀는 사이였다. 그의 고향은 부전령 아래 송화였고 나이는 나보다 여덟 해 연상이었다. 흥남 철수 때 처와 자식 셋을 고향에 둔 채 홀로 피난 나와 구제품 행상으로 출발해선 오

° 동기간 형제자매 사이.

일륙* 전에 여기에 정착해 상동시장에서 포목점을 냈다. 동진읍이 시로 승격되자 그는 점포를 키웠으나, 일 년 전 고혈압으로 쓰러졌다 일어난 뒤 포목업도 이남에서 새 장가 들어 얻은 여편네한테 넘기곤 나와 바둑으로 소일하고 지냈다.

내가 신문 바둑 관전기를 들여다보고 있을 때였다. 대문 초인종이 울렸다. 마루 끝에 앉아 껌을 씹으며 라디오 유행가를 따라 흥얼거리던 종옥이가 대문께로 갔다. 초인종 소리가 길게 울리는 것으로 보아 아들들 같지는 않았고 여편네가 뭘 빠뜨리고 나갔다 되돌아왔으려니 생각했다.

누구냐며 종옥이 철문의 쇠빗장을 열며 물었다. 김병국 있냐고, 바깥에서 무뚝뚝한 소리로 물었다. 종옥이 문을 열자, 장교하나와 사병 둘이 마당으로 들어섰다. 장교는 중위였다. 그들 거동이 당당한 데다 사병은 총을 멨고 장망* 씌운 철모를 쓰고 있었다. 셋이 마당 가운데 서자 금방 내 가슴이 철렁했고 턱이 떨렸다. 육이오 때 철원 전투에서 다리에 중상을 입은 후부터 놀랄 때나 흥분할 때면 나타나는 부교감 신경의 실조증*이었다. 병국이가 제 어미한테 돈을 못 타 내 내게 오천 원만 돌려 달라던 게 그저께였다. 강 회장한테 돈을 빌려주었는데 녀석이 그 돈으로 말썽을 피웠나 하는 생각이 들었다. 나는 엉거주춤 마루로 나섰다. 지난여름 일이 후딱 떠올랐다.

작년, 더위가 찔 무렵이었다. B공단 성창비료 석교 공장 노무

• 오일륙 1961년 5월 16일에 일어난 군사 정변.
• 장망 위장망. 적의 눈에 띄지 않게 씌우는 그물.
• 실조증 신체의 일부를 움직일 때 장애로 인해 동작이 서투르고 섬세하게 움직일 수 없는 상태.

과장이 장정 셋을 거느리고 집에 들이닥친 일이 있었다. 그날은 종옥이가 시장에 나가 홀로 집을 지키던 참이었다.

"김병국이란 작자가 누구요? 어떤 위인인가 상판 좀 봅시다."

힘꼴깨나 써 보이는 한 장정이 기세등등하게 말했다.

"내 아들놈인데 다, 당신네는 누, 누구요?"

기세에 눌려 내 목소리가 더 더듬거렸다.

"그렇담 마빡 새파란 놈이겠군. 그 새끼 좀 봅시다!"

다른 장정이 윽박질렀다.

"아들은 집에 없소. 무, 무슨 일인데 이러오?"

"그 자식 당장 작살낼 테야. 암모니아 가스가 아니라 진짜 똥물을 아가리에 퍼 넣어야 정신 차릴 개새끼!"

또 다른 장정이 방문 열린 큰방과 건넌방을 기웃거렸다.

"소란 피워 죄송합니다만, 병국이란 자제분을 만날 수 없겠습니까?"

마흔쯤 된 노무과장이란 자가 내게 정중하게 말했다.

"마루에라도 앉아요."

노무과장을 상대로 내가 말했다.

"병국이를 차, 찾자면 힘들겠네요. 늘 자정쯤 돌아오니, 난들 그놈 행선지를 모르오."

"사실을 말씀드리자면……."

노무과장이 병국이를 찾아온 이유를 설명했다. "선생 자제분이 우리 회사를 상대로 관계 요로*에 진정설 냈습니다. 여기 시

---

* 요로 영향력이 있는 중요한 자리나 지위.

보건과에서 접수한 진정서 사본을 보십시오."

마루에 걸터앉은 노무과장이 복사판 서류를 꺼냈다. 방으로 들어가 돋보기안경을 찾아 낄 틈도 없이 어릿어릿한 글자를 대충 훑어보았다.

……성창비료 석교공장은 연간 40억 원 규모의 흑자를 내면서도 폐기 처리 과정에 근본적 개선책이 전무함이 입증되었다. 8월 4일 새벽 2시 20분, 당 공장은 야음*을 틈타 암모니아 가스를 다량으로 배출해, 가스가 폐수천(석교천)을 따라 안개처럼 덮쳐 동진강 하류로 확산된 바 있다. 이로 인해 새벽 4시 10분 동진강 하류에서 오징어잡이 나가던 어민 18명이 심한 두통과 구토증으로 실신한 사건이 있었다. 당사는 기계의 밸브가 고장 나서 가스가 샜다고 변명하지만 이런 일이 일주일을 주기로 수십 차례 반복되었음을 입증하며(관계 자료 별첨), 이로 미루어 당사는 고의로 밸브를 틀어 야밤에 가스를 배출함이 객관적으로 입증됨으로써……

"정신병자 놈이 쓴 낙서는 더 읽을 필요가 없소."

장정이 진정서를 낚아챘다.

"아, 아들놈이 낸 진정서가 틀림없습니까?"

노무과장에게 물었다.

"분명합니다. 뒷조사해 보니 자제분은 이 방면에 상습범이더군요. 유월에는 풍천화학을 상대로 진정서를 낸 바 있었습니다.

• 야음 밤의 어둠.

풍천화학도 야음에 카드뮴과 수은 등 중금속 물질을 배출시켜 동진강 하류 삼각주 지대에 서식하는 각종 새 삼백여 마리와 물고기가 떼죽음을 당했다나요. 사람이 아닌, 한갓 새나 물고기가 말입니다."

노무과장이 '새나 물고기'란 말을 강조했다. 그는 이어,

"국민 소득 일천 달러 달성에, 오늘날 조국 근대화가 무엇으로 이루어졌는지는 선생도 잘 알지요?"

했다.

"사람이 아닌, 한갓 새와 물고기가 죽었다구 진정을 내? 빈대 잡겠다고 초가삼간 태우겠다는 미친놈 짓거리를 이번에는 아예 뿌릴 뽑아야 해!"

한 장정이 주먹을 내두르며 소리쳤다.

장정들이 병국이 소재를 대라고 이구동성으로 삿대질했고, 병국이 돌아올 자정까지 기다리겠다며 우르르 마루로 올라왔다.

"선생, 진정도 진정 나름입니다. 이번 문제는 명예 훼손으로밖에 볼 수 없어요. 더러 기계 고장으로 가스가 새는 수가 있긴 합니다. 그러나 이를 고의로 몰아붙이는 이런 진정에는 우리가 명예 훼손으로 자제분을 고발할 수 있어요. 선생도 지난번 반상회엘 나갔다면 우리 B공단에서 돌린 공문을 보셨을 겝니다. 공단 측에서도 공해 문제에 관심을 가지구 아황산가스·일산화탄소·폐수·풍속 측정기 등, 팔 대 공해 검증 기구를 사들이려 예산을 책정했다는 사실 말입니다. 또 오염 가능 지역을 삼 단계로 분류해 오백여 가구 이주 계획을 세워 놓았다는 점도 읽으셨겠죠."

노무과장은 잠시 숨을 돌리더니 담배를 꺼내어 물고 한 개비는

내게 권했다.

　그로부터 그들은 한 시간 남짓 집에 머물렀다. 그동안 노무과
장은 이론을 앞세운 설득으로, 세 장정은 힘을 과시한 위협으로
나를 곤비케[•] 했다. 그동안 병국은 용케 귀가하지 않았다. 그때도
그는 이틀째 집을 비운 참이었다. 동진강 하류에서 텐트 치고 야
영을 하거나, 아니면 야밤에 공단 하수구를 감시하느라 해주집
토방 구석에서 새우잠을 잤음이 틀림없었다.

　"선생이 김병국의 부친 되십니까?"

　중위가 정중하게 물었다.

　"그, 그렇습니다만……"

　"보호자로서 저희 부대까지 동행 좀 해 주셔야겠어요."

　"병국이는 지금 어, 어디 있습니까?"

　"부대에서 보호 중입니다."

　"녀석이 무, 무슨 사건을 저질렀나요?"

　"아드님이 통금 시간에 군 통제 구역 안으로 무단출입했어요.
선생도 아시겠지만 그 시간에 무단출입한 자에게는 군이 발포할
권한까지 있습니다."

　"그, 그럼 발포해서 병국이가 다쳤나요?"

　"그런 정도는 아닙니다만, 하여간 잠시 시간을 내셔야겠어요."

　"부대가 어딘데요?"

　"동남만 일대의 경비를 담당하는 ○○부댑니다."

　나는 방으로 들어가 외출복으로 갈아입었다. 해석을 달리하면

• 곤비하다　아무것도 할 기력이 없을 만큼 지쳐 몹시 고단하다.

까다로운 사건일 수도 있으나 병국의 경우를 따져 볼 때 그리 큰 걱정은 안 해도 좋을 듯했다. 병국이 해안선 따라 남파된 간첩이 아니요, 부대 경계 배치 상황을 탐지하겠다는 첩자도 아닌 이상 무사히 풀려나올 게 틀림없었다. 녀석은 새에 관한 무슨 조사를 목적으로, 아니면 공해와 관련해서 경계 지구 안으로 잠입했음이 틀림없었다.

대문 밖으로 나오니 군용 지프차가 대기하고 있었다. 나는 뒷좌석 중위 옆자리에 탔다. 차가 시내로 빠져나올 동안 중위가 입을 다물어 나는 무료한 시간을 쪼개느라 내 소개를 했다. 나는 스물여섯 해 전에 전역한 육군 대위 출신이다. 1952년 정월, 철원 전투에서 중상을 입어 현재도 상이 장교로 연금 혜택을 받고 있다. 현역 시절 무공 훈장 세 개를 받은 바 있다. 이런 말을 더듬더듬 엮자 중위가 동지적 친근감을 보이며, 그럼 상관님 되시는군요 했다.

"파견 대장님 소관이라 저는 용건을 전하러 왔습니다만……."
하고 중위는 서두를 뗀 뒤,

"아드님이 성인이라 굳이 보호자를 대동할 필요는 없으나 그 언행의 진부*와 가족 관계를 파악하려 부르는 것 같아요."
하고 말했다.

"제 아들놈이 철새의 수, 수면 장소나 은신처를 찾으러 통제 구역 안으로 들어간 게 아닌가요? 아니면 동진강 하류의 폐, 폐수 오염도를 조사할 목적으로?"

---

* 진부(眞否) 참됨과 거짓됨. 또는 진짜와 가짜.

"둘 중의 하나겠죠."

중위는 알 만하다는 얼굴로 나를 보고 빙그레 웃었다.

"겨, 경찰서로 이첩*될 건가요?"

"가 보면 만나겠지만, 파견 대장님은 인간적이십니다."

나는 더 물을 말이 없었다. 중위의 어투로 보아 크게 걱정하지 않아도 되겠다고 스스로에게 안심을 심었다. 담배를 피워 물었다. 차는 시내를 빠져나와 석교천을 끼고 사방이 트인 해안 지대를 달렸다. 지프 차창으로 밖을 내다보았다. 황량한 공한지 멀리로 B공단 공장 굴뚝들이 보였다. 바다에서 불어오는 바람에 밀려 연기가 시내 쪽으로 꼬리를 늘였다. 그중 삼영정유공장으로 짐작되는 굴뚝에는 중동의 유전 지대처럼 가스를 태우는 붉은 불꽃이 혀를 날름거렸다. 불꽃을 휩싼 검은 연기가 분진*을 날리며 서쪽 하늘로 흩어졌다. 삼각주 갈대밭과 해안 구릉 사이로 바다가 보이자, 지프는 휘어진 길을 따라 남으로 꺾어 들었다. 나는 차창을 열어 소금 내 섞인 바닷바람을 마셨다. 가을 햇살 아래 바다의 잔물결이 반짝거렸다.

"어릴 적부터 병국이 그, 그놈은 바다를 좋아했더랬지요."

중위에게 내가 말했다.

"저도 고향이 인천입니다만, 소년에게 바다는 꿈을 키워 주지요."

그랬다. 병국이는 어릴 적부터 바다를 보며 꿈을 키웠다. 두 아

• 이첩 받은 공문이나 통첩을 다른 부서로 다시 보내어 알림.
• 분진 티끌.

들 녀석이 초등학교에 다닐 무렵, 일요일이면 자전거 뒤에는 병국이를, 앞에는 병식이를 태워 동진강 삼각주나 동남만 남쪽 돌기에 자리한 장진포까지 바다 구경을 나갔다. 병식은 어려서인지 별 반응이 없었지만, 병국은 바다로 나오면 큰 배를 보고 싶어 했다. 동남만이 공업화의 물살을 타자 어촌이었던 장진포가 항만 준설* 공사를 마쳐 몇만 톤급 배가 입항하게 되었는데, 병국은 외국 깃발을 단 큰 배에 열광했다. 바람의 힘으로 움직이는 거룻배나, 통통배라 부르던 발동선은 안중에 없었다.

지프가 부대 정문으로 들어섰다. 본부 막사 앞에 차가 멎었다. 중위는 나를 본부 막사 파견 대장실로 안내했다. 파견 대장은 서류철을 뒤적이다 우리를 맞았다.

"김병국 군 부친입니다."

중위가 소령에게 말했다. 덧붙여, 예편한 대위 출신으로 육이오 전쟁에 참전한 상이용사라고 나를 소개했다.

"앉으십시오."

소령은 나를 회의용 의자들 쪽으로 안내했다.

"부, 불비한* 자식을 둬서 죄송합니다. 얘기를 해 보셨다면 아, 알겠지만 천성은 착한 놈입니다."

접개 철제의자에 앉으며 내가 말했다.

"어젯밤에 제가 부대서 숙식할 일이 있어 젊은 친구와 얘기를 나눠 봤지요. 별난 데는 있지만 똑똑한 학생이더군요."

• 준설 물의 깊이를 깊게 하여 배가 잘 드나들 수 있도록 하천이나 항만 등의 바닥에 쌓인 모래나 암석을 파내는 일.
• 불비하다 제대로 다 갖추어져 있지 않다.

"요즘 제 딴에는 조류와 공해 문제를 여, 연구한답시고…… 모르긴 하지만 그 일 때문에 시, 심려를 끼치지 않았나……."

"자제분은 군 통제 구역 출입이 어떤 처벌을 받는지 알 만한 식견이 있음에도 무모한 행동을 했어요. 설령 그 일이 정당해두 사전에 부대의 양해를 구해야지요."

"야영하다 자신도 모르는 사이에 워, 월경했겠죠.˙ 부대장님의 선처를 바랍니다. 내보내 주시면 아비 된 제가 단단히 주의를 주겠습니다."

윤 소령이 당번병을 불러 차를 내오라고 일렀다. 그리고 1968년 11월 울진·삼척 지구의 무장 공비 출현과 그들이 저지른 만행을 예로 들었다.

"……야음을 틈타 쾌속정을 이용해서 동해안 따라 남하했던 겁니다."

아울러 국내 유수˙의 공업 단지 보안과 경비의 중요성을 강조했다.

"우리는 실전이 없달 뿐 지금도 전쟁 중입니다. 국민이 평안을 원한다면, 그 평안을 확보하기 위해 한시도 경각심을 늦출 수 없어요. 국민 복지의 향상과 제반 산업의 발전도 안보의 확립 위에서만 가능합니다."

차를 마시고 나자 소령은 당번병에게, 김병국 군을 데려오라고 말했다. 한참 뒤, 아들이 중위와 함께 파견 대장실로 왔다. 쑥대

• 월경하다 국경이나 경계선을 넘다.
• 유수 손꼽을 만큼 두드러지거나 훌륭함.

머리에 땟국 앉은 꾀죄죄한 아들놈 몰골이 중병 든 환자 꼴이었다. 점퍼와 검정 바지도 뻘투성이여서 하수도 공사라도 하다 나온 듯했다. 꺼진 눈자위에 번들거리는 눈만이 살아, 나를 보았다.

"넌 도대체 어, 어떻게 돼먹은 놈인가! 통금 시간에 허가증 없이는 해안 일대에 모, 못 다니는 줄 알면서."

내가 노기를 띠며 말했다.

"본의는 아니었어요. 사나흘 사이에 동진강 하구 삼각주에서 갑자기 새들이 집단으로 죽기에, 이유를 좀 캐내 보려던 게⋯⋯."

병국이 머리를 떨구었다.

"그래도 변명은!"

"그만하십시오. 자제분 의도나 진심은 파악했으니깐요."

소령이 말했다.

병국이는 간밤에 쓴 진술서에 손도장을 찍고, 각서를 썼다. 내가 각서에 연대 보증을 섬으로써 부자가 파견대 정문을 나오기는 정오가 가까울 무렵이었다. 부대를 나올 때 집으로 찾아왔던 중위가 병국이 물건을 인계했다. 닭 털 침낭이 묶인 배낭 한 개, 이 인용 천막, 손전등, 죽은 바다오리와 꼬마물떼새 한 마리씩이었다.

"죽은 새는 뭘 하게?"

웅포리로 걸으며 내가 물었다.

"해부해서 사인을 캐 보려구요."

"폐, 폐수 탓일까?"

아들 녀석은 대답이 없었다.

"시장할 테니 해주집에 가서 저, 점심 요기나 하자."

"아무래도 새를 밀살하는 치가 따로 있는 거 같아요."

병국은 밥에는 관심이 없는지 딴소리를 했다.

"그걸 어떻게 알아?"

"갑자기 떼죽음당한 게 이상하잖아요? 물론 전에도 새나 물고기가 떼죽음당한 경우가 있었지만 이번은 뭔가 다른 것 같아요."

"오염된 수, 수질 탓이야. 이제 동진강은 강물이 아니고 도, 독극물이야. 조만간 이곳에서 새 떼가 자, 자취를 감추고 말 게야."

"새 깃털이나 뼈가 갈대밭에 흩어진 걸 봤지만 이번은 그게 아니래두요."

병국이 말했다.

"간밤에 곰곰이 생각해 보니 아무래도 병식이 그들과 한 패인 듯해요."

"병식이가 새를 죽여?"

"전 밥 생각이 없으니 시내로 들어갈게요. 독서실을 찾아 녀석을 만나야겠어요. 독살 이유를 캐내야 해요."

병국의 말이 단호했다.

지난여름 해주집에서 본 물고기가 생각났다. 중금속에 오염된 이른바 꼽추 붕어였다. 저런 물고기가 잡히다니, 세상도 희한해졌다고 해주댁이 말했다. 그걸 끓여 먹었다간 내 등뼈도 휘어지겠다며 당장 버리라고 강 회장이 말했다. 해주댁이 등이 휘어진 꼽추 붕어 꼬리를 쥐며, 이걸 먹었다구 죽기야 하겠냐며 아쉬워했다. 강 회장이 해주댁한테서 꼽추 붕어를 빼앗아 땅바닥에 패대기쳤다.

생명을 가진 것이 죽어 버린 상태, 사람이든 짐승이든 시체는 추하다. 그러나 꼬마물떼새는 죽어 있어도 추해 보이지 않았다. 이십 센티 못 되는 늘어진 작은 몸매가 안쓰럽고 귀여웠다. 등은 성긴 갈색 털로 덮였고 배 쪽 흰 털은 융단 같았다. 검은색 굵은 줄이 목을 감았고, 눈가에도 검은 무늬가 있었다. 살풋 감은 눈꼬리로 노란 둘레 테가 엿보였다.

이 씨는 꼬마물떼새 시체를 집어 도마에 놓았다. 칼자국 흠마다 피가 밴 두꺼운 도마였다.

"도마에 관록이 붙었습니다."

족제비가 이 씨에게 말했다.

"수백 마리는 참살한 형틀이지."

이 씨가 말했다.

이 씨는 메스를 들었다. 오후 4시경의 기운 햇살이 칼날 끝에서 튀었다. 이 씨는 메스로 간단히 꼬마물떼새의 목을 잘랐다. 작은 새라 이 씨 손놀림이 경쾌했다. 병식이와 족제비는 이 씨 뒤에서 그 장면을 지켜보았다.

떨어져 나간 새의 목과 몸통에서 피가 흘러 도마 바닥에 응고되었다. 이 씨가 다리와 날개에 이어 꽁지를 자르자 새는 몸통만 남았다. 꼴을 갖추지 못한 몸통이라 병식이 찡그리며 개수구에 침을 뱉었다. 이 씨는 메스를 놓고 탁구공만 한 꼬마물떼새 대가리를 쥐었다. 잘라 낸 목에서 기관과 식도의 심줄을 빼내고, 거기에다 핀셋을 쑤셔 뇌를 뽑아냈다. 뇌는 붉은 실핏줄로 싸 발린 둥근 핏덩이였다.

"새대가리란 말이 있듯이, 새들은 뇌가 작지."

이 씨가 말했다.

"새도 새 나름이죠. 그놈은 고향이 시베리아 맞잖아요?"

족제비가 말했다.

"그 먼 데서 예까지 날아와 죽게 될 줄이야."

"죽어도 박제품을 남기니 호랑이가 가죽 남기듯, 쓸모 있는 죽음이죠."

병식이 말했다.

"모든 생명은 혼이 가 버리면 끝장이야. 껍데기만 남겨선 뭘 해."

이 씨가 말했다.

"우리 주위에 혼 없이 나댕기는 놈이 어디 한둘인가요."

병식은 형을 떠올렸다.

"세상엔 새만도 못한 인간이 많긴 하지."

이 씨가 말했다.

"물떼새는 대단한 놈이야요."

족제비가 그 말을 받았다.

"『조류도감』을 보니깐 미국 보스턴 근방에서 다리에 표지(標識)를 붙여 날려 보냈더니 엿새 뒤에 삼천 킬로 떨어진 서인도제도 한 섬에서 포획됐대요. 하루 평균 오백 킬로를 난 셈이지."

"자네도 이젠 전문가가 다 됐군."

"돈벌이도 주제 정도는 파악해야죠."

"중병아리만 한 놈이 하루 오백 킬로를 날아?"

병식이가 감탄했다.

"고속버스지 뭐. 아침 먹고 서울 뜨면 저녁에 부산이지."

족제비가 말했다.

이 씨는 아비산 용액이 묻은 솜을 새의 잘린 목구멍을 통해 빈 기관에 쑤셔 박았다. 핀셋에 집힌 솜 한 뭉치가 다 들어갔다. 이어 이 씨는 새의 몸통을 왼 손바닥에 뒤집어 놓고 메스로 목에서부터 배를 거쳐 항문까지 갈랐다.

"이제 박피를 시작하는 거야."

족제비가 병식이에게 말했다.

"박피라니?"

이 씨의 손놀림을 보던 병식이 족제비에게 물었다.

"껍질을 홀랑 벗기는 거지."

이 씨가 새의 항문에서부터 껍질을 벗겨 냈다. 병식은 지난겨울, 대학 입시 원서를 낼 때가 생각났다. 명함판 사진을 찍어 입시 원서에 붙일 때, 사진 뒷면 한 겹을 벗겨 내기가 쉽지 않았다. 면상이 찢길까 봐 침칠하며 한 겹을 두 쪽으로 나눌 때에 비해 이 씨는 콘돔을 까발길 때처럼 껍질을 익숙하게 벗겨 나갔다. 껍질을 벗길 때 얇은 막이 찢어지는 소리가 났다.

새란 날짐승은 원래 필요 없는 살점을 붙이고 있지 않지만, 꼬마물떼새의 경우는 얇게 싸 발린 대흉근 안쪽에 용골 돌기가 불거져 있었다. 박피를 끝내자 껍질 벗긴 새의 몸통은 무슨 살덩이인지 알아볼 수 없는 형체로 변했다. 이 씨는 새 몸통을 도마 옆으로 던지고 껍질 안면을 도마에 펴 놓았다.

"몸통은 내버리나요?"

병식이가 이 씨에게 물었다.

"내장을 추려 내서 볶아 먹자는 거로군."

"참새구이 정돈 안 될까요?"

"마음대로 해. 먹어도 죽진 않을 테니."

이 씨는 솜에 아비산 액을 묻혀 껍질 안면을 닦았다. 부패 방지 처리였다. 그 일이 끝나자 새 대가리를 쥐고 박피에 들어갔다.

"대가리 박피는 눈·귀·주둥이 부분을 조심해야 돼."

"사자같이 덩치 큰 짐승을 박피한담 모를까, 작은 새는 스릴이 없군."

병식이 말했다.

"그래도 고니나 오리 종류는 낫지."

족제비가 말했다.

"박제도 한물갔어. 야생 조류가 자꾸 귀해지니깐."

이 씨가 말했다.

"그러니 값이 천장 모르고 뛰잖아요."

족제비가 말했다.

"이삼 년 전만 해도 이런 물떼새는 어디 박제감으로 쳤나. 죽은 병아리와 다를 바 없었지."

이 씨가 메스로 꼬마물떼새 주둥이 기부°를 도려냈다.

"얘기 하나 해 줄까. 물떼새나 도요새는 생김새도 닮은 한 종류지만, 이놈들은 꾀가 많지."

"꾀가 많다니요?"

● 기부(肌膚) 사람이나 동물의 몸을 싸고 있는 살이나 살가죽.

병식이 물었다.

"어미 새가 냇가 자갈밭에서 부화될 알을 품고 있을 때 갑자기 뱀이 나타났다 이거야. 그러면 어미 새가 어떻게 알을 보호하느냐 하면, 갑자기 절름발이 시늉을 내며 비적비적* 걷거든. 그러면 뱀이, 옳다구나 저놈은 날지 못하는 병신이니 저놈을 잡아먹자고 어미 새 뒤를 쫓지. 그러면 어미 새는 곧 잡힐 듯 절뚝거리며 달아나. 알을 둔 곳에서 멀찌감치 도망가서 뱀이 되돌아가도 찾지 못할 지점까지 가서야 화들짝 하늘로 날아올라."

"거짓말."

병식이는 절름발이 아버지를 생각했다.

"비싼 밥 먹고 왜 거짓말을 해."

"그럴듯한 얘긴데요."

족제비가 머리를 주억거렸다.

"이제 전시장으로 가 볼까."

이 씨가 말했다.

전시실은 안채 지하실로, 부엌을 통해 들어갔다. 족제비가 지하실 문을 열자 병식은 쿰쿰한 악취에 순간적으로 숨을 끊었다.

"뭘 쭈뼛거려. 들어오잖구."

족제비가 말했다.

병식이 코를 싸쥐고 뒤따라 들어갔다. 지하실은 건조했고, 화덕처럼 후끈거렸다. 연탄난로가 설치되어 열을 내고 있었다. 병식은 잠시 멈추었던 숨을 내쉬었다. 고깃덩어리가 썩는 역한 내

• 비적비적 비척비척. 몸을 한쪽으로 약간 비틀거리거나 가볍게 절룩이며 걷는 모양.

음과 노린내가 코로 스며들었다. 그 냄새만이 아니었다. 지하실
은 유황을 태운 듯 매캐한 화기와 텁텁한 구린내, 병원의 소독수
냄새까지 합친, 야릇한 냄새로 차 있었다.

"으스스한데?"

병식이 말했다.

"심령 영화 보듯 짜릿한 무엇이 있지?"

족제비가 배시시 웃었다.

맞은편 벽은 삼 층으로 선반이 있었다. 선반에는 여러 종류의
완성된 조류 박제품과, 철사에 석고를 발라 머리와 몸통이 새와
흡사한 모양 틀이 진열되어 있었다. 병식은 조류 박제품 중에 매
를 보았다. 매는 큰 날개를 벌린 채 먹이를 덮칠 듯한 자세로 나
뭇가지에 앉아 있었다. 매의 날개가 벽면에 그림자를 드리웠다.
의안임에도 전등빛에 반사된 눈매가 매서웠다.

"저 매한테 혼만 불어넣는다면?"

족제비가 병식에게 말했다.

"불가능해. 하느님은 물론, 그 어떤 신도."

"저 고니를 봐?"

"얌전한 폼이 해수욕을 즐기는 것 같군."

"인간도 박제해서 여기다 보관하면 좋을걸."

"미라가 있잖아."

"모든 인간 종자를 말야. 세종대왕이나 나폴레옹보다 마릴린
먼로나 히틀러 같은 치가 보고 싶군."

"저기 흰목물떼새도 있네?"

"죽이긴 내가 죽이고, 이 씨는 저렇게 살려 내."

"예술가서."

"이 씬 죽어도 천당 갈 거야. 지옥으로 떨어질 찰나 새들이 답 삭 물어 올려 하늘나라로 모셔 갈 테니."

족제비가 책상에 엉덩이를 걸쳤다. 책상에는 가위·바늘·핀셋· 철사·핀·솔·코르크판 따위가 널려 있었다.

"이 씨의 손에 잡히면 중치의 새 정돈 삼십 분 만에 저렇게 완 성돼."

"판매 루트는?"

"직업적인 세일즈맨이 있어."

족제비는 담배를 꺼냈다.

"피울래?"

"여긴 숨이 막혀."

"습기가 끼면 박제품은 썩게 마련이야. 그래서 난로를 피워."

"냄새가 지독해."

"바깥도 매연투성이잖아. 썩긴 그쪽이 더할는지 모르지. 여긴 저놈들의 혼이라도 떠도니 엄숙한 셈이야."

"나가."

병식이 입구로 등을 돌렸다.

"나흘 치 셈을 받으면?"

족제비가 따라오며 물었다.

"한 번 더 올나이트로 흔들지 뭐."

"너도 철들어 제법이야. 일곱 시에 끝나지? 내가 학관으로 가 마."

"오늘도 윤희를 만날 수 있을까?"

"순정파셔. 어디 까이*가 한둘이니. 대일밴드(임시 애인)야 바겐세일 아냐."

족제비는 이 씨로부터 만칠천 원을 받았다. 그중 칠천 원을 병식에게 주었다. 둘은 이 씨 집을 나와 버스를 탔다. 중앙공원 로터리에서 둘은 헤어졌다. 병식은 시계를 보았다. 4시 반이었다. 5시부터 수업이 시작되니 삼십 분 여유가 있었다. 그는 학관이 있는 역 쪽으로 걸었다. 담배를 피워 물고 맞은편에서 오는 계집애들 얼굴과 몸매를 눈요기했다.

학관 입구는 여느 날처럼 붐볐다. 대부분이 재수생이었고 간간이 교복 입은 학생도 섞여 있었다. 병식이 정문 앞 돌계단까지 갔을 때였다. 열두 개의 계단 맨 위에 병국이 쭈그려 앉아 있었다. 퀭한 눈으로 계단을 오르는 학관생들을 눈여겨보고 있었다. 점퍼와 바지에는 뻘이 묻은 채였다. 병국이 계단을 오르는 아우를 보자 일어섰다.

"웬일이야?"

병식이 피우던 담배를 구둣발로 비벼 끄며 말했다.

"우리 학관에 선생 자리라도 뚫었나. 그럼 난 무료 패스 하겠군."

"너한테 할 말이 있어."

"무슨 얘긴데?"

"어제 오후부터 널 찾아다녔어. 독서실에서 잠 안 잤더군."

"입시까진 바쁜 몸인 줄 알잖아?"

---

* 까이 가이(guy). 남자.

"조용한 데로 가서 얘기 좀 해."

형제는 학관 앞을 떠났다.

"형, 술 할래?"

병식이 물었다.

"놀래긴. 나도 성년식 마친 몸이야."

"저기로 가."

병국이 다방 간판을 보고 그곳으로 걸었다.

"내가 한잔 산다는데 그래."

병식이 형 점퍼 허리춤을 잡았다.

형제는 뒷골목 간이주점으로 들어갔다. 해가 지기 전이라 손님은 없었다. 병식이 주모를 불러 막걸리를 시켰다.

"형, 내 친구 종호 알아? 종호 형이 형과 고등학교 동창이라며? 근데 말야. 죽동 사창가 골목에서 형제가 마주쳤다는 거야."

"입 닫아."

병국의 눈빛이 날카로워졌다.

"괜히 엄숙 떨지 마."

"너 그날 석교천 방죽에서 새를 독살하고 오던 길이지?"

"그게 뭘 어쨌다는 거야?"

병식의 표정에서 장난기가 사라졌다.

"뻔뻔스런 자식. 언제부터 그 짓 시작했어? 왜 새를 죽여, 죽인 새로 뭘 해?"

병국이 언성을 높였다.

"별 말코 같은 소릴 다 듣는군. 날아다니는 새도 임자 있나? 지구의 새를 형이 몽땅 사들였어?"

병식이가 주모가 놓고 간 주전자의 막걸리를 두 잔에 쳤다.

"우선 한 잔 꺾지. 형제의 우애를 위해서."

"누가 네게 그 일을 시켜? 그 사람을 대."

병국이 잔을 밀치며 소리쳤다.

"형이 고발할 테야? 날아다니는 새 잡아 박제한다구? 그건 죄가 되구, 허가 낸 사냥총으로 새 잡는 치들은 죄가 안 된다 말이지?"

병식이 코웃음 쳤다.

"희귀조가 멸종되고 있다는 건 너도 알지? 인간이 새를 창조할 순 없어."

"개떡 같은 이론은 집어치워. 지구상에는 삼십억 넘는 새가 살아. 그중 내가 몇 마리를 죽였다 치자, 형은 그게 그렇게 안타까워?"

"박제하는 놈을 못 대겠어?"

병국이가 의자에서 일어나 아우 멱살을 틀어쥐었다.

주모가 달려와 둘 사이에 끼었다. 개시도 안 한 술집에서 웬 행패냐고 주모가 소리쳤다.

"못 불겠다면? 형이 고발해 봐. 형 손에 아우가 쇠고랑 차지!"

병식이 형 손목을 잡고 비틀어 꺾었다.

"형도 구치소 출입해 봤으니 나만 볕 보고 살란 법 있어?"

"말이면 다야!"

병국의 주먹이 아우 턱을 갈겼다. 병식의 머리가 뒷벽에 부딪히자 입술에서 피가 터졌다.

"형이 날 쳤어!"

병식이 형의 허리를 조여선 번쩍 안아 들었다. 그는 마른 장작 개비 같은 형을 바닥에 내동댕이치곤 의자를 치켜들었다. 형 면 상에다 의자를 찍으려다 그 짓은 차마 못 하겠다는 듯 손을 내 렸다.

"오늘은 내가 참아. 다구리 탈˙ 짓을 했담 형한테 맞아 주겠어. 그러나 내가 새를 독살한 것도 아니구, 심심풀이로 족제비 따라 개펄로 나갔는데, 치사하게 동생을 고발해!"

병식은 백 원짜리 동전을 술상에 놓곤 입술의 피를 닦았다. 가 방을 챙겨 들더니 출입문을 열어젖혔다.

"병식아, 학관 끝나면 집으로 와!"

모잽이로˙ 쓰러졌던 병국이 일어나며 외쳤다. 병식은 주점을 나서 버린 뒤였다.

"봐요, 젊은이 안경알이 깨어졌어."

주모가 병국에게 말했다.

안경의 왼쪽 알이 방사선˙ 금을 그었다. 넘어질 때 술상 모서리 에 부딪힌 모양이었다. 병국은 주점을 나섰다. 가로의 건물들이 길 가운데로 그림자를 늘이고 있었다. 병국은 학관을 뒤져 족제 비라는 병식의 친구를 찾아낼까 하다 그만두기로 했다. 턱이 뾰 조록한 녀석의 생김새는 떠올랐지만 그가 학관에 다니는지, 지 금 시간에 나왔을지 알 수 없었다. 저녁에 병식이 귀가하면 박제 사 집을 알아내는 일이 더 쉬울 것 같았다. 병국은 경찰을 앞세워

• 다구리 타다 '몰매를 맞다'를 속되게 이르는 말.
• 모잽이로 옆으로.
• 방사선 '방사상'의 잘못. 중앙의 한 점에서 사방으로 거미줄처럼 뻗어 나간 모양.

박제사 집을 덮치거나 고발할 의향은 없었다. 박제품이 보호조가 아닌 이상 처벌 대상인지 어떤지도 모호했다. 동진강 하구에서 물고기를 잡거나 조개를 채취하는 일과 새를 잡는 일이 무엇이 다르냐고 따질 때 반론을 제시할 근거가 없기도 했다. 나무 한 그루를 베어도 처벌받는 산림법 벌칙이 조류에는 해당이 되지 않았다. 수렵 금지 기간이 따로 있지만, 총포류를 사용하지 않은 이상 그 벌칙에서도 빠져나갔다. 짐승이나 조류의 박제품은 연구용 내지 관상용으로 판매되고 있었다. 자연 보호 명목을 원용한다면,˚ 야생 조류의 남획이 경범죄 정도에는 해당될 것 같았다. 병국이 박제사를 만나면 그를 설득해 조류 중에 나그네새나 철새의 박제만은 하지 말라고 말할 작정이었다. 새의 독살은 자기 살점을 뜯어내는 고통과 같았기에 그 목적은 관철시키고 싶었다. 박제사가, 남의 생업까지 왜 막느냐고 벋서면˚ 야생 동물 보호 협회 경남 지부와 협의해서 강구책을 세우기로 했다.

병국은 중앙공원 쪽으로 걸음을 옮겼다. 발걸음이 무거웠고 마음도 편치 않았다. 귀가하기도 싫었다. 역시 그가 찾을 곳은 바닷가 개펄밖에 없었다. 황혼 무렵, 바다로 향해 자맥질하는 새 떼를 구경하기로 결정했다. 석교아파트나 웅포리로 가는 버스를 타려고 정류장으로 걷던 병국은 길가의 석탑서점을 보자 걸음을 멈추었다. 신간과 헌책을 함께 취급하는 서점으로, 자주 들르는 곳이었다. 문을 밀고 들어갔다. 주인 민 씨가 안경 긴 친구와 담소

˚ 원용하다 자기 주장이나 학설을 세우기 위해 문헌이나 관례 따위를 끌어다 쓰다.
˚ 벋서다 버티어 맞서서 겨루다.

하고 있었다.

"동진시도 애들 키울 데가 못 돼. 성범죄가 사흘 평균 한 번이라잖아."

민 씨 친구가 말했다.

"주로 공단 주변이라며?"

민 씨가 물었다.

"A공단 삼환합섬 있지, 어제도 뒷골목에서 칼부림이 났다더군. 여공원을 두고 두 놈이 붙은 거지."

"어디 그뿐인가, 수삼 년 사이 중심가에 비어홀˚과 살롱 늘어난 것 봐. 밤 열한 시만 되면 거기서 쏟아져 나오는 여급이 수백 명이래. 여관은 꽉꽉 차구."

"B공단 플라스틱 공장 있잖은가."

"수출용 완구 만드는 공장?"

"거기 여공들이 스트라이크˚를 일으켰대. 사장은 외제차 타는데 여공들 야근 수당이 석 달이나 밀렸다잖아. 그것까지는 참았는데 나흘 전에 완제품 납품 숫자가 모자란다고 검사과 여공원들 알몸 수색을 했다더군. 여공원들이 울며불며 야단이 났대. 엎친 데 덮친 격으로 납품 숫자를 채울 때까지 검사과 종업원은 퇴근시키지 말라는 지시가 내렸대."

"굼벵이도 밟으면 꿈틀한다는데 아무리 돈 주고 부려 먹는 공원이지만 그럴 수가 있나. 제 놈은 그만한 딸애 안 키우는가."

• 비어홀 주로 맥주와 간단한 음식을 곁들여 파는 술집.
• 스트라이크 파업.

"검사과의 여공들이 결백이 밝혀질 때까지 맞서자고 농성을 시작한 게지. 일이 커지자 회사 측은 밤 열한 시에 모두 귀가시킨 모양인데, 이튿날 농성을 주도했던 여공 셋이 일방적으로 해고됐다잖아. 근무 태만에 품행이 방정치 못했다나? 그렇게 되자 밀린 노임으로 불만이 많던 참에 농성이 전 종업원으로 확대됐어."

"노조 조직이 있었던 모양이지?"

"어용 노조가 있었다더군. 그런데 말야, 사장이 타는 외제 승용차가 마침 사무실 앞에 주차해 있었는데, 공원 몇이 돌팔매를 던져 차에 흠집을 냈어."

"경찰이 출동했겠군?"

"여부가 있겠나. 가까스로 수습은 됐는데 아직 술렁술렁하는 모양이야."

"아저씨."

화제가 매듭지어지자, 병국이가 민 씨에게 말을 붙였다.

"자네 왔군. 요즘도 새와 함께 사는가?"

민 씨가 병국의 깨진 안경을 보았다.

"새와 함께 살다니?"

민 씨 친구가 물었다.

"공장 폐수로 동진강이 오염되자 철새가 날아오지 않는다잖아."

"나도 신문에서 그 기사는 읽었어."

"저 친구가 신문사에 자료를 제공한 걸세."

"제가 부탁한 책 왔어요?"

병국이 민 씨에게 물었다.

"주문서를 냈는데 아직 안 왔어. 책 이름이 뭐랬지?"

"마거릿 미드 여사가 지은 『조용한 봄』*요."

"아직 도착 안 했어. 일주일쯤 후에 들르게."

"『조용한 봄』이라, 사춘기 애들이 읽는 연애 소설인가?"

민 씨 친구가 물었다.

"공해로 멸종되는 새의 관찰 기록이라네."

"그럼 가 보겠습니다."

병국이 서점을 나섰다.

"저 젊은 친구, 자네 모르나?"

민 씨가 친구에게 낮은 소리로 말했다.

"한때 수재로 소문났잖아. 외양은 저래도 똑똑한 애야. 대학교 데모로 말일세……."

병국은 정배 형 학교로 전화를 걸려고 공중전화 부스를 찾았다. 퇴근 시간이라 개펄로 같이 나갈 수 있겠냐고 물어볼 참이었다. 전화 부스를 찾는 사이 버스 정류소에 도착했고, 마침 웅포리행 버스가 와서 승차했다. 뒷좌석에 앉자 그는 눈을 감았다. 피곤에 찌들어 잠을 자듯 늘어졌다. 깜깜한 밤이었다. 멀리로 등대 불빛이 보였다. 감은 눈앞에 도요새 무리가 바다와 하늘 사이 무공천지를 가르며 날고 있었다. 날개를 상하로 쳐 대며 바람에 쫓기듯 남으로 내려갔다. 등대 불빛 쪽으로 날던 새 떼가 어둠에 가린 등대 몸체를 미처 못 피해 등대 벽에 머리를 박고 떨어졌다. 다시 낮이었다. 강 하구와 벼를 벤 논바닥에서 도요새 무리가 쉬고 있

• 조용한 봄(Silent Spring) 1962년 미국의 생물학자 레이철 카슨이 지은 책. 살충제 남용으로 파괴되는 야생 생물계를 기록했다. 국내에 『침묵의 봄』으로 번역되어 있으며, 여기서는 저자 이름이 마거릿 미드로 잘못 소개되었다.

었다. 하늘 높이 떠 있던 매 한 마리가 수직으로 낙하했다. 매는 쫓음 걸음을 하는 도요새 한 마리를 포획했다. 사냥꾼이 도요새를 수렵하고, 중금속에 오염된 폐수와 폐수를 터 삼은 물고기가 도요새에게는 오히려 독이었다. 왜 도요새가 당하는 피해만 환상으로 떠올랐는지 몰랐다.

"종점이에요. 손님 안 내려요?"

병국이 눈을 뜨니 버스 안내원이었다. 그는 쫓기듯 버스에서 내렸다. 웅포리였다. 주차장을 벗어나 바다 쪽으로 걸었다. 시원한 바닷바람이 얼굴을 스쳤다. 지친 그는 모래톱에 주저앉아 바다 멀리 수평선에 시선을 주었다. 서편으로 기운 햇살을 받아 먼 바다의 물결이 은빛을 띠고 있었다. 그때부터 먼 데 하늘이 주황빛으로 물들고, 바다가 붉은빛에 반사되어 금빛 어룽으로 번질 때까지 그는 자리를 지켰다. 그동안 갈매기 외에 청둥오리 떼가 동진강 하구로 북상하고, 물떼새들이 암벽이 돌출한 장진포 쪽으로 점점이 날아가는 모양도 보았다.

바닷물이 암청색으로 변하고 바람이 차가워지자 병국은 일어났다. 시내 쪽은 어둠이 내렸고 B공단 굴뚝들도 어둠 속에 잠겨 갔다. 그는 네온사인이 번쩍이는 유흥가를 지났다. 해주집으로 가는 외진 오솔길로 접어들자 다리가 후들거렸다. 허기가 너무 심해 걷기조차 힘에 부쳤다.

해주집 술청은 불이 켜졌고 문이 반쯤 열려 있었다. 병국은 안으로 들어서려다 발걸음을 묶었다. 아버지 목소리가 들렸다.

"…… 물론 히, 힘든 문제지요."

아버지는 엔간히 취해 있었다.

"아무래도 내 평생 통일은 글렀네. 생이별한 처자식은 못 볼 거야. 삼십 년을 하루같이 기다려 오다 백발이 되잖았어."

강 회장의 허탈한 목소리였다.

"성님, 그렇잖아요. 시국의 돌연한 변혁은 아무도 예, 예측 못 해요."

"마른 땅에 물 고이랴. 평화 통일은 어렵네, 서로 강경책만 일삼으니 언제 형, 아우 하고 지내겠어."

"요즘 바, 밤잠이 없어 한밤중에 잠이 깨요. 그러면 세상이 조용하고 깜깜한 게 영 갑갑증이 나서 못 견딜 지경입니다. 시간은 왜 그렇게 더, 더디게 가는지. 이 생각 저 생각 하다 보면 날이 영 새, 샐 것 같지 않아요. 그러나 어김없이 새, 새벽은 오지요. 이 고비만 넘기면 토, 통일도 그렇게 찾아옵니다. 설령 죽을 때까지 고향 땅 못 밟는다 해도 아들놈은 바, 반드시 애비 뼈를 고향으로 옮겨 묻어 줄 겁니다."

"아우, 자넨 새벽같이 통일이 올 거라고 믿어?"

"다른 사람은 관두고라도 성님하고 저하고 매, 맺힌 한만 합쳐도 하늘이 필경 원을 드, 들어 줄 겁니다."

안으로 들어가 아버지를 만날까 어쩔까 망설이다 병국은 발걸음을 되돌렸다. 저들 세대의 맺힌 한에 자신의 말이 아무 도움이 못 될 것임을 알았다.

바다와 하늘은 완전히 어둠에 묻혔고 멀리 장진포 쪽 등대만이 불을 켜고 있었다. 그런데 병국의 눈앞에 도요새 한 마리가 홀연히 날아올랐다. 도요새의 유연한 비상은 아래위로 날개 치는 비행이 아니었다. 날개를 펼친 채 기류의 도움으로 날고 있었다. 상승 기류를 타고 공중 높이 올라갔다가 바람을 옆으로 받아 활공으로 미끄러져 내려오는 율동이 눈앞에서 떠올랐다. 도요새야, 너는 동진강 하구를 떠나 어디에 새로운 도래지를 개척했어? 병국이 중얼거리며 도요새를 쫓아갔다. 그러자 도요새의 비행은 눈앞에서 곧 사라졌다.

1 이 작품의 등장인물들에게 '도요새'는 어떤 존재인지 적어 봅시다.

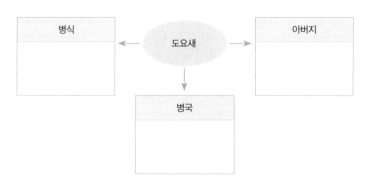

2 다음은 이 작품의 배경에 대한 소개입니다. 소설에서 다루고 있는 '공업화에 따른 피해'가 어떤 것들인지 생각해 봅시다.

> 「도요새에 관한 명상」은 김원일이 1979년 발표한 중편소설로, 한국이 농업 국가에서 중공업 국가로 탈바꿈하던 시대를 배경으로 한다. 박정희 군사 정권이 들어선 이듬해인 1962년, 제1차 경제 개발 5개년 계획이 시작되었다. 울산 공업 센터 건설이 그 첫 사업으로 지정되면서 이 지역에 대대적인 개발이 시작되었다. 작은 항구에 불과하던 울산에는 각종 중공업 공장이 들어섰다. 그 전까지 농업을 기반으로 '춘궁기'를 겪던 국민들이 이 이후로 밥 굶을 걱정에서는 놓여난 대신, 공업화에 따른 피해도 속출했다.

3 이 소설은 시점이 바뀌며 서술되지만 어머니의 시점은 제시되지 않습니다. 다음 대목을 읽고 어머니의 시점으로 뒷부분을 다시 써 봅시다.

"당신도 병 도질 철이 왔는데 개펄로 안 싸돌아요? 강남 갈 철샌가 뭔가 날아들 시절 아녜요?"
"웬 차, 참견은. 새 구경 나가는 데두 돈 드남."
"개펄까지 나가자면 차비는 공짜요?"
"걸어가지 뭘."
"애비나 자식이나 한통속으로 미쳤어. 병국이도 새나 보며 허송세월을 하니."
"소, 속요량이 있겠지. 방구석에 있기보담 운동도 되니⋯⋯."
"답답한 양반아. 날아다니는 구름 잡는다더니, 허공에 나는 새에 미쳐. 잉꼬나 십자매를 키운다면 돈이나 되지. 집구석 돌아가는 꼴 보면 복장이 터져. 당신도 햇수로 따져 언제부터요. 이 바닥에 주저앉고부터 봄가을로 새 구경하겠다며 갯벌로 싸대더니 이젠 자식 놈까지 그 발광이야."
처가 숭늉으로 입 안을 헹구곤 자리 차고 일어났다.

→ 나는 숭늉으로 입 안을 헹구곤 자리에서 일어섰다. 남편은 _____

_____

_____

_____

_____

_____

문순태 소설집 『징 소리』

　문순태의 소설 「징 소리」는 「도요새에 관한 명상」보다 한 해 앞선 1978년에 발표된 작품입니다. 이 소설 역시 「도요새에 관한 명상」과 마찬가지로 산업화가 드리운 삶의 그늘을 묘사합니다. 「징 소리」는 댐으로 수몰된 마을을 배경으로 마을 사람들의 신산한 삶이 슬픈 징 소리와 함께 펼쳐지는데요, 작가는 이 단편을 발표한 뒤 이듬해 「저녁 징 소리」와 「말하는 징 소리」, 「무서운 징 소리」를 쓰고, 그 이듬해에는 「마지막 징 소리」와 「달빛 아래 징 소리」를 발표하면서 산업화로 희생되는 농촌 사람들의 애환을 사실적으로 보여 주는 연작소설을 완성해 냅니다.

　장성댐이 생기면서 방울재 사람들은 얼마 되지 않는 수몰 보상금을 받고 강제로 이주를 해야만 했습니다. 몇몇은 도시로 떠나고, 방울재를 떠나지 못한 사람들과 도회지에 적응하지 못해 고향으로 돌아온 사람들은 장성댐 주변에서 매운탕집을 차려 놓고 낚시꾼을 상대로 생계를 이어 가지요. 큰 식당에서 일하다가 바람이 나 달아나 버린 아내 때문에 충격을 받은 칠복이는 무시로 낚시터 주변에서 징을 치면서 수몰된 고향을 그리워하다가 낚시꾼들과 다투게 됩니다. 이런 일이 반복되자 강촌 영감을 중심으로 한 마을 사람들은 칠복이를 마을에서 내쫓기로 합니다. 칠복이가 쫓겨 가던 날 밤, 강촌 영감을 비롯한 마을 사람들은 잠결에 들려오는 칠복이의 징 소리에 잠을 이루지 못합니다.

　「도요새에 관한 명상」이 산업화로 인한 환경 파괴의 심각성에 초점을 맞추고 있다면, 「징 소리」는 산업화가 강제하는 공동체적 삶의 파괴에 초점을 맞추고 있습니다. 장사 문제로 칠복이와 갈등을 빚는 마을 사람들의 모습이 이를 잘 보여 주지요. 하지만 억압적인 산업화 시대에 방울재를 울리는 칠복이의 징 소리는 잃어버린 삶의 모습을 되찾아야 한다는 저항의 메시지로 들리기도 합니다.

작품 출처 ●●●●●●●●●●●●●●●●●●●●●●●●●●●●●●●●●●●●

김애란   『두근두근 내 인생』, 창비 2011

김재영   「코끼리」, 『코끼리』, 실천문학사 2005

성석제   「황만근은 이렇게 말했다」, 『황만근은 이렇게 말했다』, 창비 2002

공선옥   「한데서 울다」, 『멋진 한세상』, 창비 2002

양귀자   「마지막 땅」, 『원미동 사람들』, 쓰다 2012

김원일   「도요새에 관한 명상」, 『도요새에 관한 명상/환멸을 찾아서 외』, 강
            2012

지은이	작품명	수록 교과서
김애란	『두근두근 내 인생』	천재(박영목)
		해냄(정민)
김재영	「코끼리」	지학사(이삼형)
성석제	「황만근은 이렇게 말했다」	천재(박영목)
공선옥	「한데서 울다」	천재(이성영)
양귀자	「마지막 땅」	비상(박영민)
김원일	「도요새에 관한 명상」	동아(고형진)
		지학사(이삼형)